---

# FLICKAN I BÄCKEN

## DE FÖRLORADE AUSTRALISKA BOK 1

### CAITLYN LYNCH

SHENANIGANS PRESS

# INNEHÅLLSFÖRTECKNING

# KAPITEL 1

KONTOUTDRAGEN LÅG PÅ KÖKSBORDET, utgifterna markerade i lysande rosa, insättningarna i limegrönt. Saldot var inte ens i närheten. Zara följde varje våldsamt rosa siffra med fingertoppen, som om beröringen på något sätt kunde radera dem. Förr i tiden hade hon tagit en annan penna för att markera saker hon kunde dra in på. Netflix-abonnemang, gymmedlemskap. Men det fanns inget mer att dra in på. De rosa siffrorna talade sitt tydliga språk: hon var nere på det absolut nödvändigaste. Vatten. El. Kommunalskatt. Bolån. Mat. Och det sistnämnda hade det varit ont om på sistone.

Det panelade trähuset knakade när det utvidgade sig i dagens värme. Tre veckor. Tre veckor kvar tills banken skulle dra för bolånet igen. Hon pressade fingertopparna mot tinningarna, tog ett andetag som inte riktigt nådde ner i lungorna och öppnade laptopen.

Inloggningsskärmen till YouTube Studio fyllde hennes blickfång. Hon tvekade innan hon tryckte på enter. Det fanns en tid, för inte så länge sedan, då hon närmade sig den här statistiken med spänning. Varje ny månad innebar högre siffror, fler prenumeranter, större intäkter. De förlorade australierna hade klättrat stadigt i fem år tills...

Sidan laddades. Zaras axlar drogs upp mot öronen när siffrorna materialiserades. Ännu en månad av nedgång. Visningarna hade sjunkit med 18 % jämfört med föregående månad, som redan hade backat 22 % från månaden innan. Intäkter: 1 487,32 dollar. Inte ens tillräckligt för att täcka bolånet, än mindre el, mat och försäkringar. Intäkterna från Spotify och de andra podcast-källorna skulle ge ytterligare omkring 500 dollar, men det räckte inte.

Hon pressade handflatorna platt mot bordet och kände träets ådring mot huden. Kroppen kändes plötsligt ihålig. Det lilla prydliga köket runtomkring henne, som en gång varit hennes stolthet när hon köpte det här stället, verkade nu håna henne med sin flagnande färg och föråldrade inredning. Högen med räkningar bredvid laptopen hade vuxit sig högre under månadernas lopp: el, vatten, försäkring.

Zara öppnade kalkylbladet hon skapat för sex månader sedan, när nedgången först blivit omöjlig att ignorera. Hon hade döpt det till "ÖVERLEVNADSPLAN" i ett ögonblick av dyster humor. Raderna tågade nerför skärmen, och varje rad representerade en vecka av hennes återstående resurser. Med nuvarande takt hade hon åtta veckor på sig innan den totala ekonomiska kollapsen var ett faktum. Åtta veckor innan hon skulle bli tvungen att sälja huset, krypa tillbaka till sina föräldrar i Brisbane och erkänna att deras skepticism kring hennes yrkesval hade varit befogad hela tiden.

"Skaffa dig bara ett riktigt jobb", hade hennes mamma sagt för två år sedan, efter att det hänt. Efter fallet Little Girls Lost. Efter att internet vänt sig mot henne. Efter att hennes sponsorer flytt. Efter att hennes journalistiska trovärdighet krossats.

En golvtilja knarrade i hallen. Dev dök upp i köksdörren, och hans gängliga gestalt verkade för stor för rummet. Hans hår stod åt alla håll, men ögonen bakom de rektangulära glasögonen var vaksamma trots den tidiga timmen.

"God morgon", sade han och gick mot diskbänken där han började brygga kaffe. "Har du varit uppe länge?"

Zara stängde kalkylbladet och bytte flik till sin e-post. "Ett tag."

Dev nickade mot hennes laptop. "Jobbar du på det nya avsnittet?"

"Något sådant." Hon höll rösten neutral eftersom hon inte ville att hennes hyresgäst skulle veta hur illa det faktiskt var ställt. Dev hade hyrt hennes extrarum i nästan ett år nu. Hans veckohyra på 300 dollar hade blivit en ekonomisk livlina. Hon kunde inte riskera att skrämma bort honom med sanningen.

Kaffebryggaren gurglade och väste. Dev lutade sig mot bänken och lade armarna i kors över bröstet. Hans t-shirt hade något obskyrt speltryck som hon inte förstod.

"Jag, eh, lyssnade på några av dina gamla program igen igår", sade han och sköt upp glasögonen på näsan. "Serien om Bellwood-stryparen var briljant. Sättet du kopplade ihop de där tre kalla fallen som ingen hade sett sambandet mellan tidigare? Det var..." Han gjorde en explosiv gest med händerna. "Det var journalistik, du vet? Riktigt grävande arbete."

Det snörpte åt i Zaras hals. Bellwood-serien hade varit hennes stora genombrott, den som hade slungat hennes podcast in i det övre skiktet av true crime-innehåll. Trehundratusen nedladdningar bara under den första veckan. Sponsorer ringde henne, inte tvärtom. Ett kort, lysande ögonblick när hon trodde att hon hade lyckats. Streamingintäkterna från den serien hade betalat handpenningen på hennes hus.

"Tack", lyckades hon få ur sig.

Dev hällde upp kaffe i två muggar och lät den ena glida över bänken mot henne. Han stack in handen i fickan och drog fram ett kuvert som han lade bredvid hennes mugg.

"Nästa månads hyra", sade han. "Ledsen att det är en dag sent, jag hann inte till banken förrän igår kväll."

"Det är lugnt." Hon tog kuvertet och försökte att inte se alltför ivrig ut. De där tolvhundra dollarna skulle täcka de flesta av de nuvarande räkningarna. Åtminstone alla de med röd text. Hon kanske till och med skulle kunna lyxa till det och köpa något annat än snabbnudlar till middag.

Dev tvekade medan han rörde ner socker i kaffet. "Så, um, har du något nytt på gång? Efter förra säsongen, menar jag?"

Den förra säsongen, ett hastigt ihoprafsat gräv om ett uppklarat mord från 70-talet som hon lyckats sträcka ut till fyra avsnitt, hade lockat mindre än en fjärdedel av hennes vanliga lyssnarantal. Hon hade släppt det sista avsnittet för tre veckor sedan och hade inte haft något på gång sedan dess.

"Jag jobbar på några spår", sade hon, och lögnen smakade bittert i munnen. "Inget konkret än."

Han nickade, uppriktig och troende. Dev var sådan, genuin på ett sätt som fick henne att känna sig både beskyddande och avundsjuk. Studierna för hans doktorsexamen i elektroteknik och hans extraknäck med att återställa data från skadade enheter höll honom sysselsatt, men han fann ändå tid att vara hennes mest lojala anhängare.

"Vad du än gör härnäst så kommer det bli fantastiskt", sade han med övertygelse i rösten. "Din röst behövs, vet du? Inom true crime. Det finns för mycket sensationellt skräp där ute."

Ironin gick inte förlorad för henne. För två år sedan hade hon anklagats för just det: sensationalism, exploatering, vårdslöshet. Fallet Little Girls Lost. Tre unga flickor försvann under en sexårsperiod i en liten landsortsstad. Fallet hade ända från början framstått som märkligt i hennes ögon, och hon hade drivit en teori som till slut visade sig vara korrekt men som fick konsekvenser hon inte hade förutsett. Gärningsmannen hade begått självmord när han insåg att hon var honom på spåren, och därmed undkom han rättvisan och tog hemligheterna om vad han gjort med flickornas kroppar med sig i graven.

När familjerna förlorade sin chans att få svar vände de sig mot henne. Pressen vände sig mot henne – en journalist på en av de stora rikstäckande tidningarna skrev ett drevinlägg om "amatörer som leker detektiv och förstör mångåriga utredningar". Utredningen hade varit nedlagd i åratal innan hon dök upp. Hennes sponsorer flydde över en natt, och hennes månadsinkomst hade sjunkit stadigt sedan dess.

"Tack, Dev", sade hon, och orden kändes otillräckliga.

Han drack upp sitt kaffe i tre stora klunkar och sköljde ur muggen i vasken. "Jag har ett dataåterställningsjobb i förmiddag. Det borde inte ta så lång tid, jag räknar med att vara hemma till lunch."

Hon nickade och såg på när han tog upp sin ryggsäck som stod bredvid kylskåpet. "Inga föreläsningar idag?"

Han gav henne en märklig blick. "Det är lördag."

Helger betydde inte mycket när man inte hade något jobb och inga pengar. Hon nickade igen och kände hur kinderna hettade till en aning. "Just det, ja. Jag glömde."

Något saknades i högen med räkningar bredvid henne. Interneträkningen, som skulle ha varit betald igår. Hon öppnade munnen men stängde den igen när Dev hängde ryggsäcken över axeln.

"Har du några planer för dagen?" frågade han och stannade i dörröppningen.

Zara ryckte på axlarna. "Research, mestadels. Försöker hitta något värt att gå vidare med."

Något som kunde rädda hennes karriär. Rädda hennes hus. Rädda henne från misslyckandets förnedring.

"Snyggt. Lycka till då." Han gav en klumpig halv vinkning och försvann bort genom hallen.

Zaras blick vändes åter mot högen med räkningar. Interneträkningen saknades definitivt. Hon hade lagt den där igår kväll, överst i traven. Dev måste ha tagit den. Inte stulit den; han skulle betala den, det visste hon. Han behövde internet för sina studier, för sitt extraknäck.

Hon borde gå efter honom och säga att hon kunde sköta sina egna räkningar. Men tanken på att erkänna exakt hur nära ruinens brant hon befann sig kändes värre än att acceptera hans tysta hjälp. Hon smuttade på sitt kaffe. Bittert och starkt, precis som den verklighet hon stod inför. Åtta veckors frist. Kanske mindre om något oförutsett hände.

Hon behövde en story. Inte vilken story som helst, utan en stor sak. Något så fängslande att det påminde folk om varför de överhuvudtaget hade lyssnat på henne innan allt gick åt skogen. Något som kunde dra henne tillbaka från branten.

Zara öppnade en ny flik i webbläsaren.

Det var dags att hitta vägen tillbaka.

Zaras fingrar rörde sig över tangentbordet. Databasen över kalla fall hos Queensland Police Service laddades långsamt; den publika versionen var medvetet svåranvänd, mer utformad för att ge sken av öppenhet än för att faktiskt vara tillgänglig. Hon hade hållit på i timmar och metodiskt filtrerat igenom ouppklarade försvinnanden och misstänkta dödsfall på jakt efter något som talade till henne. Det dög inte med vilket fall som helst. Hon behövde ett med lösa trådar, obesvarade frågor och tillräckligt med dokumenterade bevis för att bygga vidare på. Ett fall som förtjänade en andra titt och som hade den narrativa potentialen som krävdes för att återuppbygga hennes rykte.

Hon drack kallt kaffe och skrollade igenom ännu en resultatsida. Försvunna vandrare i nationalparker. Misstänkta bilolyckor. Fall av våld i nära relationer med otillräckliga bevis. Krogbråk som spårat ur, knarkaffärer som gått snett, kärleksgräl som slutat med kniv, knytnävar eller pistol. Var och en av dem ett avbrutet liv.

Hennes filterinställningar var specifika: fall som var mellan fem och femton år gamla, tillräckligt färska för att ha levande vittnen men tillräckligt gamla för att ha kallnat; fall med åtminstone delvisa fysiska bevis; fall med dokumentation tillgänglig via offentlighetsprincipen. Hon lade till ytterligare en parameter: fall utanför de stora storstadsområdena. De isolerade fallen där resurserna varit knappa och polisen kan ha frestats att ta genvägar.

Databasen uppdaterades. Tjugotre resultat. Bättre.

Hon skrollade och skummade igenom fallnamn och korta sammanfattningar. Inget fångade hennes intresse förrän på tredje sidan, då ett namn hoppade ut mot henne:

*ZHANG, IRIS (17) – Salt Creek, QLD – 15 oktober 2014*

Zara klickade på posten. Skärmen fylldes av en sammanfattning och ett skolfoto på en tonårsflicka med långt mörkt hår och allvarliga ögon bakom rektangulära glasögon. Kinesiska drag, ljusbrun hy. Någonting i flickans stadiga blick fångade Zara och höll henne kvar.

Hon läste sammanfattningen:

*Föremålet påträffad avliden i Salt Creek den 16 oktober 2014. Position: framstupa i cirka 15 cm vatten. Dödsorsak: drunkning. Utredningen avslutad 27 oktober 2014. Bedömning: drunkningsolycka. Fallet avslutat.*

Två veckor. De hade avslutat fallet på två veckor.

Zaras hand rörde sig omedvetet mot sitt eget ansikte och fingrarna pressades mot kinden. Femton centimeter vatten. Det var knappt sex tum. Hur drunknar en frisk sjuttonåring i femton centimeter vatten?

Hon klickade sig vidare till falldetaljerna och skummade igenom informationen. Iris Zhang hade varit en mönsterelev vid Salt Creeks gymnasium. Hade ansökt om förtidsantagning till Queensland College of Art. Ingen historik av depression eller psykisk ohälsa. Inga droger eller alkohol hittades i de toxikologiska rapporterna. Kroppen hittades av en morgonjoggare klockan 06.23. Senast sedd vid liv vid 22-tiden föregående kväll när hon lämnade sina föräldrars restaurang för att gå den korta biten hem; dödstidpunkten uppskattades till mellan klockan 22 och midnatt.

"De försökte inte ens", viskade Zara till det tomma rummet.

Hon klickade på bilderna från brottsplatsen, som enligt lag ska ingå i den offentliga databasen men som ofta håller dålig kvalitet. Den första visade en vidsträckt vy över en grund bäckfåra, knappt mer än ett rinnande flöde över släta stenar. Gula bevismarkeringar prickade området. Den andra visade en närbild på platsen där kroppen hittats, en liten sänka i bäckfåran där vattnet samlats till kanske vristdjupt vatten.

Zara lutade sig närmare skärmen och noterade motsägelserna. Positionen var helt orimlig. Den officiella rapporten angav att Iris hittades framstupa. Trots den gryniga bilden kunde Zara se att vem som helst som låg ner i det grunda vattnet enkelt skulle kunna vrida huvudet åt sidan för att få luft. Man skulle inte ligga med ansiktet nedåt, man skulle inte vara under ytan. Om man inte var medvetslös. Eller blev nedhållen.

Hon klickade igenom fler foton, dessa tagna på avstånd. Bäcken rann genom vad som verkade vara centrum av en liten stad; byggnader syntes i bakgrunden. En gångbro i trä korsade bäcken uppströms från fyndplatsen. Området verkade varken avlägset eller farligt, bara en vanlig bäck i en vanlig stad.

Salt Creek. Namnet var vagt bekant. Hon kollade på Google Maps. En liten stad vid Bruce Highway någonstans norr om Bundaberg. Ett ställe som de flesta bara passerade på väg någon annanstans, en samling byggnader vid en dammig motorväg. Den sortens ställe där alla kände alla, där utomstående lades märke till, där en kinesisk familj kan ha stuckit ut.

Zara hejdade sig. Hon var själv till en fjärdedel vietnamesisk; hennes mormor kom från Hanoi. Även om Zara vid en första anblick kunde tas för att vara vit, var hennes hår lite för svart, för rakt och glansigt, och hennes mörka ögon hade en antydan till epikantusveck. Under uppväxten i Brisbane hade hon upplevt de subtila former av rasism som existerade under Australiens multikulturella yta. Antagandena. Frågorna om var hon "egentligen" kom ifrån. Förvåningen när hon inte hade någon brytning.

Hade samma krafter varit i rörelse i Iris fall? En kinesisk flicka i en liten stad i Queensland. En snabb utredning. Ett bekvämt utlåtande. Fallet avslutat.

Det här var inte längre bara en potentiell comeback-story. Något djupare drog i henne. En känsla av samhörighet, av ansvar. Av att se sig själv i de där allvarliga ögonen bakom de rektangulära glasögonen.

Hon klickade tillbaka till bilden på Iris och studerade flickans ansikte. Det fanns något beslutsamt i hennes uttryck, en stadga som tydde på principer och gränser. Inte den sortens tjej som råkar drunkna i en bäck två minuters promenad från hemmet, en bäck hon sannolikt korsat tusentals gånger. Inte den sortens död som borde avfärdas med en två veckor lång utredning.

Zara öppnade ett nytt dokument och började föra anteckningar. Frågorna formades snabbare än hon hann skriva dem:

Varför var hon vid bäcken på natten? Vem var vännen hon besökte? Fanns det några vittnen till att hon lämnade restaurangen? Några tecken på strid vid platsen? Var vattennivån normal den natten eller påverkad av nyligen fallet regn?

Ju mer hon läste, desto säkrare blev hon på att något var fel med den officiella historien. Vid obduktionen bekräftades drunkning som dödsorsak, men man noterade "oförklarade blåmärken" på offrets överarmar. I polisrapporten nämndes detta som "möjligen förenligt med normala tonårsaktiviteter".

"Snack", mumlade Zara.

Hon blundade kort för att stålsätta sig. När hon öppnade dem igen var skolfotot på Iris Zhang fortfarande kvar på skärmen, och de där allvarliga ögonen tycktes titta rakt på henne. Som om de bad om något. Krävde något.

Sanningen.

Zara påbörjade en ny sökning, den här gången efter allt hon kunde hitta om Salt Creek, Queensland. Om familjen Zhang. Om vad som hände den 15 oktober 2014, och varför ingen verkade bry sig tillräckligt för att titta djupare.

Hon hade hittat sin story. Nu behövde hon bara övertyga sig själv om att hennes motiv var rent professionella.

Zara stängde laptopen. Ljudet lät som ett sista utropstecken. Iris Zhang förtjänade mer än femton centimeter vatten och en utredning på två veckor. Hon förtjänade mer än att bli ännu en siffra i en databas som ingen brydde sig om att söka i. Och om Zara var ärlig mot sig själv behövde hon det här fallet lika mycket som fallet behövde henne. Hon sköt ifrån sig köksstolen och reste sig; kroppen kändes plötsligt lätt av målmedvetenhet och riktning.

Salt Creek. Bara namnet i sig kändes som en destination som hade väntat på henne.

Hon rörde sig genom huset och samlade ihop det hon skulle behöva. Hennes slitna, påfyllningsbara läderanteckningsbok kom först. Gammaldags, men hon litade på papper. Känslan av en penna hjälpte henne att tänka, hjälpte henne att koppla ihop punkter som annars skulle förbli åtskilda. Därefter kom hennes inspelningsutrustning: två mikrofoner av hög kvalitet, hennes videokamera, stativ, reservbatterier, SD-kort. Hennes yrkesredskap, som legat oanvända alldeles för länge. Hon lade ner extra batteripaket och laddkablar i aluminiumväskan och stängde den.

I sovrummet drog hon fram en ryggsäck ur garderoben och började packa kläder. Hur länge skulle hon stanna? En vecka? Två? Salt Creek var litet; så mycket hade hon fått bekräftat i sin research. En pub, ett par motell, en kinesisk restaurang som måste vara familjen Zhangs. Hon var tvungen att vara försiktig med hur hon närmade sig folk. Småstäder hade långt minne och var djupt lojala. Särskilt när det gällde utomstående som ställde frågor om döda lokala flickor.

Zara hejdade sig med en halvvikt skjorta i händerna. Hon skulle behöva boka ett rum. Betala för mat. Bensin för resan norrut. Hennes sparkonto innehöll 8 872,43 dollar, hennes sista buffert mot total ekonomisk undergång. Den här resan skulle bränna igenom åtminstone en tredjedel av det, kanske mer om utredningen tog tid. Och den skulle ta tid. Fall som dessa gjorde alltid det.

Alternativet var otänkbart. Stanna kvar här, se besparingarna tyna bort till ingenting, förlora huset, erkänna sig besegrad. På det här sättet föll hon åtminstone med flaggan i topp.

Hon packade klart kläderna och gick till badrummet för att hämta toalettartiklar. I spegeln tittade hennes egen spegelbild tillbaka: mörka ögon som hennes morfar hade sagt "studerade allt", håret uppsatt i en praktisk hästsvans, de skarpa kindknotorna tydligare än de varit för ett år sedan. Stress och en begränsad matbudget hade tärat på henne. Men något annat tittade också tillbaka på henne från spegeln, en gnista som saknats i månader. Ett syfte.

Tillbaka i sovrummet räknade hon ut kontanter från Devs kuvert. Hälften, tänkte hon. Hon skulle sätta in resten på banken; det skulle tillsammans med hennes streamingintäkter åtminstone täcka de mest akuta räkningarna och nästa bolånebetalning, även om de andra räkningarna fick vänta lite till. Sexhundra dollar skulle inte lämna några digitala spår och räckte för att komma igång. Hon stoppade hälften i en innerficka i väskan, hälften i den axelremsväska som fungerade som både laptopväska och handväska, och satte sig sedan vid skrivbordet för de sista förberedelserna.

Hennes telefon surrade till av en avisering. En betalning från en Patreon-supporter, en av de få som förblivit lojala genom hennes fall och efterföljande tystnad. Tio dollar med ett meddelande: *"Saknar din röst. Hoppas du kommer tillbaka snart."*

Hon stirrade på aviseringen under ett långt ögonblick. Kände skuldkänslor för månaderna av tystnad. Tacksamhet för lojaliteten. Rädsla för att hon kanske skulle göra dem besvikna igen. Men mest av allt en förnyad känsla av ansvar. Folk väntade på att hon skulle hitta sin röst igen. Väntade på att hon skulle berätta historier som betydde något.

Zara öppnade sin anteckningsbok och började skriva:

*Iris Zhang, 17, hittad död i Salt Creek, QLD, 16 okt 2014; dödsfallet inträffade natten innan. Fallet avslutat på två veckor som drunkningsolycka. 15 cm vatten – omöjligt? Kinesisk familj i liten stad – rasismfaktor? Blåmärken på överarmarna – inte förenligt med olycka. Varför var hon vid bäcken efter mörkrets inbrott?*

Hon strök under den sista frågan två gånger. Det var alltid där man var tvungen att börja: med varför. Varför befann sig Iris Zhang, som enligt alla uppgifter var en flitig och ambitiös flicka med siktet inställt på universitetet, vid en bäck efter mörkrets inbrott en vanlig skolkväll?

Zara kollade klockan. Nästan lunch. Hon skulle kunna vara framme i Salt Creek till kvällen om hon gav sig av nu. Hon samlade ihop sin utrustning, sina anteckningar och sina kläder, och ställde sig mitt i sovrummet för en sista mental inventering. En skarp knackning mot dörrkarmen fick henne att hoppa till.

Dev stod i dörröppningen, och hans långa gestalt fyllde nästan hela utrymmet. ”Ska du någonstans?” frågade han och sneglade på den packade väskan på sängen.

”Jag behövde faktiskt prata med dig”, sade Zara och drog igen dragkedjan på ryggsäcken. ”Jag drar norrut ett tag. Researchresa.”

Devs ögonbryn åkte upp ovanför glasögonen. ”För podcasten?”

”Kanske. Jag är inte säker än.” Hon var inte redo att säga mer, för att inte jinxa den bräckliga fart hon fått upp. ”Jag blir borta åtminstone en vecka, förmodligen längre. Klarar du dig här själv?”

”Självklart”, sade Dev och nickade. ”Jag har ett stort återställningsjobb åt en advokatbyrå nästa vecka, några skadade filer de behöver för ett mål. Bra betalt. Jag kan hålla ställningarna här.”

Zara nickade, lättad. Hon litade på Dev, så mycket som hon nu litade på någon nuförtiden. Han var pålitlig, ansvarsfull och, vad viktigare var, han hade ingen koppling till hennes tidigare arbete. Han hade förvisso varit ett fan, men han hade aldrig varit involverad i hennes efterforskningar. Aldrig fläckats av den skandal som hade slukat hennes karriär.

”Något intressant?” frågade Dev med ögon som lyste av nyfikenhet bakom glasögonen. ”Researcharbetet, menar jag.”

Zara tvingade fram ett leende och försökte hitta balansen mellan ärlighet och försiktighet. "Kanske. Du blir den förste som får veta. Se efter stället åt mig."

Dev nickade och flyttade tyngden från den ena foten till den andra. "Absolut. Och, um, lycka till. Med vad det än är."

Hon kände igen oron bakom hans klumpiga ord. Dev var inte bara orolig för henne; han var orolig för sin egen situation. Om hon inte kunde betala bolånet, om hon förlorade huset, skulle han också bli av med sitt hem. Sin billiga hyra. Sin stabila bas medan han gjorde klart sin doktorsexamen. Hon var inte den enda som hade något på spel.

"Tack", sade hon och mötte hans blick ordentligt för första gången under samtalet. "Jag tror att det här kan bli något bra."

Hon menade det. Det här handlade inte bara om att rädda karriären eller huset, även om de motiven var verkliga och akuta. Det handlade om Iris Zhang. Om femton centimeter vatten. Om ett fall som avslutats för snabbt i en liten stad där en kinesisk familj kan ha stått utan företrädare.

Dev gav henne ett litet leende och drog sig tillbaka från dörröppningen. Hon hörde honom gå bort genom hallen, tillbaka till sitt rum där travar av hårddiskar och kretskort bildade en teknologisk fästning.

Zara hängde på sig ryggsäcken och axelremsväskan och lyfte upp sin utrustningsväska. Vid dörren tvekade hon. Höll hon på att göra ännu ett misstag? Kastade hon sig in i ett fall som kanske inte ledde någonstans, och brände sina sista resurser på en gissning? Minnet av Iris allvarliga ögon i det där skolfotot fick henne att återfå fattningen.

Nej. Det här var inget misstag. Det här var vad hon gjorde, vad hon var menad att göra. Hitta historier som andra hade förbisett. Ge en röst åt dem som inte kunde föra sin egen talan.

Hon stängde dörren bakom sig. Den välbekanta tyngden av ett mål i livet vilade över hennes axlar.

Salt Creek väntade.

# Kapitel 2

Regnet piskade mot motorvägen och varje droppe exploderade mot vindrutan snabbare än torkarna hann få undan dem. Zara lutade sig framåt och kisade genom den vattniga ridån. Knogarna vitnade mot ratten. Det som hade börjat som en lätt skur norr om Bundaberg hade på några minuter förvandlats till ett subtropiskt skyfall, och sikten var nere på bara några meter. Salt Creek före kvällen, hade hon tänkt. Det var skrattretande nu.

Bilen vattenplanade. Hon släppte efter på gasen medan adrenalinet rusade genom bröstet. Sextio kilometer i timmen kändes livsfarligt snabbt. De få andra fordonen på vägen hade varningsblinken på och rörde sig som skadade djur genom stormen. En road train dundrade förbi i motsatt riktning och sände en kaskad av vatten över hennes vindruta som gjorde henne blind under några hjärtslitande sekunder.

"Herregud." Hon vred upp torkarna på högsta hastighet. De gnisslade i protest. Väderprognosen hade nämnt möjliga stormar, men inget i den här stilen. Himlen hade mörknat till en blåmärksliknande lila-grå färg, trots att klockan knappt var fyra på eftermiddagen.

Blixtar klöv himlen framför henne. Åskan dundrade nästan omedelbart efteråt, och dånet hördes till och med över regnet som trummade mot bilens tak. Det värkte i axlarna av spänning. Ögonen sved av ansträngningen att försöka se vägmarkeringarna.

En grön skylt dök upp ur dunklet: CHILDERS 5 KM. Hon andades ut. Det var inte här hon hade planerat att stanna, men utsikten att få en varm måltid lockade. Kanske ett rum. ”Jag borde ha kollat radarn”, tänkte hon när ännu en road train dånade förbi och vräkte vatten över bilen. Ett nybörjarmisstag under den sena sommaren i Queensland, då en eftermiddagsstorm blossade upp så gott som varje dag. Med ytterligare två timmar kvar till Salt Creek, och då den siffran tickade uppåt på GPS:en bara under tiden hon tittade på den, fattade Zara sitt beslut. Om hon kunde hitta ett rum i Childers skulle hon stanna över natten.

Staden framträdde som suddiga ljus genom de regniga rutorna. Hon saktade ner och spanade genom hällregnet efter ett ställe att bo på. Huvudgatan var i stort sett öde; vettigt folk hade sökt skydd. En neonskylt fladdrade: HIGHWAY REST MOTEL. ”Lediga rum”-delen lyste med ett hackigt rött sken. Inte precis Ritz, men det fick duga.

Hon gav tecken och svängde in på parkeringen. Gruset knastrade under däcken. Regnet hamrade mot taket. Hon stängde av motorn och satt kvar ett ögonblick för att samla mod inför rushen till receptionen. Vattnet rann nerför vindrutan i sjok.

Receptionen låg tjugo meter bort. Även med ett paraply skulle hon bli våt. Zara grep tag i plånboken och mobilen, tryckte ner dem djupt i fickorna, famlade fram paraplyet som hon förvarade under sätet och sprang. När hon nådde fram till det lilla receptionstakets skydd var hon genomblöt från midjan och neråt.

En klocka plingade när hon tryckte upp dörren. Kall luft från luftkonditioneringen slog emot hennes våta hud. Hon ryste. Lobbyn var liten och sliten, men någorlunda ren. Blekta turistaffischer för Bundaberg Rum Distillery och Mon Repos häckningsplats för sköldpaddor prydde de panelklädda väggarna. Bakom disken tittade en man i sextioårsåldern upp från en pocketroman och betraktade henne över sina läsglasögon.

"Ruskväder ute", sa han.

"Helt fruktansvärt." Zara torkade av fötterna på en matta som redan hade sett för mycket av det goda idag, och ställde det fuktiga paraplyet på en handduk som uppenbarligen lagts fram i foajén för just detta ändamål. "Har ni något ledigt rum för i natt?"

"Ni har tur, det är det sista." Han tryckte på en knapp vid disken. I ögonvrån såg Zara hur den fladdrande skylten med lediga rum fick sällskap av ett NEJ.

Han sköt fram ett formulär över disken. "Jag behöver se legitimation. Åttiofem för natten. Utcheckning senast klockan tio i morgon. Ingen frukost tyvärr."

Zara ryggade tillbaka inombords över priset men visste bättre än att börja pruta. Hon skrev under formuläret, visade sitt körkort och lämnade över sitt kreditkort.

"Rum sju", sa mannen och räckte henne en nyckel fäst vid en klumpig plastbricka. "Längst ner i längan, parkering precis utanför. Puben på andra sidan gatan serverar hyfsad mat fram till åtta om ni är hungrig."

"Tack." Hon stoppade nyckeln i fickan och stålade sig för ännu en rusch genom regnet.

När hon nådde fram till bilen var håret klistrat mot hjässan trots paraplyet. Hon körde den korta biten till rum sju och parkerade så nära dörren som möjligt. Efter ett par febrila vändor hade hon fått in allt, genomblött.

Rummet motsvarade förväntningarna: litet, enkelt, rent. En enkelsäng med ett blommigt överkast som bleknat till pastellfärgade spöken. Ett nattduksbord med en lampa som saknade skärm. Ett litet skrivbord. En TV som förmodligen visade tre kanaler någorlunda klart en bra dag. Badrummet syntes genom en öppen dörr: vita kakelplattor som gulnat av ålder, en dusch ovanför ett badkar.

Regnet hamrade mot det korrugerade plåttaket. Det stadiga droppandet från en läckande hängränna stod för takten medan vattnet samlades i en pöl utanför hennes fönster.

Hon kontrollerade sin utrustning först. De dyra mikrofonerna och kamerautrustningen. Allt var torrt; väskan hade gjort sitt jobb. Hennes kläder hade inte klarat sig lika bra. Hon plockade fram vad hon behövde för natten och lade de fuktiga plaggen över duschstången.

Duschen blev varm efter en minuts oroväckande gurglande från rören. Hon stod under strålen längre än nödvändigt och lät värmen sjunka in i den frusna huden. Tankarna kretsade kring den information hon samlat om Iris Zhang och Salt Creek. I morgon skulle hon påbörja det riktiga arbetet. I kväll handlade det om att samla krafter och förbereda sig.

Klädd i torra kläder satte hon sig på sängen och lyssnade på regnet. Det kurrade i magen. Motellets föreståndare hade nämnt en pub. Hon kollade klockan: strax efter sex. Gott om tid innan köket stängde.

Hon tittade ut genom fönstret. På andra sidan gatan strömmade gult ljus från pubfönstren, varmt mot regnets grå ridå. Det kurrade igen, högre den här gången. Beslutet var fattat.

Zara grep tag i paraplyet, plånboken och mobilen och öppnade dörren. Regnet piskade mot henne direkt, drivet i sidled av vinden. Hon fällde upp paraplyet, som omedelbart försökte vända sig ut och in. Efter att ha brottat det tillbaka i form påbörjade hon rushen över gatan.

När hon nådde pubens entré hade paraplyet gett upp. Hennes andra kläduppsättning för dagen var lika våt som den första. Håret droppade. Hon skakade av sig så mycket vatten hon kunde och tryckte upp dörren, och steg från kaoset in i ljuset, larmet och löftet om en varm måltid.

Puben slöt sig om Zara som en varm filt. Regnet trummade mot plåttaket ovanför, men där inne rörde takfläktar om i den fuktiga luften utan att kyla ner den. Lokalen var till hälften full, mestadels män som samlats kring en TV monterad ovanför baren som visade en rugbymatch. Enstaka stön eller jubelrop avbröt deras koncentration. "Lördagkväll", tänkte hon. "Det är klart det är mycket folk."

Zara borstade bort vatten från armarna och tog sig fram till baren, där hon hittade en ledig pall längst bort, på avstånd från de mest hängivna sportfansen.

Bartendern, en kvinna med gråsprängt hår uppsatt i en praktisk hästsvans, höjde på ena ögonbrynet åt Zaras tilltufsade tillstånd men sa ingenting. "Vad får det lov att vara?"

”Vilken ljus öl som helst på tapp”, sa Zara och lade till: ”Och mat, om ni fortfarande serverar?”

”Köket är öppet till åtta. Kycklingschnitzel med ost och tomatsås är bra. Biffmackan också.” Bartendern drog fram en laminerad meny från under disken och sköt den mot henne.

”Kycklingschnitzel låter perfekt, tack.” Zara satte sig till rätta på pallen och grimaserade när hennes våta ben tog emot konstlädret. Fötterna kändes plaskvåta i gymnastikskorna; hon borde ha letat fram sina vandringskängor innan hon lämnade rummet.

Bartendern hällde upp ölen och ställde den framför henne. Kondens hade redan börjat bildas på glaset. ”Maten tar ungefär tjugo minuter.”

”Det är lugnt.” Zara tog en lång klunk och kände den kalla vätskan glida ner i strupen. Hon hade inte insett hur törstig hon var.

Puben sjudde av samtal, avbrutna av kommentatorerna på TV:n och ett och annat jubel. Regnet fortsatte sitt angrepp på taket, en konstant taktkänsla som på något vis fick värmen och ljuset där inne att kännas mer värdefulla. Zara tog fram sin mobil och kollade efter meddelanden. Inget brådskande. Hon öppnade sin anteckningsapp och började gå igenom vad hon hade sammanställt om Iris Zhang.

För elva år sedan hade en artonårig flicka dött i Salt Creek. Officiellt avskrivet som en drunkningsolycka. Hennes kropp hittades med ansiktet nedåt i fyrtiofem centimeter djupt vatten i en bäck som rann genom stadens park. Inga tecken på kamp, inga uppenbara skador. Fallet avslutades inom några veckor.

Men ju mer Zara hade grävt i detaljerna, desto mer fel kändes det. Blåmärkena som noterats i det preliminära obduktionsprotokollet men tonats ner i den slutliga versionen. Avsaknaden av avvärjningsskador trots att Iris var en duktig simmare. Det faktum att bäcken var så grund. Den förhastade utredningen, den uteblivna uppföljningen av motsägelsefulla vittnesuppgifter.

Och så var det mejlet hon fått för två veckor sedan från någon som kallade sig "Vän". Inget namn, ingen identifierande information, bara ett enkelt meddelande: "Iris Zhang drunknade inte av en olyckshändelse. Titta närmare på vem som hittade hennes kropp."

Hon hade nästan raderat det. Anonyma tips kom vanligtvis från knäppgökar eller folk som ville hämnas. Men det var något med det som bet sig fast. Hon hade börjat titta på fallet, och ju mer hon letade, desto sämre höll den officiella historien ihop.

"Kycklingschnitzel?" Bartenderns röst skar igenom hennes tankar.

Zara tittade upp och såg en tallrik som ställdes ner framför henne. Schnitzeln var enorm, täckt av smält ost och tomatsås, med ett berg av pommes frites vid sidan av. Hennes mage reagerade omedelbart.

"Tack." Hon la undan mobilen och tog upp kniv och gaffel.

Hon var halvvägs genom måltiden när någon slog sig ner på pallen bredvid henne. Hon sneglade upp, med gaffeln halvvägs till munnen.

Mannen var förmodligen i mitten av trettioårsåldern, med ett väderbitet ansikte som tydde på mycket tid utomhus. Han bar jeans och en blekt pikétröja, fuktig av regnet. Hans hår var mörkt, aningen för långt, med en skäggstubb som tydde på ett medvetet val snarare än lathet.

"Det där ovädret är ett riktigt skitväder", sa han samtalsvis och nickade åt bartendern. "En rom och cola, tack."

Zara gav ifrån sig ett svävande ljud och återgick till maten. Hon var inte på humör för att prata med en främling, särskilt inte någon som kanske försökte stöta på henne.

Men han verkade inte vara ute efter det. Han tog emot sitt glas, tog en lång klunk och riktade sin uppmärksamhet mot rugbymatchen på TV:n. De satt i en kamratlig tystnad i flera minuter. Hon åt, han tittade på matchen.

”Du är inte härifrån”, sa han till slut. Det var inte en fråga.

”Bara på genomresa. Fastnade i stormen.”

”Det händer.” Han tog ytterligare en klunk. ”Ska du norrut eller söderut?”

”Norrut. Du då?”

”Söderut. Brisbane.” Han gjorde en grimas. ”Försöker i alla fall. Såg radarn och bestämde mig för att ta in här över natten hellre än att chansa.”

”Smart.” Zara åt upp sin sista pommes frites och sköt undan tallriken. Ölen var också nästan slut. Hon borde nog gå tillbaka till rummet och få lite ordentlig vila inför morgondagens körn-ing.

Men något höll henne kvar på pallen. Kanske pubens värme efter det kalla regnet. Kanske det behagliga ruset från ölen i en nu mätt mage. Kanske det faktum att den här främlingen inte var påflugen, inte försökte imponera på henne eller pumpa henne på information eller sälja henne något. Han bara fanns där och delade utrymmet i en storm.

”En till?” frågade bartendern och nickade mot Zaras nästan tomma glas.

Hon borde säga nej. Borde gå tillbaka till sitt rum, gå igenom sina anteckningar, förbereda sig inför morgondagen. Men regnet hade inte avtagit, och tanken på det där ensamma motellrummet lockade inte alls.

"Ja, varför inte."

Den andra ölen kom in. Mannen bredvid henne beställde en till rom och cola. Matchen tog slut och ersattes av höjdpunkter och kommentarer. Skaran kring TV:n tunnades ut när folk drog sig till borden eller begav sig hemåt. Regnet fortsatte sitt angrepp på taket.

"Du är ingen säljare", sa han efter en stund.

"Vad får dig att tro det?"

"Ingen kostym. Ingen laptopväska. Och du har inte den där blicken."

"Vilken blick?"

"Den som säger att du kollar upp om jag är en potentiell kund." Han log svagt. "Jag ser många säljare i mitt yrke. Du är inte en av dem."

"Vad arbetar du med?"

"Polisen. Kriminalinspektör." Han tog en klunk. "Du då?"

Zara tvekade. Journalist framkallade ofta reaktioner, och inte alltid positiva sådana. "Poddare."

"Jaha?" Han verkade genuint intresserad. "Inom vad?"

"True crime."

”Aha.” Han nickade långsamt. ”Låt mig gissa. Du är på väg till någon liten stad för att gräva upp ett cold case och göra alla obekväma.”

Hon kunde inte låta bli att le. ”Något i den stilen.”

”Helt rätt. Det behövs förmodligen.” Han drack ur sitt glas. ”De flesta småstäder har minst ett fall som aldrig känts helt rätt för någon. Vanligtvis för att någon med makt ville att det skulle försvinna.”

Det fanns något i hans tonfall som fick henne att titta närmare på honom. ”Det låter som om du har erfarenhet av det.”

”Mer än jag skulle önska.” Han mötte hennes blick, och hon såg något där. Frustration, kanske. Trötthet. Blicken från någon som hade kompromissat mer än han ville men mindre än han befarat.

De pratade. Inte om detaljer, inte om fall eller namn eller platser, utan om arbetet, svårigheten att söka sanningen när systemen var utformade för att skydda makten snarare än att tjäna rättvisan. Om ensamheten i det, hur det isolerade en från människor som föredrog bekväma lögner.

Puben tömdes ytterligare. Bartendern började torka av borden och sände menande blickar åt deras håll. Sista beställningen kom och gick. De var de enda kunderna kvar.

”Vi borde nog gå nu”, sa Zara, även om hon inte gjorde någon ansats att resa på sig.

”Förmodligen.” Han rörde sig inte heller.

De tittade på varandra. Atmosfären mellan dem hade förändrats någon gång under den senaste timmen, blivit laddad med möjligheter. Zara visste vad det här var, vad det kunde vara. Något tillfälligt. Anonymt. Hon brukade inte göra så här. Brukade inte plocka upp främlingar på pubar.

Men något med den här kvällen kändes annorlunda. Stormen, isoleringen, den oväntade kontakten med någon som förstod hennes arbete på ett sätt som de flesta inte gjorde. Och sättet han tittade på henne, som om han såg henne, inte bara ytan utan något djupare.

"Jag bor i rum sju på motellet på andra sidan gatan", hörde hon sig själv säga.

Hans ögon mörknade något. "Jag bor i rum tolv."

"Närmare", sa hon, och hjärtat bultade plötsligt hårt i bröstet.

"Det är det."

De betalade sina räkningar var för sig och gick ut tillsammans, ut i regnet som nu hade mattats av till ett stadigt duggregn. Den korta promenaden till motellet kändes laddad. Ingen av dem sa något. Båda var högst medvetna om den andres närvaro.

Vid rum tolv låste han upp dörren och höll upp den. Zara steg in, hörde dörren stängas bakom dem och vände sig mot honom.

Regnet piskade mot fönstren och förvandlade dem till impressionistiska målningar av natten utanför. Gatlyktorna flöt ut i vattniga strimmor. De stod stilla ett ögonblick medan vatten droppade från deras kläder ner på mattan.

Zara rörde sig först och sträckte sig mot honom.

Hans mun fann hennes i halvmörkret. Kyssen fördjupades ögonblickligen och hoppade över allt trevande till förmån för något hungrigare. Hans händer kom upp för att rama in hennes ansikte.

"Jag behöver inte veta vad du heter", viskade hon mot hans mun.

"Bra", svarade han med hes röst. "Inte jag heller."

Något med anonymiteten gjorde dem båda fria. Hon drog i hans skjorta, ville ha bort barriären. Han hjälpte henne, fingrarna arbetade med knappar medan hon drog det fuktiga tyget från hans axlar.

De klädde av varandra och kläderna föll till golvet i fuktiga högar. Hans fingrar trasslade in sig i hennes hår, som fortfarande var vått av regnet, och drog loss det ur hästsvansen. Den svala luften mot hennes hud motverkades omedelbart av värmen från hans kropp som pressades mot hennes. Han backade henne tills hennes ben mötte sängkanten, och följde sedan med henne ner på madrassen.

Hon lät händerna löpa nerför hans rygg. Han var inte perfekt, och det var inte hon heller, och på något sätt gjorde det allting bättre.

Hans mun rörde sig över hennes hud och upptäckte vad som fick henne att flämta, vad som fick henne att greppa hans axlar hårdare. Hennes gensvar tycktes sporra honom.

När han rörde sig över henne slingrade hon benen runt hans midja och drog honom närmare. Förväntan var nästan outhärdlig.

"Skydd?" frågade han med hes röst. "Jag har inget..."

"Piller", sa hon. "Det är lugnt."

Ett kort ögonblick av bekräftelse. Sedan förenades de, och allt annat försvann.

Zara vaknade i det gråa gryningsljuset som silade genom gardinerna. Hon blev varse hans blick på henne.

”God morgon”, sa hon, med rösten sträv av sömn.

”God morgon.” Han strök undan en hårslinga bakom hennes öra.

De visste båda att detta var slutet. Vad som än hade hänt mellan dem tillhörde natten, stormen. Dagsljuset förde verkligheten åter i fokus.

Zara satte sig upp och drog lakanet om sig. ”Jag borde gå tillbaka till mitt rum.”

Han nickade. ”Jag måste också ge mig ut på vägen snart.”

De klädde sig under tystnad. Enstaka blickar, små leenden. Den avslappnade inställningen hos människor som inte hade något att bevisa. Vid dörren dröjde de kvar.

”Det här var...” började hon.

”Perfekt”, avslutade han, och drog lätt på munnen. ”Eftersom det slutar här.”

Hon nickade. ”Precis.”

”Hejdå, hemliga dam. Kör försiktigt. Och lycka till.”

Han lutade sig framåt och tryckte sina läppar mot hennes en sista gång. En kyss av uppskattning, inget krav. Sedan tog han ett steg tillbaka.

Zara öppnade dörren till en värld som tvättats ren av nattens regn. Luften doftade av våt jord och eukalyptus, himlen var klar och nästan aggressivt klarblå. Hon gick därifrån utan att se sig om, i vetskapen om att han såg henne gå, och att ingen av dem skulle försöka förlänga det som hade varit perfekt just på grund av sina begränsningar.

Väl inne på sitt eget rum duschade hon och lät det varma vattnet skölja bort de fysiska spåren. Hennes sinne höll redan på att växla om och fokusera på dagen som låg framför henne. Salt Creek väntade, och med det undersökningen som kunde återuppliva hennes karriär. Iris Zhangs allvarliga ögon från skolfotografiet tycktes se på henne genom minnet och påminna henne om varför hon gjort den här resan från första början.

Ännu en uppsättning torra kläder och sina vandringskängor på, sedan var hon redo. Hon packade snabbt och kontrollerade att utrustningen låg säkert, att inget hade skadats av gårdagens regn. Efter att ha lastat bilen gick hon till receptionen för att lämna tillbaka nyckeln och tackade receptionisten, som var en annan man än kvällen innan.

När hon körde ut på Bruce Highway och gasade på norrut skänkte hon en sista tanke åt den namnlösa mannen och deras natt tillsammans. Ett perfekt mellanspel, nu fullbordat. Ett fint minne som bleknade i backspegeln.

Motorvägen sträckte ut sig framför henne, inte längre dold av regn. Hon kände sig utvilad, i balans på ett sätt hon inte varit på flera månader, redo att möta vad som än väntade henne i Salt Creek.

# Kapitel 3

Sockerrörsfälten sträckte ut sig i oändlighet på ömse sidor om motorvägen, ett monotont grönt hav som bara bröts av enstaka bondgårdar eller rostande maskiner. Zara justerade luftkonditioneringsventilen och riktade den ljumma luften mot ansiktet. Bilens ålderstigna system kämpade mot dagens tilltagande hetta och lyckades inte åstadkomma mycket mer än en ljummen bris. Februari i Queensland var oförlåtande, solen var obeveklig även genom de tonade rutorna.

Hennes sinne gick igenom detaljerna hon hade memorerat om Iris Zhang. Sjutton år gammal. Ambitiös. Principfast. Funnen framstupa i femton centimeter vatten. Fallet avslutat på två veckor. Fakta kretsade i hennes tankar, och varje ny punkt stärkte hennes övertygelse om att något var djupt fel med den officiella versionen.

En blekt grön skylt dök upp vid vägkanten: "Välkommen till Salt Creek, folkmängd 3 147". Under texten hade någon sprejmålat "HELL HOLE" med röda bokstäver, även om ett halvhjärtat försök hade gjorts att skrubba bort det. Inte stadens största fan, den där graffitikonstnären, tänkte Zara när hon passerade skylten och saktade ner bilen.

Huvudgatan uppenbarade sig, en enda sträcka med väderbitna byggnader som utgjorde stadens centrum. Bruce Highway skar rakt igenom och tvingade resenärer att sakta ner men sällan att stanna. På hennes högra sida upptog en pub hörnfastigheten, med flagnande gräddvit färg och en skylt som gjorde reklam för "Cold Beer, Hot Meals". Längre fram låg ett litet snabbköp vars fönster var täckta med blekta reklamblad. En bensinstation, ett byggvaruhus, en fisk- och gatuköksbutik.

Sedan såg hon den, på vänster sida av vägen: Golden Horse Restaurant. Etablissemanget var inrymt i en fyrkantig tegelbyggnad med röda lister och gulddetaljer. En handmålad guldhäst stegrade sig på skylten. Det var här Iris hade arbetat med sina föräldrar, och det var här hon senast hade setts i livet innan hon började gå hemåt den där oktobernatten för mer än tio år sedan.

Mest slående var det som låg precis efter restaurangen, en ravin som skar genom landskapet som ett sår, kanske femton meter djup, och delade staden i två delar. Bruce Highway spände över den på en modern betongbro. Detta var själva Salt Creek, det geografiska särdrag som gett staden dess namn och krävt Iris Zhangs liv under orimliga omständigheter. Zara körde sakta över bron och försökte kika ner i ravinen, men brons betongsidor skymde hennes sikt.

På andra sidan bron hittade hon skolan, eller skolorna; högstadiet och lågstadiet intill varandra, med idrottsplatser synliga bakom. En foderbutik tycktes markera slutet på affärsdistriktet och staden tunnades ut nästan omedelbart.

Zara körde in till vänster, parkerade på den breda vägrenen och tittade på sin telefon. Två motell i staden, mindes hon; ett av dem var en kedja med priser på webbplatsen från 100 dollar per natt. Hon tittade lite vemodigt på bilden av den glittrande blå poolen innan hon stängde fönstret och tog fram det andra motellet.

”Det där ser ut att ligga mer inom min prisklass”, mumlade hon. ”Vi åker och ser om de har plats för mig.” Hon kontrollerade speglarna och väntade på en lucka i trafiken innan hon gjorde en U-sväng och körde tillbaka genom staden, över bron ännu en gång.

Zara körde in på parkeringen till Salt Creek Motel, en envåningsbyggnad med träpanel målad i en blekt blå färg. Neonskylten för lediga rum flimrade ryckigt, som om den inte riktigt kunde bestämma sig för om den verkligen välkomnade gäster. Sex dörrar vette mot parkeringen, numrerade ett till sex. Bakom kontorsfönstret snurrade en takfläkt lojt.

Hon satt kvar ett ögonblick och samlade tankarna innan hon klev ur. Det var nu det gällde. Platsen där hon antingen skulle återuppliva sin karriär eller se den dö ut helt och hållet. Hon tänkte på bolånet som skulle betalas om tre veckor, på sina sinande besparingar, på att Dev tyst betalat interneträkningen utan att nämna det. Sedan tänkte hon på Iris Zhangs allvarliga ögon i det där skolfotografiet, och hennes käkar spändes.

Kontorsdörren utlöste en klocka när hon tryckte upp den. Där inne tittade en kvinna i sextioårsåldern upp från en pocketroman, med läsglasögonen balanserande på nästippen. Luftkonditioneringen var inställd på arktisk kyla, och den plötsliga kylan gav Zara gåshud på armarna.

”Kan jag hjälpa dig?” frågade kvinnan, hennes ton var neutral men ögonen granskande. Hon tog in Zaras stadskläder, hennes professionella frisyr, hennes svårbestämda etnicitet, allt i en blick som varken var fientlig eller välkomnande.

”Jag skulle vilja ha ett rum, tack”, sa Zara. ”Till att börja med för en vecka, men det kan hända att jag förlänger det efter det.”

Kvinnan nickade och lade undan sin bok. ”Enkel eller dubbel?”

”Enkel blir bra.”

”Sjuttio per natt. Veckopriser sänker det till sextiofem.” Kvinnan tog fram ett registreringskort. ”Jag behöver ett kreditkort och legitimation.”

Zara räckte över sitt körkort och kreditkort och fyllde sedan i formuläret. Kvinnan studerade hennes körkort och tittade fram och tillbaka mellan fotot och Zaras ansikte.

”Langley”, läste hon högt. ”Adress i Brisbane. Affärer eller nöje?”

”Affärer”, svarade Zara utan att gå in på detaljer.

”Incheckning är inte förrän klockan två, men rum fyra användes inte i natt. Det är klart om ni vill ha det nu.” Kvinnan lämnade tillbaka körkortet och drog kreditkortet.

”Det vore jättebra, tack.” Zara tog emot plastnyckelkortet där motellets logotyp bleknat efter lång användning.

”Något annat du behöver veta? Frukost ingår inte, men kaféet bredvid snabbköpet öppnar klockan sex. Det finns gratis Wi-Fi, lösenordet står på kortet i ditt rum.”

”Tack”, sa Zara. ”Jag undrade faktiskt över bäcken. Kan man ta sig ner till den härifrån på ett enkelt sätt?”

Kvinnans ansiktsuttryck förändrades subtilt. ”Det finns en stig ner vid parken. Den är lite brant, men det går att gå där. Fast det finns inte mycket att se. Det är bara en bäck.”

Bara en bäck där en sjuttonårig flicka enligt uppgift drunknat i ankeldjupt vatten. ”Tack för informationen”, sa Zara istället.

Väl ute igen slog hettan emot henne på nytt; hon kände hur svetten omedelbart började bryta fram ur varje por och hoppades att luftkonditioneringen redan var på i hennes rum. Hennes bil kokade redan igen efter att bara ha stått i solen i några minuter, och hon ryggade till när hon lade händerna på den heta ratten. Snabbt körde hon till rum fyra och parkerade direkt framför det, och bar in sin utrustning och sina väskor i två omgångar.

Rummet motsvarade hennes förväntningar, det var väldigt likt rummet i Childers kvällen innan och säkert likadant som motellrum i små städer längs motorvägarna över hela landet. Det fanns en dubbelsäng med blommigt överkast, ett litet bord med två stolar, en tv som sett bättre dagar och ett badrum med beige klinkers och en kombination av dusch och badkar. Men det var rent, luftkonditioneringen fungerade och det skulle duga utmärkt som hennes bas.

Det fanns till och med gratis Wi-Fi, vilket hon inte riktigt hade väntat sig men var tacksam för. Hon skulle naturligtvis ha sitt VPN aktiverat när hon använde det, men det skulle åtminstone bespara henne att göra slut på telefonens datapott och behöva betala extra.

Zara packade upp, ställde upp sin bärbara dator på bordet och placerade sin inspelningsutrustning bredvid den. De två högkvalitativa mikrofonerna, fortfarande i sina skyddsfodral. Videokameran och stativet. Extrabatterier och SD-kort. Hennes läderinbundna anteckningsbok med hennes efterforskningar om Iris och Salt Creek. En karta över staden som hon skrivit ut innan hon åkte, redan markerad med viktiga platser.

Inne i badrummet skvätte hon kallt vatten i ansiktet och tittade upp för att möta sin egen spegelbild. Mörka ringar skuggade hennes ögon, minnen från natten i Childers, både stormen och det som följt. Men under tröttheten fanns något hon inte sett i sitt eget ansikte på månader: ett syfte.

Hon torkade ansiktet och gick tillbaka till rummet och kontrollerade klockan. Precis efter tolv. Gott om dagsljus kvar för att påbörja sin rekognosering av staden, särskilt bäcken. I morgon skulle hon närma sig the Golden Horse och försöka få kontakt med Iris föräldrar. Men i dag handlade det om att förstå geografin, dokumentera platsen och samla in de visuella bevis som skulle utgöra stommen i hennes första avsnitt.

Hennes utrustningsväska skulle dra till sig för mycket uppmärksamhet om hon släpade runt på den i staden, men hon ville ha med sig en del av sina grejer. Det var inte troligt att hon skulle genomföra några intervjuer i eftermiddag, men hon ville gärna göra en video som satte scenen och introducerade fallet, om hon kunde. Hon tog upp sin axelremsväska och packade ner ett av sina stativ tillsammans med anteckningsboken. Det var bäst att den bärbara datorn stannade kvar här, även om hon låste in den i sin väska.

Zara tog sin kamera, stoppade ner telefonen och nyckelkortet i fickan och steg ut i hettan i Queensland igen. Salt Creek väntade på att bli utforskat, och någonstans i denna dammiga stad fanns sanningen om vad som hade hänt Iris Zhang.

Söndagseftermiddagens hetta låg tung över Salt Creeks huvudgata när Zara gick längs den med kameran i handen. Hon rörde sig avslappnat, som en turist som dokumenterade en pittoresk småstad snarare än en utredare som byggde upp ett fall. Ändå kände hon blickar som följde henne från kaféet där tre äldre män satt med sina kaffe, från snabbköpet där en ung mamma vallade barn genom automatdörrarna, från de parkerade pickisarna med nedvevade rutor. I en stad av den här storleken var ett nytt ansikte lika iögonfallande som en blinkande neonskylt.

Hon fotograferade puben, byggvaruhuset, Golden Horse Restaurant med sin flagnande röda färg och skylten med guldskrift. Varje klick från slutaren kändes som ett tillkännagivande av hennes närvaro, hennes avsikter. En tonårspojke på en skateboard saktade ner när han passerade henne, med tydlig nyfikenhet i sitt solbkända ansikte.

"Är du reporter eller nåt?" frågade han och sparkade upp brädan i handen.

"Bara på genomresa", svarade Zara med ett leende som inte avslöjade någonting. "Tar lite bilder till mina sociala medier."

Han såg inte helt övertygad ut men ryckte på axlarna och fortsatte sin färd. Zara såg efter honom och undrade om han var gammal nog att ha känt Iris, att ha gått i skolan med henne. Troligen inte: Iris skulle vara nästan trettio om hon fortfarande var vid liv idag. Hon behövde dock vara försiktig här. Småstäder hade långt minne och stark lojalitet.

Hon följde huvudgatan fram till bron, där byggnaderna gav vika för en liten park som låg inbäddad mot ravinens kant. Det var fullt av folk där, barn som klättrade på lekredskap medan föräldrar satt vid picknickbord i skuggiga partier. Naturligtvis, insåg hon. Söndagseftermiddag i en stad med få nöjesalternativ. Parken var den sociala knutpunkten.

Zara gick runt lekplatsen och nickade artigt mot de vuxna som gjorde uppehåll i sina samtal för att se henne passera. Längst bak i parken hittade hon det hon letade efter: en smal kostig som försvann in i snårig buskmark och slingrade sig ner i ravinen. En väderbiten skylt varnade: "VARNING: BRANT STIG TILL BÄCKEN."

Stigen bar brant nedåt, vilket tvingade henne att försiktigt ta sig fram över blottade rötter och lösa stenar. Temperaturen sjönk allt eftersom hon rörde sig djupare ner i ravinen och de höga väggarna blockerade den direkta solen. Inhemska buskar trängdes längs stigen och deras blad strök mot hennes armar. Svetten pärlade sig i hennes panna av ansträngningen och den kvardröjande luftfuktigheten.

Halvvägs ner stannade hon för att hämta andan. Ovanför henne spände en gångbro i trä över ravinen, dess väderbitna plankor var synliga genom luckor i lövverket. Från den här vinkeln kunde hon även se motorvägsbron, mycket högre upp, där fordon då och då passerade över den. Ljudet av barn som lekte i parken hade tystnat och ersatts av det mjuka prasslet från löv och avlägsen trafik.

Hon fortsatte nedåt och använde trädstammar som stöd på de brantaste partierna. Stigen blev tydligare ju närmare botten hon kom och vidgades till ett öppet område på ravinens botten. Och där var den: själva Salt Creek.

Bäcken sträckte ut sig framför henne, kanske två meter bred vid den här punkten, med vatten som flöt mjukt över släta, runda stenar. Solljuset trängde in i ravinen på vissa ställen och skapade fläckiga mönster på det klara vattnet. Men det som slog henne omedelbart var hur grund den var, den täckte knappt stenarna på de flesta ställen, med enstaka något djupare höljor som på sin höjd skulle nå till mitten av vaderna.

Zara stod orörlig och stirrade på vattnet. *Här* skulle en sjuttonårig flicka ha drunknat? Hon hade vetat från polisrapporterna att vattnet var grunt, men att se det i verkligheten fick den officiella versionen att verka inte bara osannolik, utan absurd.

Hon gick längs stranden tills hon hittade den specifika plats som beskrivits i polisrapporten, precis under den gångbro i trä som korsade vattnet. Här var vattnet något djupare i en naturlig sänka, men även efter nattens regn kunde det inte ha varit mer än femton centimeter djupt. Tanken på att någon skulle kunna råka dö i en drunkningsolycka här var absurd.

Zara ställde sin väska på en torr sten och tog av sig sina vandringskängor och strumpor. Strandens heta stenar brände mot hennes bara fötter tills hon klev ner i bäcken. Vattnet var överraskande kallt, en chock mot huden efter dagens hetta. Det nådde knappt upp till vristerna. Hon böjde sig ner, doppade fingertopparna i vattnet och luktade på dem innan hon försiktigt smakade på en vattendroppe. Inte saltig... märkligt. Hur hade Salt Creek fått sitt namn då? Hon gjorde en mental anteckning om att ta reda på det, inte för att det spelade någon roll för fallet. Hon ville bara tillfredsställa sin egen nyfikenhet.

Ravinen slog henne också som märklig, den var alldeles för djup för att ha gröpts ur av en bäck så lugn som den här. Fanns det en damm någonstans uppströms? Om så var fallet skulle bäcken sällan stiga särskilt mycket över sin nuvarande nivå. Vilket verkade troligt när man såg de friska träden och undervegetationen som växte hela vägen ner till vattenbrynet.

Hon tog fram ett av fotona från brottsplatsen på sin telefon, kontrollerade sin position i förhållande till den gångbro i trä som fanns där och tog sig försiktigt fram till platsen där Iris kropp hade hittats. Stenarna var släta under hennes fötter, polerade av åratal av strömmande vatten. Inte hala direkt, men de krävde uppmärksamhet för att hon skulle kunna navigera säkert. Det skulle ändå krävas antingen betydande kraft eller total arbetsoförmåga för att hålla någons ansikte under vatten här. En medveten person skulle helt enkelt vrida på huvudet eller trycka sig upp.

Zara ställde upp sitt stativ på bäckens botten, justerade det så att kameran hölls vågrätt trots det ojämna underlaget och ställde in kameran på att spela in högupplöst video. Hon komponerade bilden, filmade ett litet testklipp för att kontrollera att den bildruta hon ville ha inkluderade henne själv stående i vattnet med träbron synlig ovanför, tryckte sedan på inspelning och klev in i bilden.

”Det är här som sjuttonåriga Iris Zhang påstås ha drunknat den 15 oktober 2014”, sade hon, med en röst som var stadig och professionell trots vreden som växte inom henne. ”Jag står på exakt den plats där hennes kropp hittades, och vattnet når mig knappt till vristerna, trots kraftigt regn i natt.”

Hon rörde sig något för att visa hur lätt det var att hålla balansen. ”Enligt den officiella rapporten hittades Iris med ansiktet nedåt i cirka femton centimeter vatten. Utredningen avslutades efter bara två veckor med ett officiellt utlåtande om drunkningsolycka.”

Zara böjde sig ner, placerade handen plant mot bäckens botten och lyfte den sedan medan vattnet rann mellan hennes fingrar. ”Frågan är inte om Iris Zhang drunknade. Obduktionen bekräftade det. Frågan är hur en frisk, atletisk sjuttonåring möjligtvis skulle kunna drunkna genom en olyckshändelse i så här grunt vatten.”

Hon avslutade inspelningen och flyttade sedan kameran för att fånga olika vinklar. Vida vinklar som visade bäckens hela bredd, närbilder på vattendjupet i förhållande till hennes vrist, detaljerade bilder på själva bäckens botten. Ovanför henne kastade den gångbro i trä som fanns där randiga skuggor över vattnet. Hon filmade det också, sedan brostöden, och undrade om Iris hade gått över den bron natten hon dog.

Det avlägsna bruset från trafiken på motorvägsbron utgjorde ett konstant bakgrundsljud. Ibland hördes röster från parken ovanför, påminnelser om staden som fortsatte sina vanliga söndagsrutiner medan hon stod där en ung flicka hade dött under omöjliga omständigheter.

Zara vadade längre längs bäcken och dokumenterade varje aspekt av platsen. Varje ny vinkel, varje mätning av vattnets djup förstärkte bara hennes visshet: Iris Zhang kunde inte ha drunknat här genom en olyckshändelse. Vilket innebar att någon hade hållit ner henne. Någon hade dödat henne. Och polisen hade antingen missat det helt eller medvetet ignorerat det.

När hon packade ihop sin utrustning och tog på sig kängorna igen kände Zara en bottenlös visshet om att hon hade hittat en historia som behövde berättas. Det handlade inte längre bara om att rädda sin karriär. Det handlade om rättvisa för en flicka vars död hade avfärdats, vars sanning hade begravts lika lättvindigt som hennes kropp.

Hon klättrade uppför den branta stigen igen med kameran full av bevis och tankarna snurrande av frågor. Salt Creek bar på en hemlighet, och hon hade för avsikt att avslöja den, oavsett vem som försökte stoppa henne.

Skymningen hade lagt sig över Salt Creek när Zara återvände till motellet efter ett kort stopp vid gatuköket för att hämta lite middag. Dagens hetta hängde kvar i väggarna med träpanel, trots den kämpande luftkonditioneringen. Hon låste dörren bakom sig, ställde sin väska försiktigt på bordet och rullade på axlarna för att släppa den spänning som byggts upp under klättringen tillbaka från bäcken. Hennes fötter var fortfarande fuktiga inuti vandringskängorna, och finkornigt grus från stigen hade letat sig in mellan tårna, men hon märkte knappt obehaget.

Hon hade vad hon behövde för att börja: visuella bevis på det omöjliga i hjärtat av Iris Zhangs död.

Zara sparkade av sig kängorna och drog av sig strumporna, och torkade fötterna med en handduk från badrummet. Sedan ställde hon i ordning sin arbetsstation: den bärbara datorn placerad i mitten av det lilla bordet, den externa hårddisken ansluten och kameran kopplad via kabel. Hennes fingrar rörde sig i den välbekanta processen att föra över filer, medan hennes sinne redan strukturerade den berättelse som skulle bli hennes första avsnitt.

Filmmaterialet började laddas ner och hon tittade på de första klippen på förhandsgranskningsskärmen. Där var hon, stående till vristerna i bäcken, med vattnet knappt synligt där det rann över hennes fötter. Ljussättningen var bra. Sen eftermiddagssol hade trängt in i ravinen i precis rätt vinkel och framhävde hur grunt vattnet var samtidigt som hennes ansikte var rätt exponerat. Hennes röst hördes tydligt mot bakgrundsljudet av det porlande vattnet och den avlägsna trafiken: "Det är här som sjuttonåriga Iris Zhang påstås ha drunknat..."

Hon gick igenom klippen och markerade de starkaste segmenten. Den vida bilden av hela bäckens botten, som visade dess anspråkslösa bredd och jämna grundhet. Närbilden av vattnet som flöt runt hennes vrist. Det dramatiska avslöjandet när hennes hand låg plant mot bäckens botten och sedan lyftes för att visa hur lite vatten det faktiskt fanns. Varje bild byggde på den förra för att skapa ett oemotsägligt visuellt argument: ingen kunde råka drunkna här.

Zara öppnade sitt redigeringsprogram, och det välbekanta gränssnittet hälsade henne som en gammal vän. En gång i tiden hade den här processen varit lika naturlig som att andas. Hennes år som producent för "De förlorade australierna" hade slipat hennes tekniska färdigheter till den grad att programvaran kändes som en förlängning av hennes egna tankar. Trots hennes månader av minskad produktion mindes hennes fingrar, och de flög över tangentbordet medan hon sammanställde sin berättelse. Då och då sträckte hon sig efter påsen med de allt kallare pommes fritesen och smååt på en utan att egentligen känna smaken, alltför uppslukad av sitt arbete för att fokusera på att äta.

Hon skapade en ny projektfil: "Flickan i bäcken_EP01." Titeln hade kommit till henne när hon stod i vattnet och kände stenarna under fötterna, medan hon tittade upp på träbron där Iris kan ha gått den där natten. Den var enkel och direkt, och skulle sticka ut bland de ofta sensationella titlarna inom true crime-genren.

Redigeringen tog form och hennes vision materialiserades på skärmen. Hon började med miljöbilder av Salt Creek, ravinen och själva bäcken. Sedan sitt tilltal direkt till kameran, där hon förklarade de grundläggande fakta i fallet. Hon vävde in skannade bilder av polisrapporten hon fått tag på och lyfte fram motsägelserna. Berättelsen byggdes upp mot den centrala frågan: hur kunde en frisk tonåring möjligtvis drunkna genom en olyckshändelse i femton centimeter vatten?

Till tumnagelbilden öppnade hon mappen som innehöll Iris skolfotografi. Sjuttonåringens allvarliga ögon stirrade tillbaka på henne bakom rektangulära glasögon, och de var så lika Zaras egen mormors ögon att det skapade en nästan fysisk smärta i bröstet. Det här var inte bara ett fall i mängden. Det här var personligt på sätt som hon inte fullt ut hade erkänt ens för sig själv.

Hon gjorde subtila justeringar av bilden, ökade kontrasten något och såg till att Iris ansikte skulle synas tydligt även som en liten tumnagel på streamingplattformar. Titeln skulle visas bredvid hennes ansikte: "Flickan i bäcken, Episod 1: Femton centimeter." Rent, enkelt och intressant.

Klockan på hennes bärbara dator visade 22:38. Hon hade arbetat i timmar utan paus, men skapandets välbekanta rytm hade burit henne framåt. Nu kom den viktigaste delen: berättarrösten som skulle binda ihop allt. Zara ställde upp en mikrofon på ett litet bordsstativ och placerade puffskyddet noggrant. Hon tog en klunk vatten från flaskan hon fyllt på tidigare, harklade sig och påbörjade inspelningen.

"Välkommen till Flickan i bäcken", sade hon, och hennes röst sjönk ner i det professionella läge hon lärt sig under sin medieutbildning och fulländat under åren som radiopratare. Smidig utan att vara konstlad, auktoritär utan att vara högtravande, engagerad men kontrollerad. "Det här är historien om Iris Zhang, och sanningen som Salt Creek inte vill att ni ska höra."

Hon fortsatte med att presentera de grundläggande fakta i fallet. Hennes röst förblev stadig när hon beskrev det officiella utlåtandet, men skiftade sedan något och lät hennes indignation lysa igenom när hon ifrågasatte hur en frisk tonåring kunde drunkna i fotledsdjupt vatten. Hon beskrev sina egna observationer vid bäcken, de visuella bevisen hon samlat in och de frågor som förblev obesvarade.

"I de kommande avsnitten ska vi utforska vem Iris Zhang var, vad som hände natten till den 15 oktober 2014, och varför utredningen av hennes död lades ner så snabbt med en så osannolik slutsats."

Zara slutförde berättarrösten i en enda tagning. Hon lyssnade på uppspelningen, gjorde anteckningar om bitar som kan behöva spelas in på nytt, men hittade bara mindre problem som enkelt kunde åtgärdas med snabba punktinspelningar.

Medan hon mastrade ljudet och integrerade berättarrösten med sina bilder, tog episoden sin slutgiltiga form. Femton minuter och sjutton sekunder av stramt redigerat innehåll som introducerade fallet och etablerade det centrala mysteriet: en drunkning som inte borde ha varit möjlig. Det var inte hennes mest polerade verk. Hon hade ingen forskningsassistent, ingen professionell ljudtekniker, ingen grafisk designer för titlarna. Men det var fängslande. Det ställde frågor som krävde svar. Det talade för en flicka som inte längre kunde tala för sig själv.

Klockan 23:47 laddade Zara upp det färdiga avsnittet på sin värdplattform. Det skulle automatiskt distribueras till Spotify, Apple Podcasts, YouTube och alla andra plattformar där "De förlorade australierna" en gång hade blomstrat. Hon skrev en kort beskrivning, lade till taggar för att optimera sökbarheten och schemalade det sedan för att publiceras omedelbart.

Hon klickade på "Publicera" och såg på när förloppsindikatorn fylldes. När den var klar stängde hon sin bärbara dator och ställde sig upp, och sträckte på muskler som var stela efter timmar av stillasittande. Utmattningen sköljde över henne som en våg, och hennes kropp reagerade till slut på dagens ansträngningar nu när det kreativa fokuset hade släppt.

Zara gick mot sängen och föll ner på den med kläderna på, för trött för att byta om eller ens dra undan sängkläderna. Hennes telefon låg bredvid henne, tyst för tillfället men potentiellt bärare av avgörande nyheter till morgonen. Skulle det bli en topp i statistiken? Skulle hennes kvarvarande lyssnare svara på den här nya inriktningen? Skulle hon få nya följare som var intresserade av Iris historia?

Frågorna snurrade i hennes huvud medan tröttheten drog henne mot sömn. Åtta veckors spelrum. Det var vad hon hade beräknat innan hon lämnade Brisbane. Åtta veckor före total ekonomisk kollaps. Det här avsnittet, det här fallet, den här flickans historia, det var hennes sista chans att bygga upp det hon förlorat efter Little Girls Lost-fallet. Men när sömnen tog över var det inte de ekonomiska insatserna som fyllde hennes tankar, utan Iris Zhangs allvarliga ögon bakom rektangulära glasögon, som bad om sanning och krävde rättvisa.

Morgondagen skulle avgöra om denna chansning skulle rädda hennes karriär eller avsluta den helt. Men i kväll, i det stilla mörkret i ett rum på Salt Creek motell, hade Zara börjat göra det hon var bäst på: hon hade gett en röst åt någon som hade tystats. Oavsett om någon annan skulle bry sig eller inte, fanns det en tillfredsställelse i det som gjorde att hon snabbt föll i en djup, drömlös sömn.

# Kapitel 4

Zaras mobilalarm ryckte henne vaken klockan sex. Hon blinkade, desorienterad, fortfarande fullt påklädd sedan kvällen innan och med en nackspärr efter den obekväma vinkeln mot kudden. Ett ögonblick kom hon inte ihåg var hon var, sen kom allt tillbaka. Salt Creek. Iris Zhang. Avsnittet hon hade laddat upp strax före midnatt. Hennes hand sköt ut mot mobilen och tystade larmet innan hon öppnade sin analyspanel, med hjärtat bultande mot revbenen.

Siffrorna laddades långsamt medan motellets Wi-Fi kämpade med morgontrafiken. Hon satte sig upp och gned nacken medan hon bönföll sidan att ladda snabbare. När den till slut kom fram blinkade hon två gånger, säker på att hon läste fel.

*Visningar: 7 823 Prenumeranter: +412*

”Vad i helvete?” viskade hon. Hon stängde appen och öppnade den igen, i tron att det var något tekniskt fel. Siffrorna stod kvar och tickade till och med uppåt med några enstaka siffror medan hon tittade. Det här kunde inte stämma. Hennes förra avsnitt, det hastigt efterforskade reportaget om mordet på 1970-talet, hade knappt nått 2 000 visningar under sin första vecka. Nu hade hon nästan 8 000 på mindre än sex timmar?

Hon bytte till sin YouTube-analys, där tillväxten var ännu tydligare. Algoritmen hade fångat upp hennes video och marknadsförde den aggressivt. Miniatyrbilden med Iris skolfoto bredvid bäcken dök upp i sektionen för trendande true crime-innehåll.

Hennes fingrar darrade lätt när hon skrollade ner till kommentarsfältet:

*"Herregud, det här är HELT SJUKT. Det finns inte en chans att det där var en olycka. Jag är fast."*

*"Har saknat dig, Zara. Ingen berättar de här historierna som du. Den här stackars tjejen förtjänar upprättelse."*

*"Jag bor i Storbritannien nu, men jag växte upp tre timmar från Salt Creek. Jag minns när det här hände; det kändes aldrig logiskt. Tack för att du granskar det."*

*"Prenumererar! När släpps nästa avsnitt?"*

Kommentarerna forsade nerför skärmen, dussintals av dem. Hon skrollade snabbt och letade efter de kritiska rösterna, anklagelserna om exploatering som hade förföljt henne efter Little Girls Lost-fallet. Det fanns några stycken, det gjorde det alltid, men de var begravda under vågor av stöd och engagemang.

Zara svängde benen över sängkanten och gick bort till sin bärbara dator. Hon startade den för att få en bättre överblick över statistiken. Den större skärmen bekräftade vad mobilen hade visat: hennes innehåll spred sig som en löpeld på ett sätt som det inte gjort på nästan två år. Mätvärdena steg medan hon tittade. Visningar, delningar, kommentarer, prenumeranter.

Viktigast av allt var att den beräknade intäktsprognosen för månaden redan hade nått 1 200 dollar bara från detta enda avsnitt. Om tillväxten fortsatte i ens hälften av den här takten, skulle hon kunna titta på 5 000 dollar eller mer för månaden. Bolånet.

Räkningarna. Mat som inte bestod av snabbnudlar eller den billigaste burken med tonfisk.

Hennes hand rörde sig omedvetet mot bröstet och tryckte mot bröstbenet där en stram knut hade suttit i månader. Den fanns fortfarande kvar, men den kändes lösare nu, som om någon hade börjat nysta upp de första trådarna.

Hon öppnade sin analyspanel för streamingplattformen, där ljudversionen av podden visade på liknande tillväxt. Nedladdningarna låg på 6 435 och steg stadigt. Engagemangsmätvärdena visade att folk lyssnade på hela avsnittet utan att falla ifrån mitt i. Den högsta lojaliteten hon sett sedan... ja, sedan före allt annat.

Hennes Patreon-notiser visade femton nya prenumeranter under de senaste sex timmarna, där var och en lovade ett månatligt stöd på mellan 5 och 25 dollar. Tre tidigare sponsorer hade återvänt och lämnat meddelanden:

*"Så roligt att ha dig tillbaka i form. Det här fallet behöver någon som du."*

*"Jag tappade aldrig tron. Det här är den Zara Langley som jag har stöttat från början."*

*"Ta mina pengar. Jag måste få veta vad som hände med Iris."*

Zara lutade sig tillbaka i stolen. Bekräftelse. Efter månader av sjunkande siffror, ekonomisk panik och tvivel på om hennes karriär var över, fanns här nu konkreta bevis på att hon fortfarande hade en publik. Att hennes röst fortfarande betydde något. Att hon inte hade tappat det där, vad det nu var, som hade gjort henne bra på det här från första början.

Men det handlade inte bara om henne. Folk lät sig engageras av Iris historia. De ställde samma frågor som hon själv gjort när hon stått till anklarna i den där bäcken. Hur kunde en frisk sjuttonåring drunkna i femton centimeter långsamt rinnande vatten? Varför avslutades utredningen så snabbt? Vad hände egentligen den natten?

Hon öppnade sin anteckningsbok och började skriva ner reaktioner, frågor som väckts i kommentarerna och som hon inte hade tänkt på, kopplingar som lyssnarna gjorde och som kunde leda till nya spår i utredningen. Det var det här hon hade saknat mest: den samarbetande aspekten av true crime-poddande, sättet som en engagerad publik blev till en förlängd forskargrupp som erbjöd perspektiv och information hon aldrig hade kunnat upptäcka på egen hand.

Hennes telefon vibrerade av ett sms från Dev:

*"Har precis lyssnat. Det här är briljant. Kommentarsfältet kokar. Du är tillbaka."*

Hon log, rörd av hans entusiasm och stöd. Hon sms:ade tillbaka:

*"Tack. Det är fortfarande tidigt men det ser lovande ut."*

Hennes fokus återvände till statistiken, siffrorna klättrade fortfarande. Det här var inte bara den vanliga tidiga spiken som följde med ett nytt släpp; det här hade det omisskännliga mönstret av innehåll som delades utanför hennes befintliga publik. Algoritmen pushade henne och folk svarade.

Ännu viktigare var att de reagerade på Iris. På det fundamentalt felaktiga i att en ung kinesisk-australisk flickas död avfärdades så lättvindigt. På det visuella beviset som gjorde det officiella utlåtandet omöjligt att tro på. På de allvarliga ögonen bakom rektangulära glasögon som tycktes se rakt på tittarna och be om deras hjälp.

Zara reste sig och sträckte på sig. Hennes kropp var fortfarande stel efter gårdagens klättring ner till och upp från bäcken. Hon gick in i det lilla badrummet på motellet och stänkte kallt vatten i ansiktet. Reflektionen i spegeln såg annorlunda ut än igår. De skarpa vinklarna kring hennes kindben fanns kvar, och bevisen på stress och en begränsad matbudget var fortfarande synliga. Men hennes ögon hade förändrats. Gnistan av mening hon känt igår hade tänts till något starkare, något säkrare.

Hon behövde vara försiktig. Denna tidiga framgång garanterade ingenting. Hon hade känt detta uppsving tidigare med andra fall, bara för att sedan köra in i väggar, återvändsgränder och motstånd. Salt Creek var en liten stad med ett långt minne. Om det fanns en hemlighet här, så hade folk hållit den i tio år. De skulle inte ge upp den så lätt.

Men för första gången på två år kände Zara medvind istället för motvind. Hon hade momentum. Hon hade en publik. Hon såg ett ekonomiskt andrum vid horisonten.

Viktigast av allt var att hon hade Iris historia att berätta. Och om de första sex timmarna var någon indikation, var folk redo att lyssna.

Hon återvände till sin bärbara dator och öppnade dokumentet där hon börjat planera nästa avsnitt. Grundstrukturen fanns där, men nu lade hon till anteckningar från kommentarerna, frågor att undersöka och vinklar att följa upp. Idag skulle hon behöva lära sig mer om själva Salt Creek, om bäckens historia och om hur staden hade reagerat på Iris död. Och hon behövde hitta ett sätt att närma sig familjen Zhang, att vinna deras förtroende, för att säkerställa att hon berättade deras dotters historia på ett sätt som hedrade hennes minne snarare än att exploatera det.

Zaras fingrar rörde sig över tangentbordet med säkerhet och beslutsamhet. Kraften i en berättelse som börjar sprida sig. Det var det här hon hade saknat. Det var det här hon gjorde bäst.

För Iris. För sig själv. För sanningen som någon i den här staden inte ville skulle komma fram.

Folkbiblioteket i Salt Creek delade lokaler med stadens postkontor, en tegelbyggnad från sekelskiftet med höga fönster och slitna stentrappor som ledde fram till dubbeldörrarna. Zara gick uppför trapporna precis efter öppning klockan nio, med anteckningsbok och laptop i väskan, redo att gräva i stadens historia. Sökningar på nätet hade gett henne en del grundläggande information, men de lokala arkiven skulle innehålla de kontextuella detaljer hon behövde för att förstå inte bara själva bäcken, utan även det samhälle som byggts upp runt den. Att förstå geografin och historien var hennes högsta prioritet; det skulle kunna förklara varför en sjuttonårig flicka hamnade vid en bäck efter mörkrets inbrott, och varför ingen ifrågasatte hennes påstådda drunkningsolycka i ankeldjupt vatten.

Inuti var biblioteket behagligt svalt, och takfläktarna snurrade makligt ovanför raderna av hyllor. Lokalen luktade papper och möbelpolish, den där typiska biblioteksdoften som är densamma oavsett plats. Trots sin litenhet kändes rummet välskött och organiserat, med en barnhörna prydd med färgglada saccosäckar, en rad med fyra publika datorer och en iögonfallande hylla för lokalhistoria nära lånedisken.

Bakom disken satt en kvinna i sextioårsåldern med silverfärgat hår klippt i en prydlig page, och läsglasögon som hängde i en pärlkedja runt halsen. Hon tittade upp när dörren stängdes bakom Zara och bjöd på ett välkomnande leende.

"God morgon", sa hon, och hennes röst bar på den speciella värme som utmärker någon som verkligen tycker om att prata med folk. "Jag har inte sett er här förut. Är ni bara på genomresa?"

"Jag stannar i stan ett tag", svarade Zara och gick fram till disken. "Jag gör lite research. Jag hoppades på att få veta mer om stadens historia."

Kvinnans leende blev bredare. "Då har ni sannerligen kommit till rätt ställe. Jag heter Esther och har varit bibliotekarie här i tjugosju år. Jag vet mer om den här staden än de flesta som är födda här." Hon räckte fram handen och Zara skakade den. "Lokalhistoria är min specialitet. Vad är ni intresserad av mer specifikt?"

"Jag heter Zara. Jag är nyfiken på hur bäcken fick sitt namn, till att börja med. Den är ju inte direkt saltig, åtminstone inte där jag tog prov igår."

Esthers ögon lyste upp, tydligt glad över att få dela med sig av sin kunskap. "Det har ni rätt i, den är inte saltig där den rinner genom stan. Namnet kommer längre nerströms ifrån, ungefär två kilometer bortom ravinen. Det finns ett litet vattenfall där, och nedanför det rinner vattnet genom ett flackt område som sträcker sig ner till flodmynningen. Högvattnet pressar upp salt i bäcken. Den ursprungliga gården som gav staden dess namn etablerades där nere 1862, och man lät boskapen beta på de bördiga markerna."

Hon kom fram från bakom disken och visade att Zara skulle följa henne till en glasmonter med gamla fotografier. "Här är den ursprungliga huvudbyggnaden", sa hon och pekade på en sepiatonsbild av en enkel träbyggnad intill bäcken. "Den förstördes i en cyklon 1937, men vid det laget hade man byggt en bro över ravinen här uppe för att dra en ordentlig väg igenom, och staden hade börjat växa fram här vid övergångsstället."

Zara studerade fotografiet och noterade hur annorlunda bäcken såg ut. Bredare, med snabbare flöde. "Ravinen verkar vara för djup för att ha skapats av den nuvarande bäcken", konstaterade hon. "Var den större förr i tiden?"

"Helt rätt", nickade Esther godkännande. "Bra observerat. Bäcken brukade vara betydligt mer kraftfull innan de byggde Blackwell Dam uppströms 2001. Det var ett vattenregleringssprojekt för att skydda jordbruksmarken från översvämningar under regnperioden. Nu flyter bäcken egentligen bara ordentligt vid schemalagda utsläpp från dammen."

Zara tog fram sin anteckningsbok och skrev ner detaljerna. "Så bäcken har bara svämmat över ett fåtal gånger sedan dess?"

"Det stämmer. Bara när vi får cyklonväder som tvingar dem att göra ett stort utsläpp från dammen. Den senaste stora var 2011, då den gamla gångbron i trä sköljdes bort och fick byggas upp igen. Annars ser den ut ungefär som nu. Bara ett litet flöde större delen av året."

Detta bekräftade vad Zara hade misstänkt. Bäcken där Iris påstods ha drunknat var inte bara grund den där specifika dagen; den var grund av konstruktion, kontrollerad av dammen uppströms, och nådde sällan något betydande djup förutom vid kontrollerade utsläpp eller extrema väderhändelser.

"Inträffade det några ovanliga väderhändelser i oktober 2014?" frågade hon med en vardaglig ton.

Esthers panna lades i djupa veck. "Oktober 2014? Låt mig tänk a... Nej, det borde ha varit typiskt vårväder. Varma dagar, kanske en och annan eftermiddagsstorm, men inget cyklonliknande den tiden på året."

"Så bäcken borde ha sett ut ungefär som jag såg den igår? Grund, rinnande precis över stenarna?"

"Ja, det stämmer. Bara ett mjukt flöde den tiden på året, såvida det inte var ett specifikt utsläpp från dammen, vilket de brukar meddela i förväg." Esther gick bort till en hylla i ett hörn av biblioteket som verkade sällan besökt, och tog fram en tjock pärm märkt 'Lokalgeografi och väderdata'. "Jag kan kontrollera om det fanns några schemalagda utsläpp, om ni vill?"

"Det vore till stor hjälp", sa Zara.

Esther bläddrade igenom pärmen tills hon hittade sidan för 2014. Hennes finger följde datumkolumnen nedåt. "Nej, inget i oktober. Det var ett litet utsläpp i början av december, men oktober var helt normal."

Zara nickade och gjorde en ny anteckning. Det här var viktigt. En officiell bekräftelse på att bäcken hade varit i sitt normala, grundna tillstånd den natt då Iris dog. Det omöjliga i en drunkningsolycka blev alltmer påtagligt för varje ny information hon fick.

"Det här är fascinerande", sa hon. "Jag arbetar faktiskt på en podcast om staden, och jag skulle vilja inkludera en del av det här historiska sammanhanget." Hon hejdade sig och iakttog Esthers ansiktsuttryck noga innan hon lade till: "Jag är särskilt intresserad av vad som hände med Iris Zhang."

Förändringen var omedelbar och dramatisk. Esthers öppna, vänliga uttryck stängdes likt en dörr som slås igen. Hennes axlar stelnade, munnen blev till ett smalt streck och hon stängde pärmen med en slutgiltighet som verkade oproportionerlig i förhållande till den enkla fysiska handlingen.

”Åh, det där pratar vi inte riktigt om”, sa hon, och hennes röst var märkbart svalare. ”Det var länge sedan. En fruktansvärd olycka, förstås, men att älta sådant gör ingen nytta.”

Zara höll ansiktet neutralt trots de inre varningsklockorna som ringde. ”Jag förstår att det kan vara svårt, men som journalist är jag intresserad av att ge en röst åt historier som kan ha förbisetts.”

”Det blev inte förbisett”, avbröt Esther och ställde tillbaka pärmen på hyllan. ”Polisen utredde det och fastställde att det var en olycka. Den stackars flickan halkade, slog i huvudet och drunknade. Sådant händer.” Hon sysselsatte sig med att räta till böcker och mappar som inte behövde rätas till, och undvek Zaras blick.

”Men i femton centimeter vatten...”

”Jag är ledsen”, avbröt Esther henne igen, ”men jag har katalogisering att sköta i förmiddag. Ni får gärna se er om i vår lokalhistoriska avdelning.” Hon gestikulerade vagt mot hyllorna. ”Allt är tydligt märkt.”

Zara försökte med en annan vinkel. ”Kände ni Iris personligen? Eller hennes familj?”

”Alla känner alla i en stad av den här storleken”, svarade Esther, en plattityd som fungerade som ett icke-svar. ”Om ni ursäktar.” Hon drog sig tillbaka till lånedisken, tog fram en trave registerkort och fokuserade på dem.

Avvisningen var omisskännlig. Zara tackade för den historiska informationen och gick till lokalhistoriska avdelningen som föreslagits, men Esthers reaktion sa henne mer än vad någon bok på de här hyllorna sannolikt skulle göra. Kvinnans uppträdande hade förändrats helt vid omnämnandet av Iris Zhang, från entusiastisk lokalhistoriker till sluten grindvakt på bara några sekunder.

Zara letade i hyllorna i ytterligare tjugo minuter och hittade några böcker om stadens utveckling, men inget som nämnde Iris död. Inte förvånande för ett litet stadsbibliotek. När hon gjorde sig redo att gå sneglade hon tillbaka på Esther, som nu hjälpte en äldre man och vars tidigare frostighet var som bortblåst.

Utanför på bibliotekstrappan stannade Zara för att skriva klart sina anteckningar. Esthers reaktion bekräftade vad hon misstänkt: den här staden hade kollektivt bestämt sig för att inte prata om vad som hänt Iris Zhang. Oavsett om det berodde på skuld, delaktighet eller en enkel önskan att gå vidare, var tystnaden avsiktlig och framtvingad.

Vilket bara gjorde Zara mer beslutsam att bryta den.

Salties var halvfullt när Zara kom dit för att äta middag. Måndagskvällens gäster var en blandning av lokalbor som varvade ner efter jobbet och några resenärer på genomresa. Pubens interiör matchade dess väderbitna yttre: trägolv som nötts släta av årtionden av kängor, väggar täckta av blekta fotografier av lokala idrottslag och en luft som var mättad av lukten av öl och friterad mat. Zara valde ett hörnbor som gav henne fri sikt över ingången samtidigt som hon kunde ha ryggen mot en vägg, en vana hon lagt sig till med under år av undersökande arbete. Hon beställde en Hawaii-kyckling-parmy som bartendern lovade var "den bästa på den här sidan av Bundy" och tog sedan fram telefonen för att kontrollera sin analyspanel igen, ett tvångsbeteende hon inte lyckats skaka av sig på hela dagen.

Siffrorna hade fortsatt sin bana uppåt. Antalet visningar översteg nu 32 000 och kommentarerna räknades i hundratal. Ännu viktigare var att den beräknade intäktsprognosen för månaden hade passerat 5 000 dollar, en siffra som gav Zara en fysisk känsla av lättnad så djup att den nästan var svindlande. Bolånet. Räkningarna. Mat. Hennes kommande förnyelse av bilregistreringen. Hon skulle kunna täcka allt och ändå ha tillräckligt kvar för att fortsätta utredningen.

Hennes kyckling parmigiana kom in, tillsammans med ett berg av pommes frites och en liten sidosallad. Zara tackade bartendern och tog en tugga, överraskad av hur genuint god den var när den söta ananasen smälte i munnen. Hon hade inte insett hur hungrig hon var; frukosten hade varit en energibar, lunchen en hastig smörgås från det lilla caféet nära biblioteket. Hon åt långsamt och njöt av varje tugga medan hon fortsatte att skrolla igenom kommentarerna på telefonen och gjorde mentala anteckningar om frågor att ta upp i nästa avsnitt.

Hon var halvvägs genom måltiden när pubens atmosfär förändrades subtilt. Samtalen tystnade, huvuden vändes mot ingången. Zara tittade upp för att se vad som orsakat förändringen.

En ung kvinna stod i dörröppningen och mönstrade rummet. Hon var nog inte ens trettio, tänkte Zara, men hon förde sig med ett självsäkert lugn som hos någon betydligt äldre. Hennes honungsblonda hår, tydligt professionellt stylat, föll i perfekta vågor ner till axlarna. Hon bar mörka linnebyxor som förmodligen kostade mer än Zaras hela outfit, tillsammans med en sidenblus i en mjuk blå nyans som matchade hennes ögon och några diskreta guldsmycken. Dyrt men inte pråligt, den sortens avslappnade elegans som kräver rejäla pengar för att uppnå.

Det som slog Zara mest var inte bara kvinnans polerade yttre, utan den reaktion hon framkallade. Bartendern sträckte sig omedelbart efter vad som uppenbarligen var hennes vanliga drink. Männen sträckte på sig en aning, kvinnorna rätade till sina miner. Det var inte direkt rädsla, utan vördnad. Den sorten som är reserverad för någon med inflytande.

Kvinnan nickade till hälsning till flera av gästerna och utbytte korta artigheter medan hon gick mot baren. Sedan landade hennes blick på Zara, det okända ansiktet, utomstående, och något fladdrade till i hennes uttryck. Igenkänning, kanske? Intresse, definitivt. Hon ändrade tveklöst riktning.

"Ni måste vara poddaren som alla pratar om", sa hon när hon kom fram till bordet. "Jag är Kirsty Cannon, kommunfullmäktigeledamot i Salt Creek. Har ni något emot om jag slår mig ner?" Hon gestikulerade mot den tomma stolen mittemot Zara.

Frågan var bara en formalitet; hon höll redan på att dra ut stolen. Zara nickade och svalde sin munsbit. "Zara Langley", svarade hon och torkade av handen på pappersservetten innan hon sträckte fram den.

Kirstys handslag var fast och kort, hennes hand sval och torr trots värmen inne på puben. "Jag har hört talas om din podcast från flera oroade invånare idag", sa hon och satte sig till rätta i stolen. "Flickan i bäcken, visst är det så? Om Iris Zhang?"

Ryktet hade alltså spridit sig snabbt. Inte förvånande i en stad av den här storleken, men Zara kom på sig själv med att undra exakt vilka "oroade invånare" som hade kontaktat en kommunfullmäktigeledamot så snabbt. Hade Esther, den vänliga bibliotekarien, lyft luren i samma ögonblick som Zara lämnat biblioteket?

"Det stämmer", bekräftade Zara och lade ner gaffeln. "Jag undersöker omständigheterna kring hennes död. Det officiella utlåtandet kändes aldrig logiskt för mig."

Kirstys uttryck övergick i en inövad sympati, en blick Zara sett på politikers ansikten under presskonferenser. "Det var en fruktansvärd tragedi. Iris och jag var bästa vänner, ni vet. Jag tänker fortfarande på henne hela tiden.”

Bästa vänner? Zara höll ansiktet neutralt trots den omedelbara gnista av intresse som detta påstående tände. Det här var en oväntad vändning. Direkt tillgång till någon som påstods ha känt Iris väl.

”Det måste ha varit otroligt svårt för er”, sa Zara och iakttog Kirsty noga. ”Jag skulle gärna vilja höra om henne från någon som kände henne personligen.”

”Hon var underbar”, sa Kirsty, och hennes ögon fick en fjärran blick som inte riktigt nådde nivån av genuina känslor. ”Så smart, så begåvad. Vi visste alla att hon skulle gå långt.”

Zara nickade och uppmuntrade till mer specifika detaljer. ”Vilka slags talanger hade hon? Vad brann hon för?”

En lätt tvekan, nästan omärklig, men Zara uppfattade den. ”Konst, främst. Hon var väldigt kreativ. Arbetade alltid med olika projekt.” Kirsty tystnade och bytte sedan spår. ”Det var därför jag ville prata med er, faktiskt. Jag är orolig för vilken inverkan er podcast kan ha på familjen Zhang. De har gått igenom så mycket redan, och att få allt det här upprivet igen efter alla dessa år...”

Vändningen var smidig, men den fick varningsklockorna att ringa i Zaras huvud. Kirsty undvek ämnet och rörde sig bort från specifika detaljer om Iris.

”Har ni pratat med familjen Zhang nyligen? Hur mår de?” frågade Zara, både av genuin nyfikenhet och för att testa Kirstys påstådda koppling.

”Jag ser dem i staden ibland. De håller sig mest för sig själva, fokuserade på sin restaurang.” Ännu ett allmänt svar. ”Men att öppna det här såret kommer inte att hjälpa dem att läka. Ibland innebär det att bry sig om någon att man skyddar dem från smärta de inte behöver återuppleva."

Frasen lät inövad, som om Kirsty hade förberett den innan hon gick fram till henne. Zara tog en klunk av sin öl och övervägde noga sin nästa fråga.

"Hur var Iris som person? Bortom hennes talanger, menar jag. Vad skulle ni vilja att folk fick veta om er bästa vän?"

Kirsty log, men det nådde inte ögonen. "Hon var snäll. Omtänksam. Den sortens vän som kom ihåg varje födelsedag, som märkte när man hade en dålig dag."

Allmänna plattityder som skulle kunna stämma in på vem som helst. Zaras skitsnack-radar började ge utslag.

"Hade hon några specifika planer för universitetet? Jag har förstått att hon sökte förtida antagning." Hon petade och letade efter sprickor i Kirstys polerade fasad, men hon visste inte tillräckligt om kvinnan för att veta var hon skulle sätta in trycket.

"Ja, hon var väldigt studiemotiverad", svarade Kirsty, återigen med denna nästan omärkliga tvekan. "Hon sökte till flera skolor. Vi förväntade oss alla att det skulle gå bra för henne var hon än hamnade."

Inget omnämnande av Queensland College of Art som specifikt noterats i polisrapporten. Inga personliga anekdoter. Inga specifika minnen som en bästa vän säkerligen borde ha i överflöd.

"Varför tror du att hon var vid bäcken den natten?" frågade Zara och övergick till ett mer direkt angreppssätt.

Kirstys hållning stelnade till något. "Jag tror inte att någon av oss någonsin kommer att få veta säkert. Det var mörkt, hon kan ha tagit en genväg. Det var en fruktansvärd olycka."

”I femton centimeter vatten?”

”Olyckor händer på oväntade sätt”, svarade Kirsty, och hennes röst fick en svag skärpa under den polerade ytan. ”Hon kan ha halkat, slagit i huvudet. Polisutredningen var grundlig.”

En två veckor lång utredning som ignorerade det fysiskt omöjliga i scenariot? Zara tvivlade starkt på det.

”Som hennes bästa vän, märkte du något ovanligt under dagarna före hennes död? Några orosmoln eller konflikter hon nämnde?”

Kirstys leende förblev fixerat, men något hårdnade i hennes blick. ”Iris var en vanlig tonåring med vanliga tonårsproblem. Det var inget ovanligt.” Hon sneglade på sin klocka. ”Jag borde låta er äta klart er middag. Jag ville bara presentera mig och uttrycka min oro över hur den här podcasten kan påverka vårt samhälle.” Hon reste sig och rätade till sin blazer. ”Salt Creek är en sammansvetsad stad. Vi tar hand om varandra här. Jag hoppas att ni har det i åtanke när ni fortsätter ert... projekt.”

Orden var artiga, men undertonen av varning var omisskännlig. Zara mötte hennes blick direkt. ”Jag tänker alltid på effekterna av min rapportering. Särskilt för dem som förtjänar att få sina historier berättade på ett korrekt sätt.”

Något fladdrade förbi i Kirstys ansikte, irritation kanske, eller oro, innan hon återställde sitt politiska leende. ”Det var trevligt att träffas, Zara. Hoppas ni trivs under er vistelse i Salt Creek.” Hon vände sig om och gick mot baren, där hon omedelbart inledde ett samtal med en grupp män som sträckte på sig när hon närmade sig, med ansiktsuttryck som övergick i uppmärksam respekt.

Zara iakttog henne ett ögonblick och tog sedan fram sin anteckningsbok och skrev ner sina observationer medan de var färska:

*Kirsty Cannon – påstår sig vara Iris bästa vän men gav bara allmänna detaljer. Inga specifika minnen. Nämnde inte QCA specifikt vid fråga om universitetsplaner. Kroppsspråk stelt vid pressade frågor. Växlade snabbt till "orolig för familjen". Varningen om att staden "ser efter varandra" kändes hotfull. Något är väldigt fel med den här oroliga bästa vännen.*

Hon underströk den sista meningen två gånger och tog sedan en sista tugga av sin nu kalla kyckling. Kirsty Cannon hade precis hamnat högst upp på hennes lista över personer att undersöka vidare.

# KAPITEL 5

SALT CREEKS POLISSTATION HUKADE i bortre änden av huvudgatan, en envåningsbyggnad i tegel som mer liknade en tandläkarmottagning från 1970-talet än en plats för lagens upprätthållare. Zara tryckte upp glasdörren, och övergången från den gassande middagshettan till den luftkonditionerade kylan fick gåshuden att resa sig på hennes armar. Hennes bomullsskjorta, fuktig av svett efter den korta promenaden från motellet, kändes plötsligt kall mot huden.

Receptionsområdet bekräftade intrycket av en tandläkarmottagning: nött linoleumgolv i institutionsbeige, väggar målade i en nyans av gräddvitt som gulnat med åren och en takfläkt som snurrade så långsamt att den verkade mäta tiden snarare än att röra om i luften. En affisch om våld i nära relationer hängde på väggen, dess hörn rullade inåt och numret till stödlinjen var bleknat efter åratal av solljus. Rummet luktade gammalt pappersarbete och industrirengöringsmedel.

Bakom en skyddande glasvägg tittade en kvinna i femtioårsåldern upp från en datorskärm. Hennes Queensland-polisuniform verkade vara en storlek för stor och hängde slappt över de smala axlarna, men hennes blick var pigg och vaksam.

"God morgon. Hur kan jag hjälpa dig?" frågade hon med en professionellt neutral röst.

Zara gick fram till disken och sträckte på sig. "Jag är här för att träffa någon angående tillgång till utredningshandlingar. Det gäller Iris Zhang."

Kvinnans ansiktsuttryck förändrades inte, men något i hennes blick skärptes. "Har du en bokad tid?"

"Nej, men jag ringde igår och fick veta att någon skulle finnas tillgänglig för att prata med mig på förmiddagen."

Receptionisten granskade henne ett ögonblick till. "Namn?"

"Zara Langley."

Kvinnan nickade och lyfte luren. Hon vände sig halvt bort och pratade med låg röst som Zara inte riktigt kunde uppfatta. Efter ett kort samtal la hon på och vände sig tillbaka.

"Kriminalinspektör Pennell tar emot dig strax. Var snäll och slå dig ner."

Zara nickade tackande och gick till en av plaststolarna som stod uppställda längs väggen. Vinylen var sprucken och en liten bit saknades i ena hörnet, så att skumgummit undertill syntes. Hon satte sig på kanten, placerade sin väska i knät och tog fram sin anteckningsbok och sin digitala diktafon.

Hon kontrollerade diktafonens batterinivå. Fullt. Hon testade den genom att viska "Testar, ett två tre" innan hon stoppade inspelningen och raderade testfilen. Hennes handflator var fuktiga trots luftkonditioneringen. Det här mötet var viktigt. Genom att få tillgång till de officiella handlingarna skulle hon få de avgörande detaljer som den offentliga databasen utelämnat. Obduktionsfoton. Förhörsprotokoll. Den utredande polisens anteckningar. Alla de pusselbitar hon behövde för att förstå hur en drunkning i femton centimeter djupt vatten hade kunnat fastställas som en drunkningsolycka.

Hon bläddrade i anteckningsboken till sidan där hon förberett sina frågor. Det viktiga var att börja professionellt, utan att vara konfrontativ. Be om tillgång till handlingarna i egenskap av journalist som undersöker ett cold case. Presentera sina meriter. Först om hon blev pressad skulle hon nämna de fysiska orimligheterna i det officiella utlåtandet.

Zara kastade en blick på klockan. Tio minuter hade gått. Hon använde tiden till att repetera sitt anförande. "Jag undersöker omständigheterna kring Iris Zhangs död för en dokumentärpodd. Jag skulle vilja begära ut utredningshandlingarna med stöd av offentlighetsprincipen."

Formellt. Professionellt. Inga anklagelser, bara en rutinförfrågan som skulle vara svår att neka rakt av, särskilt med tanke på att fallet officiellt var avslutat.

Ljudet av en dörr som öppnades drog till sig hennes uppmärksamhet. Hon tittade upp och förväntade sig en stereotyp landsortspolis. Äldre, småfet, avvisande.

Mörkt hår, aningen för långt. Gråblå ögon. En fräsch men lätt skrynklig skjorta, som om han burit den hela dagen trots att det bara var förmiddag.

Mannen från Childers.

Deras blickar möttes, och ett ömsesidigt uttryck av chock svepte över bådas ansikten. Den namnlöse främlingen hon tillbringat natten med var kriminalinspektör Garrett Pennell. Just den polis hon behövde övertyga för att få tillgång till Iris Zhangs handlingar.

Under ett förfärligt, stillastående ögonblick rörde sig ingen av dem. Takfläkten fortsatte sin sävliga rotation, en klocka på väggen tickade och någonstans i ett annat rum ringde en telefon utan att besvaras. Allt annat tycktes frysa till is medan deras gemensamma historia hängde i luften mellan dem.

Hon såg igenkänning i hans ögon, snabbt åtföljd av oro, tvivel och kanske en gnutta av samma hetta som de skapat tillsammans i det där motellrummet. Hans adamsäpple rörde sig när han svalde.

Sedan förändrades hans ansikte. Chocken försvann och ersattes av något omsorgsfullt uttryckslöst. Han rätade på axlarna, hans kroppshållning blev mer formell, mer distanserad.

"Ms Langley?" sa han, och hans röst förrådde ingenting av det som just passerat mellan dem. Om receptionisten hade lagt märke till deras tillfälliga förlamning så visade hon inga tecken på det, utan var åter fokuserad på sin datorskärm.

Zara harklade sig och tvingade sitt eget ansiktsuttryck att bli neutralt. "Ja. Kriminalinspektör Pennell?"

Han nickade en gång och höll upp dörren. "Den här vägen, tack."

Hon samlade ihop sin väska, anteckningsbok och diktafon, hypermedveten om varje rörelse. Benen kändes som om de inte hörde ihop med kroppen när hon reste sig och gick mot honom. När hon passerade genom dörröppningen, nära nog att känna doften av hans efterrakvatten, for tankarna till hans mun mot hennes nyckelben, hans händer mot hennes hud. Hon föste undan tanken.

Dörren stängdes bakom dem. Vad som än hade hänt i Childers tillhörde nu en alternativ verklighet, en som de båda var tvungna att låtsas aldrig hade existerat.

Förhörsrummet var litet och kvavt, de beigea väggarna var tomma så när som på en envägsspegel och en klocka som tickade för högt. En halvvisen krukväxt hängde i ett hörn, med dammiga och försummade blad. Garrett gjorde en gest mot metallstolen mittemot honom, hans rörelser var formella, som om de möttes för första gången. Zara satte sig och placerade diktafonen och anteckningsboken på bordet mellan dem, en bräcklig barrikad mot den omöjliga intimiteten i situationen.

”Har ni något emot att jag spelar in det här samtalet?” frågade hon med en röst som var stadigare än hon kände sig.

”Det kommer inte att behövas”, svarade Garrett korthugget och professionellt. ”Det här är ett informellt samtal, inte ett officiellt förhör.”

Hon noterade hur noggrant han placerade sina händer på bordet. Flata, kontrollerade, utan att fingra på något. Den vigselring hon lagt märke till att han saknat i Childers saknades fortfarande. Alltså inte gift. Bara en man som valt att tillbringa en natt med en främling under en storm. En man som nu satt mittemot henne som ett hinder för hennes utredning.

”Jag förstår, men jag föredrar att föra noggranna anteckningar för eget bruk.”

”Som ni vill, i så fall.” Han ryckte på ena axeln.

Hon satte på diktafonen och angav datum, tid och deltagare för inspelningen. Garrett iakttog henne med ett outgrundligt uttryck, men hon såg hur hans käkar spändes en aning.

”För kännedom”, sa han så snart hon pratat färdigt, ”samtycker jag inte till att någon del av den här inspelningen sänds i någon form. Det här mötet sker som en artighet och är inte en del av något officiellt protokoll.”

Smart, tänkte hon. ”Jag förstår”, sa hon högt. ”Och jag går med på att ingen del av det här samtalet kommer att sändas. Det är endast för mina egna anteckningar.”

”Hur kan jag då hjälpa dig i dag, Ms Langley?” Hans formella tilltal var avsiktligt. En vägg.

Zara gled in i sin inövade förfrågan. ”Jag undersöker omständigheterna kring Iris Zhangs död för en dokumentärpodd. Jag skulle vilja begära ut de kompletta utredningshandlingarna med stöd av offentlighetsprincipen.”

”Jag känner till er podd”, sa han. ”Jag lyssnade på ert första avsnitt igår kväll på Spotify.”

Spotify. Den versionen med enbart ljud. Han hade alltså inte sett videoklippet där hon står i bäcken och demonstrerar hur grunt vattnet är. Det förklarade åtminstone hans chock när han fick se henne.

”Då förstår ni varför jag är intresserad av att granska de kompletta handlingarna”, fortsatte hon. ”Den offentliga databasen ger bara en bråkdel av informationen.”

Garrett lutade sig lätt bakåt, stel i kroppen. ”Fallet utreddes grundligt och avslutades för över tio år sedan. Det fastställdes som en drunkningsolycka.”

”I femton centimeter djupt vatten?” Frågan undslapp henne innan hon hann dämpa tonfallet.

Hans blick mötte hennes direkt för första gången sedan de satte sig. Ett misstag, kanske, för något passerade mellan dem, en ström av gemensamma minnen som ingen av dem kunde låtsas om.

"Olyckor sker på oväntade sätt", sa han och ekade Kirsty Cannons ord från kvällen innan så pass exakt att Zara undrade om frasen ingick i stadens gemensamma manuskript.

Garrett sträckte sig efter en penna på bordet och hans fingrar nuddade hennes. Han drog snabbt undan handen som om han bränt sig, och kompenserade sedan genom att plocka upp pennan med en djupt studerad nonchalans. Men hon hade sett hur hans hand tvekat, den nästan omärkliga ryckningen i hans andning.

"Jag har besökt platsen", sa hon och skruvade på sig i stolen när han lutade sig framåt. "Jag har dokumenterat bäckens djup, vattenflödet, terrängen. Rent fysiskt går den officiella förklaringen inte ihop."

"Vattennivåer förändras. Ni tittar på platsen mer än tio år senare."

"Blackwell Dam har reglerat vattennivån sedan 2001. Enligt lokala mätningar förekom inga ovanliga utsläpp eller väderhändelser i oktober 2014. Bäcken var som den är nu. Grund, lugn, inte ens till anklarna på de flesta ställen."

Något fladdrade till i hans ansiktsuttryck. Förvåning, kanske, över att hon gjort sin efterforskning så grundligt. Luftkonditioneringen i hörnet hackade och kämpade mot luftfuktigheten som tryckte på utifrån.

"Ni rör upp gammal sorg helt utan anledning", sa han, nu med lägre röst. "Familjen Zhang har lidit nog utan att få sin dotters död förvandlad till underhållning."

Anklagelsen sved, precis som det var tänkt. "Det här handlar inte om underhållning. Det handlar om sanningen. En sjuttonårig flicka kan omöjligen drunkna av en olyckshändelse i femton centimeter vatten."

"Ni vet inte vad som hände den natten."

"Det verkar inte ni heller göra, om ni tror på det officiella utlåtandet."

Hans ögon smalnade inför utmaningen. Han lutade sig framåt och doften av hans efterrakvatten drev över bordet. Zara tvingade sig själv att inte reagera, att inte visa något tecken på att hon mindes hur den doften hade blandats med regn mot hans hud.

"Jag har varit polis i fjorton år", sa han. "Jag förstår hur olyckor sker, hur snabbt saker kan gå snett."

"Och jag har varit journalist i tolv år", kontrade hon. "Jag förstår när något inte låter logiskt."

De stirrade på varandra, och deras professionella fientlighet dolde knappt den intensiva medvetenheten om varandras närhet. Hans skjortärmar var upprullade till armbågarna och blottade underarmar som hon mindes att hon strukit med fingrarna över. Hennes blus var knäppt till en professionell höjd, men hon visste att han mindes vad som fanns inunder den. Vetskapen fanns där mellan dem, oanständig i den här miljön.

"Handlingarna ni begär ut innehåller känslig information", sa han och bröt tystnaden. "Obduktionsfoton. Vittnesmål. Personliga detaljer om en minderårig."

"Vilket alltihop skulle hanteras med vederbörlig diskretion."

"Som i er podd? Där ni sänder ut spekulationer om ett avslutat fall till tusentals lyssnare?"

”Där jag ställer berättigade frågor om ett misstänkt dödsfall.”

Garretts fingrar trummade en gång mot bordet och tystnade sedan. ”Jag hörde era teorier i ljudversionen. Men har ni övervägt att Iris kan ha drabbats av något medicinskt? Ett anfall, kanske, eller en svimning som gjorde henne hjälplös innan hon föll?”

”Obduktionen fann inga tecken på underliggande sjukdomar.”

”Den offentliga rapporten är en förkortning. Den fullständiga obduktionen innehåller ytterligare detaljer.”

”Då vill jag se de detaljerna”, pressade Zara på. ”Om det finns en medicinsk förklaring som är rimlig så vill jag veta det. Och även om det finns en sådan kvarstår den obesvarade frågan: varför var Iris ens där? Jag har redan undersökt vägen hon borde ha tagit hem från Golden Horse. Hennes föräldrars hus ligger i samma del av stan. Hon borde inte ha varit i närheten av bäcken.”

Det uppstod en kort, spänd tystnad. Och i det ögonblicket kunde Zara ha svurit på att hon såg ett medgivande i Garretts ögon innan han tittade bort.

”Ni måste skicka in en formell begäran enligt offentlighetsprincipen.” Han drog fram ett formulär ur en mapp och sköt det över bordet. ”Det kan ta fyra till sex veckor att handlägga.”

Deras fingrar nuddade varandra igen när hon tog emot formuläret, och den här gången kunde ingen av dem låtsas som ingenting. Beröringen dröjde kvar ett uns för länge. Minnet av Childers hängde mellan dem: stormen, puben, hans rum, mörkret, deras kroppar som rörde sig tillsammans. Intimiteten de delat stod i grotesk kontrast till deras nuvarande roller.

Luftkonditioneringen hackade igen och övergick sedan i ett ansträngt brummande. Svettpärlor syntes vid Garretts tinning

trots kylan. Zara la benen i kors och sedan tillbaka igen, hyper-
medveten om hans närhet.

"Jag lämnar in den här idag", sa hon, vek ihop formuläret och la
det i sin anteckningsbok. "Men jag hoppas ni förstår att jag inte
kommer att lämna stan medan jag väntar. Det finns mer i den
här historien och jag tänker ta reda på vad det är, med eller utan
officiellt samarbete."

Något som skulle kunna vara beundran fladdrade förbi i hans
ansikte innan det försvann. "Det är er rättighet."

Klockan på väggen tickade högt i tystnaden som följde. Ingen
verkade vilja vara den som först avslutade mötet, som bröt den
märkliga spänning som höll dem kvar.

"Småstäder glömmer aldrig, Ms Langley", sa Garrett till slut och
lutade sig bakåt i stolen för att skapa ett avstånd mellan dem som
kändes både nödvändigt och avsiktligt. "Ni gör er ovälkommen
här med den där podden. Folk pratar. De minns vem som stör
deras frid."

Varningen hängde i luften. Zara mötte hans blick och vägrade
låta sig skrämmas trots suget i magen. Pratade han som en polis
som var oroad över relationerna i samhället, eller låg det något
mer specifikt i hans varning? Oavsett vilket tänkte hon inte ge
vika.

"Är det där ett hot, kriminalinspektör Pennell?"

"En iakttagelse", svarade han med neutral röst men med hårda
ögon. "Ni är en utomstående som river upp smärtsamma min-
nen. Det är inte alla som uppskattar det."

"Och hur är det med rättvisa för Iris Zhang? Spelar det mindre
roll än att bevara friden?"

Hans ansiktsuttryck stelnade. "Ni utgår ifrån att det skett en orättvisa. Fallet utreddes enligt gällande procedur."

"En procedur som på något sätt missade den fysiska omöjligheten i att en frisk tonåring skulle drunkna av en olyckshändelse i ankeldjupt vatten?" Zara lutade sig framåt. "Jag har bara varit i Salt Creek i ett par dagar och jag har redan hittat motsägelser som borde ha varit uppenbara för utredarna. Så antingen var utredningen inkompetent, eller så valde någon medvetet att titta bort."

Garrett bet ihop. "Ni anklagar polisen för tjänstefel baserat på en video ni gjort för att få klick och visningar."

"Jag ifrågasätter slutsatserna baserat på fysiska bevis och sunt förnuft." Hon knackade på sin anteckningsbok. "Blåmärkena på Iris överarmar, som noterades i obduktionssammandraget men avfärdades som 'förenliga med normala tonårsaktiviteter'. Vattendjupet. Frånvaron av yttre våld mot huvudet som skulle kunna förklara medvetslöshet. De motstridiga uppgifterna om hennes rörelser den kvällen."

Något förändrades i hans blick. "Ni har legat i."

"Det är mitt jobb att vara grundlig."

"Och det är mitt jobb att skydda det här samhället."

"Från vadå? Sanningen?"

Varje ord mellan dem kändes laddat, den professionella konflikten låg som ett lager ovanpå deras outtalade historia. Hans ögon höll kvar hennes ett slag för länge, och en hetta som inte hade något med klimatet i Queensland att göra pirrade över hennes hud.

"Ni har tagit er vatten över huvudet här", sa han och sänkte rösten. "Det här är inte en storstad där ni kan hoppa in, röra om i allt och sen dra när det blir obekvämt."

"Jag åker inte förrän jag får svar. Om ni motarbetar mig för att skydda polisens rykte..."

"Jag försöker hindra er från att orsaka mer skada än nytta", avbröt han henne, och något rått lyste igenom. "Det finns komplexa omständigheter i den här situationen som ni inte förstår."

"Förklara dem för mig då."

Garrett reste sig tvärt och sköt bak stolen. Metallbenen skrapade mot linoleumgolvet. "Jag ska hämta ett annat formulär för er begäran", sa han med pressad röst.

Han gick runt bordet mot ett arkivskåp i hörnet. För att nå det var han tvungen att gå bakom hennes stol och hamnade i hennes utkantseende. Närheten kändes plötsligt intensivt intim i det lilla rummet. Han stannade till precis bakom henne, så nära att hon kunde känna värmen från hans kropp och doften av hans hud under efterrakvattnet.

Zara kände hur det hettade till i nacken när doften väckte minnen från den där natten i Childers. Hans mun mot hennes hals. Hans händer i hennes hår. Tyngden av honom över henne. Ljuden han gett ifrån sig när hon dragit naglarna längs hans rygg.

Hon satt helt stilla medan han dröjde kvar en sekund längre än nödvändigt innan han fortsatte till skåpet. De visste exakt hur den andre såg ut naken, hur den andre lät vid njutning, och nu var de tvungna att låtsas som om inget av det någonsin hänt.

Garrett gick omvägen tillbaka för att slippa passera bakom henne igen. När han la formuläret framför henne rörde deras händer vid varandra en kort sekund.

”Det här preciserar de särskilda kraven för att få tillgång till handlingar i avslutade fall”, sa han, och hans röst var stadig trots rodnaden som stigit längs käklinjen. ”Ni måste vara mycket specifik med vilka dokument ni begär ut.”

”Jag vill ha allihop”, svarade Zara och kämpade för att hålla rösten jämn. ”Hela utredningsakten. Ocensurerad.”

”Det är inte så det fungerar.”

”Tala om för mig hur det fungerar då, kriminalinspektör.” Att använda hans formella titel kändes absurt med tanke på att hon kände till den exakta strukturen på ärret på hans vänstra axel, det som han berättat att han fått när han ramlat ner från ett träd som barn.

Han andades ut långsamt och verkade kämpa mellan sin officiella roll och något mer personligt. ”Ni måste förstå vad ni ger er in i här, Ms Langley. Det här är inte Brisbane. Här gäller andra regler. Konsekvenserna är annorlunda.”

”Varnar ni mig för att fortsätta med fallet?”

”Jag föreslår att ni tänker på följderna av det ni gör.” Hans blick mötte hennes. ”Inte bara för staden, utan för dig själv.”

Hon var inte längre säker på om han pratade om utredningen eller om dem. Kanske båda delarna.

”Jag kan hantera konsekvenserna”, sa hon och höll kvar hans blick.

”Kan ni det? För när vissa dörrar väl har öppnats går de inte att stänga igen.”

”Det här är inte mitt första svåra fall”, sa Zara och samlade ihop sin anteckningsbok och diktafon, i behov av att komma ut ur rummet och bort från hans oroande närhet. ”Jag åker inte förrän jag fått de där handlingarna.”

”Det är ert val.” Han reste sig samtidigt som hon. ”Men säg inte att ni inte blev varnad.”

”Det är noterat, kriminalinspektören.”

De stod vända mot varandra över bordet, stela och vaksamma; de knappa orden förmådde inte dölja de komplicerade underströmmarna. Vad som än hade hänt i Childers hörde till ett annat liv nu, ett som de inte kunde kännas vid utan att göra allt värre.

”Jag visar er ut”, sa han till slut och gick mot dörren.

Zara nickade och följde efter honom genom korridoren till receptionen, med ett noggrant avstånd mellan dem hela vägen.

Vid receptionsdisken stannade han. ”Ha en bra dag, Ms Langley.”

”Kriminalinspektör”, svarade hon med en kort nick.

Utomhus slog hettan emot henne som en vägg, men det var nästan en lättnad efter den kvävande stämningen i det där rummet. Zara stod på polisstationens trappa ett ögonblick för att samla sig. Universum hade en sjuk humor. Av alla män på alla pubar i hela Queensland hade hon tillbringat natten med just den polis som nu stod mellan henne och sanningen om Iris Zhang.

Telefonen i hennes ficka vibrerade. Det var förmodligen Dev som kollade hur det gick, eller kanske ännu en avisering om poddens växande lyssnarantal. Men de sakerna kändes avlägsna nu, överskuggade av den komplikation hon inte hade kunnat förutse.

Zara rätade på axlarna och började gå tillbaka mot sitt motell. Utredningen hade just blivit oändligt mycket mer komplicerad, men hennes beslutsamhet hade inte vacklat. Om något så gjorde motståndet henne bara ännu mer övertygad om att något var väldigt fel med fallet Iris Zhang.

Och kriminalinspektör Garrett Pennell visste mer än han sa.

# KAPITEL 6

MIDDAGSSOLEN GASSADE MOT ZARAS nacke när hon gick från polisstationen mot Golden Horse Restaurant. Hennes möte med kriminalinspektör Pennell surrade fortfarande under huden: det stela igenkännandet, den professionella antagonismen lagrad över deras outtalade förflutna, hans beslöjade varningar. Hon föste undan tankarna och fokuserade istället på nästa utmaning. Familjen Zhang. Iris föräldrar. Hon var tvungen att närma sig dem försiktigt och med respekt. Deras dotters fall var kanske hennes livlina, men för dem var Iris inget "fall" alls. Hon var deras barn.

The Golden Horse låg vid huvudgatan; den röda och guldfärgade färgen var blek men fortfarande färgstark mot de väderbitna byggnaderna runtomkring. En handmålad guldhäst stegrade sig stolt på skylten och dess bladguld fångade den gassande Queensland-solen. Genom de stora fönstren på framsidan kunde Zara se bord med vita dukar, några av dem upptagna av tidiga lunchgäster. Det drog ihop sig i magen på henne. Dessa människor hade förlorat sin enda dotter under omständigheter som trotsade alla förklaringar, och här var hon och skulle störa den lilla frid de eventuellt hade lyckats finna under det senaste decenniet.

Hon hejdade sig på trottoaren, och fingrarna kramade åt om axelväskans rem. Hon hade intervjuat sörjande familjer förut, hade lärt sig att navigera i den känsliga terrängen mellan journalistiskt frågande och mänsklig anständighet. Men det var något med det här som kändes annorlunda. Mer personligt. Kanske var det den omöjliga drunkningen, den hastiga utredningen, stadens uppenbara kollektiva överenskommelse om att inte ifrågasätta vad som hade hänt. Eller så var det de där allvarsamma ögonen bakom rektangulära glasögon som förföljde hennes tankar.

Zara rätade på ryggen och sköt upp dörren. En liten klocka pinglade och annonserade hennes ankomst. Restaurangens inre var oklanderligt rent och luften var mättad av dofter från ingefära, vitlök och femkrydda. Några bord var upptagna av lokalbor som åt tidig lunch, och deras samtal bildade ett lågmält sorl under den mjuka kinesiska instrumentalmusiken som spelades ur dolda högtalare. Bakom en liten disk stod en kvinna som Zara omedelbart kände igen från sin research: May Zhang, Iris mamma.

Hon var mindre än Zara hade förväntat sig, kanske runt 160 centimeter lång, med svart hår som var kraftigt silversprängt och uppsatt i en praktisk knut. Hennes ansikte, runt med mjuka drag, hade kanske en gång haft nära till ett leende men verkade nu ha formats av sorg till något mer vaksamt. Hon bar en enkel svart blus och mörka byxor, och ett jade-armband var hennes enda utsmyckning.

May tittade upp när klockan pinglade. Hennes ögon, mörka och intelligenta, bedömde Zara på ett ögonblick. "Bord för en?" frågade May med medvetet neutral röst, och hennes australiska accent bar inga spår av det kinesiska ursprung som syntes i hennes drag.

"Egentligen", började Zara och gick fram mot disken, "hoppades jag få tala med er, Mrs Zhang. Mitt namn är Zara Langley. Jag gör efterforskningar om vad som hände Iris."

Temperaturen i rummet verkade sjunka tio grader. Mays hand, som precis sträckt sig efter en meny, stelnade mitt i rörelsen.

"Vi har ingenting att säga om det", sade hon, och hennes röst var nu så vass att den kunnat skära i glas. "Det var länge sedan."

"Jag förstår", sade Zara med en röst som var mjuk men direkt. "Men jag tror att det finns obesvarade frågor om hur Iris dog. Det officiella utlåtandet stämmer inte..."

"Vi har hört det här förut", avbröt May, och hennes fingrar kramade nu åt om diskens kant. "Journalister, true crime-författare, folk som påstår att de vill hjälpa till och hitta sanningen. De tar vad de vill ha – vår smärta, vår historia – och sedan ger de sig av. Ingenting förändras. Iris är fortfarande död."

Hennes rättframma ord träffade Zara som ett fysiskt slag. Hon hade förväntat sig motstånd, men den nakna bitterheten i Mays röst avslöjade djup av smärta som fortfarande kändes färsk efter mer än tio år.

"Jag är inte här för att utnyttja er sorg", sade Zara försiktigt. "Jag tror uppriktigt att man missade något i utredningen. Bäcken där Iris hittades..."

"Bäcken där min dotter dog", sköt May in, "är bara en bäck. Att prata om den kommer inte att ge henne livet åter. Att skriva om den kommer inte att förändra någonting. Vi har sagt allt vi har att säga."

En rörelse i köksdörren fångade Zaras blick. En man kom ut, hans kockkläder bar spår av förberedelserna inför lunchrusningen. David Zhang var kraftigare än sin fru, med bredare drag och stålomgärdade glasögon. Hans svarta hår var gråsprängt vid tinningarna och hans axlar var en aning krökta efter åratal av arbete vid spisen. Hans blick fann Zara omedelbart och verkade bedöma och kategorisera henne i ett enda ögonkast innan han vände sig till sin fru.

David gick fram till May och la en hand på hennes axel. Gesten var både beskyddande och stöttande, en fysisk manifestation av deras enade front. Mays hållning mjuknade något vid hans beröring, även om hennes uttryck förblev vaksamt.

”Är det något problem?” frågade David, och hans röst var djupare än hustruns. Han hade de minsta spår av en brytning; Zaras efterforskningar hade visat att May var född i Australien, i en etnisk familj med hundraåriga rötter i Melbourne, men David kom ursprungligen från Hongkong.

”Det här är Ms Langley”, sade May, och den lilla betoningen på hennes namn antydde att de redan hade hört talas om henne. ”Hon är här angående Iris.”

Davids blick vände åter mot Zara, och hans ögon var outgrundliga bakom glasögonen. ”Vi diskuterar inte vår dotter med främlingar”, sade han enkelt och definitivt.

Zara insåg när det var dags att backa. Att pressa på nu skulle bara cementera deras motstånd och stänga den lilla möjlighet som kanske fanns för ett framtida samtal. Hon nickade, slappnade av i kroppen och intog en mindre konfrontativ hållning.

”Jag förstår”, sade hon. ”Jag ber om ursäkt för att jag störde. Skulle jag kunna beställa lite hämtmat istället? Jag har inte ätit lunch än.”

Frågan verkade förvåna dem båda, denna vändning från grävande journalist till vanlig kund. Efter ett ögonblick sköt May fram en meny för avhämtning över disken.

"Husets speciella stekta ris är populärt", sade hon, och hennes ton var något mindre fientlig men långt ifrån välkomnande.

"Det låter perfekt. Tack."

David återvände till köket medan May slog in beställningen. Zara betalade och ställde sig sedan vid sidan av disken för att vänta, alltmedan hon försökte se ledig ut samtidigt som hon sög in varje detalj i restaurangen. Foton på väggarna visade etablissemanget genom åren: yngre versioner av May och David, en högtidlig invigning med bandklippning, lokala utmärkelser. Men ingenstans såg hon några bilder på Iris. Det var som om deras dotter omsorgsfullt hade skurits bort från det offentliga rummet, förmodligen bevarad någon annanstans, i det privata.

De andra gästerna tittade emellanåt åt hennes håll med nyfikna men inte ovänliga miner. Zara undrade hur många av dem som hade känt Iris, hur många som hade varit på hennes begravning, hur många som utan frågor hade accepterat den omöjliga drunkningen.

Tio minuter senare kom May ut från köket med en vit plastpåse som innehöll hämtmatslådan. Hon räckte över den till Zara utan att möta hennes blick.

"Tack", sade Zara och tog emot påsen. När hon vände sig för att gå, tillade hon tyst: "Jag menade vad jag sa. Jag är inte här för att utnyttja det som hände. Jag vill bara förstå det."

May sade ingenting, men när Zara nådde dörren sneglade hon bakåt. May iakttog henne, och för ett ögonblick sprack hennes noggrant upprätthållna fasad. Det Zara såg var inte den tidigare fientligheten, utan något mer komplext. En flämtning av smärtsamt hopp som omedelbart kvävdes av rädslan för att låta det finnas.

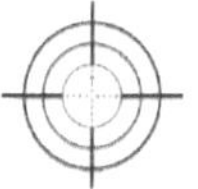

Klockan plingade när Zara klev ut i det gassande solskenet igen, med den varma hämtmatspåsen i händerna. Tyngden av ansvar lade sig över hennes axlar, tyngre än tidigare. Om hon fullföljde det här och misslyckades, skulle hon inte bara förstöra sin sista chans till professionell upprättelse. Hon skulle bekräfta varje farhåga som paret Zhang hade om utomstående som lovar svar men bara levererar mer smärta. Hon skulle förråda dem på nytt, precis som systemet redan hade förrått dem en gång.

Men den där glimten av hopp i Mays ögon sade henne något viktigt: bakom det skyddande skalet av fientlighet ville paret Zhang också ha svar. De orkade bara inte hoppas på dem längre.

Zara gick tillbaka mot Salt Creek Motel, och den varma hämtmatspåsen svängde mellan hennes fingrar. Mötet med paret Zhang hade lämnat henne med en tomhetskänsla under revbenen. Deras sorg var påtaglig, över ett decennium gammal men fortfarande så färsk att den fyllde ett rum. Hon förstod deras vaksamhet. Journalister som dök upp från ingenstans, vred känslomässiga trasor ur deras tragedi och sedan försvann när nästa nyhet lockade. Hon kunde inte klandra dem för att de antog att hon var av samma skrot och korn. Men den där glimten av hopp i Mays ögon förföljde henne. Bakom sitt försvarsskal ville de också ha svar.

När hon rundade hörnet till sin motelldörr stannade Zara mitt i ett steg. En man satt på betongtrappan utanför hennes dörr. Han var kanske i trettioårsåldern, kraftigt byggd och klädd i enkla men högkvalitativa kläder: beigefärgade cargobyxor och en mörkgrå skjorta med upprullade ärmar. Han tittade ner i sin telefon, till synes absorberad, men något i hans hållning antydde att han väntade. På henne.

Zaras puls ökade. Hennes fingrar knöts kring nycklarna i fickan, samtidigt som hon mentalt kalkylerade om de kunde fungera som ett improviserat vapen. Men det var mitt på ljusa dagen, motellets parkering var synlig från huvudgatan och bilar passerade regelbundet. Hon var säkert inte i fara här.

Mannen tittade upp när han kände hennes närvaro. Hans ögon mötte hennes och han reste sig och stoppade ner telefonen i fickan. Hans rörelse var försiktig, som om han närmade sig ett skyggt djur.

"Zara Langley?" frågade han och höll sig på avstånd. Hans röst var lågmäld och stadig. Inte hotfull.

"Vem frågar?" Hon stod kvar där hon stod och gick inte närmare.

"Jag är Vince." Han drog en hand genom håret, en nervös gest. "Vincent Thorne. Jag var Iris Zhangs pojkvän. Jag såg ditt första avsnitt på YouTube igår."

Spänningen i Zaras axlar släppte något och ersattes av ett pirr av förväntan. Iris pojkvän! En potentiell guldgruva av information, någon som hade känt henne personligen, intimt. Någon som faktiskt kanske var villig att prata.

"Förlåt att jag bara dyker upp så här", fortsatte han när hon inte svarade direkt. "Men jag hann inte vänta... jag flyger ut imorgon. Jag är FIFO-ingenjör och jobbar två veckor och är ledig en på en gruva i centrala Queensland. Men jag ville verkligen prata med dig om Iris." Hans röst darrade till lite när han nämnde hennes namn; över tio år av sorg var fortfarande märkbar. "För jag tror att du har rätt."

Zara tog ett steg framåt, sedan ett till. "Rätt om vad, exakt?"

”Att det inte var en olycka.” Hans blick mötte hennes, stadig och allvarlig. ”Iris skulle aldrig ha kunnat drunkna på det sättet. Inte genom en olycka. Inte hon.”

Zaras journalistinstinkter vaknade till liv. ”Skulle du vara villig att prata officiellt? För podcasten?”

Vince nickade. ”Det är därför jag är här. Jag vill att folk ska få veta vem hon verkligen var. Vad som egentligen hände henne.” Han såg sig om på motellets parkering. ”Fast kanske inte här ute?”

”Självklart.” Zara gick förbi honom för att låsa upp sin dörr; hennes tidigare vaksamhet löstes upp inför denna oväntade möjlighet. ”Kom in. Jag behöver ställa i ordning min utrustning.”

Motellrummet kändes mindre med Vince där inne. Zara ställde sin hämtmatspåse på det lilla bordet; maten var bortglömd i hennes iver. Hon rörde sig genom rummet, tog fram sin kamera och sitt stativ ur väskan, ställde upp mikrofoner och gjorde plats för intervjun.

”Jag behöver fixa lite grejer för att se till att ljudkvaliteten blir bra”, förklarade hon medan hon drog för gardinerna för att få bort motljus och flyttade stolarna för att få till bildutsnittet ordentligt. ”Har du gjort en sådan här intervju förut?”

Vince skakade på huvudet. ”Aldrig. Efter att Iris dött var det några reportrar som ställde frågor, men jag sade inte mycket. Jag var sjutton och i chock. Och när jag väl hade bearbetat allt tillräckligt för att kunna prata, hade de redan avskrivit det som en olycka och gått vidare.”

Medan Zara arbetade iakttog hon honom. Det fanns en stabilitet hos Vince som andades pålitlighet. Han satt med händerna knäppta och tittade på när hon förberedde sig. Han flackade inte med blicken och kollade inte telefonen igen. Han väntade tyst, som någon som hade något viktigt att berätta och som hade väntat länge på att få göra det.

”Kan du berätta lite om dig själv först?” frågade Zara medan hon justerade mikrofonnivåerna. ”Hur du kände Iris, vad du gör nu?”

”Jag jobbar som ingenjör för Fortescue”, sade han. ”Flyger in och ut till Bowen Basin. Iris… jag hade känt Iris i hela mitt liv. Vi gick i lågstadiet och sedan i gymnasiet tillsammans. Jag gick ett år över henne. Vi var tillsammans i nästan ett år innan hon dog.”

Zara avslutade inställningen av kameran, kontrollerade bildutsnittet och tryckte på Record. Hon satte sig i stolen mittemot Vince, tillräckligt nära för ett samtal men utan att tränga sig på. ”Berätta för mig om Iris”, sa hon, och hennes röst gled in i det professionella läge hon använde för intervjuer. ”Hur var hon?”

Något mjuknade i Vinces ansikte. ”Hon var strålande”, sa han. ”Inte bara smart, även om hon var det, bäst i klassen, utan ljus, på alla sätt. Hon hade det här sättet att se på världen som fick en själv att se saker annorlunda.”

Han beskrev Iris i detalj, sådan där detaljrikedom som bara kommer från genuin kännedom. Hennes passion för fotografering och digitala medier. Hur hon kunde tillbringa timmar med att få en enda bild exakt rätt. Hennes drivkraft att skapa en portfolio som skulle säkra hennes förtida antagning till Queensland College of Art. Sättet hon bar sina glasögon uppskjutna på huvudet när hon inte använde dem, vilket lämnade märken i pannan som han brukat följa med fingret.

”Hon hade principer”, fortsatte han, och hans röst blev mer livfull. ”Starka sådana. Hon kompromissade inte med saker som betydde något för henne. Etik, integritet, hur människor ska behandlas." Han mörknade i blicken. "Ibland tror jag att det var det som fick henne dödad."

Zara lutade sig svagt framåt. "Vad menar du med det?"

Vince skakade på huvudet. "Jag vet inte exakt. Men den Iris jag kände skulle inte ha varit vid den där bäcken av en händelse. Och hon skulle definitivt inte bara ha trillat i och drunknat. Hon var en duktig simmare, för det första. Och hon var försiktig. Genomtänkt i allt hon gjorde."

"Var befann du dig när det hände?" frågade Zara och höll rösten neutral och professionell.

"Nya Zeeland", sa han utan tvekan. "Min mormor var mycket sjuk, i Auckland. Jag åkte dit med mina föräldrar för att träffa henne. Vi var där i tio dagar. Jag hade stämplarna i passet, boardingkorten. Polisen verifierade allt." Hans käke spändes. "Jag flög hem dagen efter att de hittade henne. Jag fick inte ens säga hejdå."

Smärtan i hans röst var rå och outspädd. Det här var inte någon som spelade sorgsen; det här var någon som fortfarande levde med den. Kontrasten till Kirsty Cannon, Iris påstådda bästa vän, kunde inte ha varit större.

"Nämnde Iris några problem dagarna innan du åkte till Nya Zeeland?" pressade Zara. "Några orosmoln? Konflikter med någon?"

Vince var tyst ett ögonblick och funderade. "Hon arbetade med ett projekt. Något till sin portfolio. Hon var entusiastisk över det, men också... jag vet inte, beskyddande? Hon ville inte visa det för någon förrän det var klart." Han rynkade pannan. "Och det var något med Kirsty. En viss spänning där."

”Kirsty Cannon? Fullmäktigeledamoten?” Zara övervägde sina nästa ord noga. ”Jag träffade Kirsty kortfattat igår kväll. Hon sa att hon var Iris bästa vän.”

”Ja. De hade varit vänner i åratal; som jag sa, vi växte upp tillsammans allesammans. Men något hände. Iris förklarade aldrig riktigt, sa bara att Kirsty hade gjort något som gick över gränsen. Att de hade blivit ovänner.” Han rynkade pannan. ”Vad det än var så måste det ha varit allvarligt. Iris skulle inte avsluta en vänskap lättvindigt. Hon var lojal ända in i märgen.”

Zara gjorde en mental anteckning om att följa upp det här spåret. Kirstys vaga, generiska beskrivningar av Iris hamnade i ett nytt ljus med det här sammanhanget.

”Fanns det någon som kan ha velat skada Iris?” frågade hon och iakttog noga hans reaktion.

Vinces ansikte mörknade. ”Jag har ställt mig den frågan i elva år. Om jag visste det skulle jag ha gått till polisen för länge sedan.” Rösten brast. ”Hon var mitt livs kärlek, vet du? Vi var tonåringar, och folk säger att man är för ung för att veta då, men jag visste. Jag vet fortfarande.”

Tårar vällde upp i hans ögon, och han gjorde inget försök att dölja dem. ”Snälla, ta reda på vad som verkligen hände henne”, sa han, och rösten var sträv av känslor. ”Snälla. Hon förtjänar sanningen. Hennes föräldrar förtjänar den. Jag behöver få veta vem som tog henne ifrån oss. *Varför* de dödade henne.”

Den råa bönen träffade Zara i bröstet. Det här var inte bara bra innehåll; det här var en människa som fortfarande bar tyngden av en olöst förlust, som fortfarande sökte ett avslut efter över ett decennium. Hon frågade inte om Vince var gift eller hade flickvän. Något sa henne att svaret skulle bli nej. Han kunde inte släppa Iris.

"Jag ska göra allt jag kan", lovade hon, och i den stunden menade hon det mer än hon menat något på mycket länge. Det handlade inte längre bara om att rädda sin karriär. Det handlade om rättvisa för flickan i bäcken, och för människorna som hade älskat henne."

Kanske, om hon fann svaren, skulle Vince kunna få ett avslut och gå vidare.

Rummet kändes tommare efter att Vince gått. Zara satt vid det lilla bordet och stirrade på den orörda behållaren med stekt ris, som nu var kallt. Det kurrade i magen, men hon ignorerade det och drog laptopen närmare. Intervjun med Vincent Thorne var exakt vad hon behövde. En förstahandsberättelse från någon som känt Iris intimt, som kunde berätta om vem hon var som person, inte bara som offer. Någon som ifrågasatte det officiella utlåtandet och som själv hade ett stensäkert alibi. Filmen var guld värd. Rent, obestridligt, publikfriande guld. Och ändå hade hans sorg varit så rå, så äkta, att det kändes fel att reducera den till innehåll.

Hon andades ut. Vince hade kommit till *henne*. Han ville det här, hade bett om det. Gått med på att filmas väl medveten om vad hon skulle göra med materialet. Han förtjänade att få sin del av historien berättad, att få sina frågor hörda, och han hade valt henne som budbärare.

Hon anslöt sin kamera till laptopen och började föra över filerna medan hon iakttog hur förloppsmätaren sakta rörde sig framåt. I ett annat liv hade hon kanske haft en researchassistent för detta, någon som loggade materialet, skapade transkriptioner och identifierade de bästa ljudklippen. Nu var det bara hon, ensam i ett motellrum i en stad där de flesta verkade önska att hon bara försvann.

Filöverföringen blev klar. Zara öppnade sitt redigeringsprogram, och det bekanta gränssnittet hälsade henne som en gammal vän. Hon skapade ett nytt projekt: "Flickan i bäcken_EP02." Det här avsnittet skulle bli annorlunda än det första. Inte bara hennes egna frågor och teorier, utan ett vittne. En röst som talade mot stadens tystnad.

Hon började gå igenom materialet och gjorde anteckningar vid tidpunkter där Vincents vittnesmål var särskilt starkt. Hans beskrivning av Iris karaktär: principfast, beslutsam, försiktig. Hans visshet om att hon inte skulle ha drunknat av en olyckshändelse. Omnämnandet av spänningen mellan Iris och Kirsty Cannon, en tråd hon skulle bli tvungen att dra i senare. Mest fängslande var hans genuina känslor, tårarna som fyllt hans ögon när han talade om flickan han älskat och förlorat.

Zara konstruerade berättelsen noggrant och byggde avsnittets struktur allt eftersom hon valde ut klipp. Börja med sammanhanget, sammanfatta kort det första avsnittet för nya lyssnare. Nämn att lokalbefolkningen i Salt Creek var mycket ovilliga att prata om Iris, kanske för att de ville skydda en av sina egna. Introducera sedan Vincent, förklara hans relation till Iris och det faktum att han hade sökt upp Zara för att han ville berätta sin sida av saken. För att han kanske ville prata om Iris när ingen annan ville det. Använd hans beskrivningar för att måla upp en bild av vem Iris var, inte bara offret från brottsplatsbilderna, utan en fullödig ung kvinna med drömmar, talanger och starka principer.

Hon arbetade stadigt, och hennes journalistiska instinkter styrde hennes val. Vad skulle få gensvar hos lyssnarna? Vad skulle föra utredningen framåt? Vilka frågor väckte hans vittnesmål som hon kunde utforska i framtida avsnitt?

Under redigeringen märkte Zara att hon gång på gång återvände till ett särskilt klipp. Vincent som beskriver hur Iris brukade skjuta upp sina glasögon på huvudet när hon inte använde dem, vilket lämnade märken i hennes panna som han brukade följa med sitt finger. Detaljen var intim, specifik, omöjlig att hitta på. Den gjorde Iris levande på ett sätt som polisrapporter och skolfoton inte kunde. Zara placerade det tidigt i avsnittet, väl medveten om att det skulle fånga lyssnarna och få dem att bry sig om flickan i bäcken.

Hon sträckte sig efter sin vattenflaska och tog en ordentlig klunk. Hon hittade en gaffel och åt lite av det numera kalla stekta riset, medveten om att hon behövde få något i magen. Redigeringen gick bra, men den känslomässiga tyngden av Vincents vittnesmål hade lagt sig som en klump i bröstet. Hans sorg var påtaglig, över ett decennium gammal men fortfarande så färsk att den fick hans ögon att tåras. När hon såg den om och om igen medan hon formade avsnittet, fann Zara sig själv blinkande bort egna tårar. Det här var inte bara innehåll. Det här var någons liv, någons förlust.

Samtidigt kunde hon inte förneka den professionella delen av sin hjärna som insåg vad det här skulle göra för hennes podcast. Vincents vittnesmål var fängslande, känslosamt och autentiskt. Den sortens innehåll som skapade engagemang, som fick lyssnare att investera i en berättelse och komma tillbaka för mer. Den sorten som kunde rädda hennes hus, hennes karriär, hennes bräckliga känsla av professionellt egenvärde.

Hon ställde upp sin mikrofon för att spela in sin berättarröst. Hennes röst behövde guida lyssnarna genom Vincents vittnesmål, ge sammanhang och ställa de frågor som de själva skulle ställa. Hon harklade sig, tog en klunk vatten och började:

"Vincent Thorne var sjutton år när hans flickvän, Iris Zhang, hittades död i Salt Creek. Mer än ett decennium senare är hans sorg fortfarande rå, hans frågor obesvarade. I det här avsnittet får vi höra från någon som kände Iris intimt, inte bara som ett offer, utan som en strålande ung kvinna med drömmar, principer och en framtid som stals ifrån henne."

Hon pausade och fortsatte sedan:

"Det Vince avslöjar om Iris karaktär väcker nya frågor om hur hon skulle ha kunnat drunkna av en olyckshändelse i femton centimeter vatten. Det tillför också nya element till vår utredning, bland annat spänningar mellan Iris och Kirsty Cannon, den nuvarande kommunfullmäktigeledamoten som hävdar att hon var Iris bästa vän."

När hennes berättarröst var klar integrerade Zara den i avsnittet och lade den över omsorgsfullt utvalda B-roll-bilder av bäcken, staden och Iris skolfoto. Resultatet var polerat trots hennes begränsade resurser. Fängslande, känslosamt, professionellt.

Till slutet valde hon Vinces sista vädjan. Hans ansikte fyllde bildrutan, ögonen var våta av tårar som inte fallit, rösten sträv av känslor: "Hon var mitt livs kärlek. Snälla, ta reda på vad som verkligen hände henne. Snälla."

Zara lät klippet rulla utan berättarröst och lät hans råa bön stå för sig själv innan den tonades ut till podcastens avslutningsmusik. Effekten var obestridlig. Tittarna skulle känna hans sorg, dela hans behov av svar. De skulle komma tillbaka till nästa avsnitt, hungriga efter att få veta mer.

Hon exporterade filen och iakttog hur förloppsmätaren återigen fylldes. Tjugotre minuter och fyrtiosju sekunder av innehåll som skulle föra hennes utredning framåt och, om reaktionen på hennes första avsnitt var någon indikation, avsevärt öka hennes statistik. Kombinationen av känslosamma vittnesmål och nya avslöjanden om Kirsty Cannons eventuella inblandning skulle driva på engagemanget, generera teorier i kommentarsfälten och kanske rentav få andra vittnen att träda fram.

När exporten var klar laddade Zara upp avsnittet till sin värdplattform. Hon skrev en beskrivning, lade till taggar och bifogade den tumnagelbild hon skapat – en delad skärm som visade Iris skolfoto bredvid en stillbild av Vincent mitt i intervjun, med ett uppriktigt och plågat uttryck. Sedan schemalade hon den för att sända live omedelbart.

Hon klickade på "Publicera" och såg bekräftelsen dyka upp på skärmen. Lättnad blandades med något tyngre, mer komplext. Skuldkänslor, kanske, över att använda Vincents sorg som innehåll, trots att hon fått hans uttryckliga tillstånd. Eller oro över det ansvar hon nu bar, inte bara inför sin publik eller sitt bankkonto, utan inför Vincent, familjen Zhang och inför Iris själv.

Zara stängde sin laptop och sträckte sig efter behållaren med kallt stekt ris igen. Hon åt mekaniskt medan hon kontrollerade sin telefon. Notiserna hade redan börjat strömma in. Visningarna ökade, kommentarer dök upp, delningarna blev fler. Avsnittet höll på att hitta sin publik, och nådde kanske till och med längre än det första.

Hon la ner gaffeln, plötsligt oförmögen att äta upp. Vincents ord ekade i hennes huvud: *"Hon var mitt livs kärlek. Snälla, ta reda på vad som verkligen hände henne. Snälla."* Tyngden av hans förtroende, av hans decenniegamla sorg, vilade över hennes axlar vid sidan av pressen från bolånet, de krympande besparingarna och hennes professionella framtid.

Vad som än hände härnäst visste Zara att det här fallet hade blivit något mer än bara hennes väg tillbaka till relevans. Det hade blivit ett löfte till en död flicka, till pojken som hade älskat henne och till föräldrar som fortfarande var förlamade av sorg. Ett löfte hon inte hade råd att bryta, av skäl som var mer än bara ekonomiska.

# KAPITEL 7

HETTAN TRYCKTE MOT HENNES hud när Zara rörde sig längs Salt Creeks huvudgata, och trots den tidiga timmen trängde svettdroppar fram längs hårfästet. Hon lyfte kameran, komponerade Golden Horse Restaurant i sökaren och fokuserade på siktlinjerna mellan dess entré och vägen Iris skulle ha tagit för att komma till bäcken sin sista kväll, via parkingången och sedan stigen nerför ravinen. Ännu en pusselbit att dokumentera, ännu en vinkel att överväga.

Familjen Zhangs hus låg i motsatt riktning, ett kvarter bakom huvudgatan. Antingen hade Iris inte varit "på väg hem" som hon hade sagt till sina föräldrar, eller så hade hon mött någon på vägen som hade övertygat henne om att gå till bäcken istället. Efter att ha gått stigen ner till bäcken trodde Zara inte att någon kunde ha burit Iris ner dit; den var för brant och svårframkomlig. Iris hade tagit sig dit för egen maskin, oavsett anledning.

Zara sänkte kameran och gjorde en anteckning i sin telefon: "Direkt siktlinje från restaurangen till parkingången. Vem som helst som höll uppsikt från Golden Horse skulle ha sett Iris gå mot bäcken istället för hem." Hon torkade pannan med handryggen och fortsatte gå, med axelremsväskan guppande tungt mot höften.

Framgången med de två första avsnitten hade gett henne andrum, men hon kunde inte slå sig till ro. Hon behövde vara grundlig. Vincents intervju var fängslande innehåll, men hon behövde mer: konkreta bevis, motsägelser i den officiella versionen, vittnen som var villiga att tala under ed. Det sistnämnda visade sig vara svårfångat.

Hon fotograferade vägen från restaurangen till gångbron, tog bilder från flera vinklar och noterade potentiella döda vinklar, platser där någon skulle ha kunnat följa efter Iris obemärkt. Solen steg högre och dess reflektioner i butiksfönstren intensifierade hettan. Hennes t-shirt klibbade mot ryggen, och asfalten tycktes stråla värme uppåt genom sulorna på hennes vandringskängor.

En klocka plingade till när hon sköt upp dörren till foderbutiken, och den plötsliga skuggan gav en stunds lättnad. Luften där inne luktade läder, spannmål och motorolja, en särpräglad lantlig doft som påminde henne om hur långt hon befann sig från Brisbane. En takfläkt snurrade lojt ovanför och satte fart på den varma luften utan att kyla ner den.

Bakom disken tittade en man i sextioårsåldern upp från en katalog för jordbruksmaskiner. Hans väderbitna ansikte vittnade om årtionden under Queenslands sol, med djupa rynkor kring ögon som granskade henne med uppriktig nyfikenhet, men utan igenkänning; han hade alltså inte tittat på YouTube.

"God morgon", sade han och stängde katalogen. "Är det något jag kan hjälpa till med?"

Zara log och antog den otvungna framtoning som hon hade fulländat under år av utredningsarbete. "Jag ser mig bara omkring. Är ny i stan."

"Turist?" Tonläget antydde hur osannolikt han fann det alternativet.

"Jobbar på ett projekt", svarade hon och vandrade längs en hylla med arbetshandskar och hattar, fortfarande med en ledig ton. "Har du själv varit här länge?"

"Fyrtiotre år nästa månad." Mannen slappnade av en aning, alltid villig att prata om sig själv. "Tog över efter min far åttiosex."

"Då måste du känna alla i stan."

"Mer eller mindre." Han nickade, och stoltheten lyste igenom i hans hållning. "Efter fyra decennier bakom den här disken ser man generationer komma och gå."

Zara gick närmare och bläddrade bland några arbetsskjortor medan hon gradvis styrde samtalet. "Du måste ha sett många förändringar genom åren."

"Några. Inte så många som man kan tro. Salt Creek håller hårt på sina vanor."

Hon nickade som om hon övervägde detta. "Jag läste om en tragedi som hände här för några år sedan. En ung flicka? Iris Zhang?"

Förändringen var subtil men omedelbar. Hans axlar stelnade och hans blick flackade mot dörren bakom henne. "Det där var en förfärlig historia."

"Kände du hennes familj?"

"De kommer in för trädgårdsprylar ibland. Håller sig mest för sig själva." Hans fingrar trummade mot disken, en nervös gest.

”Något sådant måste ha påverkat alla”, sade Zara med lätt och ofarlig röst. Anmärkningen var en inbjudan till honom att dela med sig av hur han personligen kände inför fallet.

”Det är historia nu”, sade han, och valet av uttryck kändes olyckligt med tanke på omständigheterna. ”Staden har gått vidare.”

”Har den det? Jag fick intrycket...”

”God morgon, Ray.” Den djupa rösten bakom henne gav Zara en stöt genom ryggraden.

Hon vände sig om och såg Garrett Pennell stå i gången, så nära att hon kände doften av hans efterrakvatten – samma som i Childers, samma som i förhörsrummet på polisstationen.

”Inspektörn”, hälsade hon, rösten omsorgsfullt neutral trots att pulsen plötsligt steg.

”Ms Langley.” Han nickade och sneglade sedan förbi henne mot butiksägaren. ”Har de där stängselstolparna kommit in än, Ray?”

”I morgon, inspektörn. Jag lägger undan några.”

Garrett vände åter uppmärksamheten mot Zara. ”Jag såg din bil på motellets parkering i morse. Däcken är praktiskt taget utslitna. Det är en olycka som bara väntar på att hända.”

Zara spände sig inför iakttagelsen och den underförstådda kritiken mot hennes ekonomiska situation. ”Jag ska ordna det så snart jag har råd.”

Hans ögon höll kvar hennes blick ett ögonblick längre än nödvändigt, och något outgrundligt passerade mellan dem. Sedan tog han ett steg närmare och sänkte rösten, så att bara hon kunde höra. ”Micks verkstad, bredvid bensinstationen. Hälsa från mig. Han kan kränga på några hyfsade begagnade däck för halva nypriset.”

Närheten mellan dem gjorde luften laddad; deras kroppar mindes Childers även om deras sinnen låtsades som någonting annat. Zara kunde känna värmen som utstrålade från honom, kunde på detta avstånd se stänken av mörkare blått i hans gråblå ögon.

”Tack”, sade hon avmätt, osäker på varför hans hjälp besvärade henne mer än hans motstånd. Kanske för att det ställde till det i den version hon hade skapat: Garrett Pennell som hindret för sanningen.

Hon vände sig tillbaka till butiksinnehavaren, fast besluten att fortsätta sina frågor, men mannen hade plötsligt blivit djupt absorberad av att plocka om bland varorna bakom disken.

”Behöver du något mer, Ray?” frågade Garrett, fortfarande stående så nära att Zara kunde känna hans närvaro utan att titta på honom.

”Det är bra så, Garrett. Jag hör av mig när stolparna kommer.”

Zara kände hur Garretts uppmärksamhet åter riktades mot henne, hans blick kändes nästan påtaglig mot hennes hud. Hon vägrade vända sig om, vägrade erkänna vad det än var som pågick mellan dem. Efter ett ögonblick hörde hon honom gå mot dörren.

”Ordentliga däck kan rädda livet på dig på de här vägarna, Ms Langley. Det är värt att tänka på.” Klockan plingade när han gick, och hettan utifrån strömmade kortvarigt in för att fylla tomrummet efter honom.

Butiksägaren, Ray, fortsatte med sitt onödiga omplockande; hans tidigare öppenhet var som bortblåst. Den lilla chans hon hade haft att få information från honom hade försvunnit i och med Garretts ankomst. Eller var det hennes frågor om Iris som hade fått honom att sluta prata? Tidpunkten gjorde det omöjligt att veta säkert.

”Tack för din tid”, sade hon och rörde sig mot dörren. Ray nickade utan att titta upp.

Utomhus slog hettan emot henne igen och svetten bröt omedelbart fram i pannan. Zara tittade på sin telefon och gjorde en snabb anteckning om händelsen: *Foderbutiksägaren (Ray) ovillig att diskutera Iris. Pennell dyker upp och samtalet avslutas, slump eller avsiktligt avbrott?”*

Hon sneglade nerför gatan dit Garrett hade gått, men han var redan borta. Rekommendationen om däcken dröjde sig kvar i hennes sinne, en gest som inte riktigt passade in i hennes bild av honom. Hjälpsam, nästan beskyddande, vilket inte var logiskt om han försökte få henne att lämna staden snabbare. Om det nu inte var hans sätt att säga att han visste att hennes resurser var begränsade, att hon förr eller senare skulle bli tvungen att ge upp och åka hem. Däck var dyra. Hur hade han förresten lagt märke till att hennes var slitna? Hade han medvetet kontrollerat hennes bil på jakt efter sårbarheter?

Zara rätade på ryggen och fortsatte sin dokumentation, och förträngde mötet. Hon hade arbete att utföra. En stad att kartlägga. Frågor att ställa.

Och en polis att försöka förstå sig på, ett obehagligt möte i taget.

Förmiddagen fann Zara utanför Salt Creek Supermarket, där solen nu tagit ett järngrepp om dagen. Hon hade tajmat sitt besök för att få tag på förmiddagschefen, Emma Sutton, under hennes rökpaus. Kvinnan, som var i slutet av tjugoårsåldern med blonderat hår i en slarvig knut, hade varit tveksam först och sneglade över axeln som om någon skulle kunna iaktta dem. Men Zaras försiktiga frågor om deras gemensamma gymnasietid hade steg för steg fått henne att sänka garden.

”Vi stod inte varandra nära eller så”, sade Emma och blåste röken bort från Zara. ”Olika kretsar, du vet? Men alla visste vem Iris var. Bäst i alla klasser, arbetade alltid på något projekt eller annat.”

”Gick ni i samma årskurs?” Zara höll rösten ledig, med inspelningsapparaten gömd i fickan.

Emma skakade på huvudet. ”Ett år över henne och Kirsty, samma år som Vince. Men det är en liten stad, inte så många barn i skolan. Vi kände alla till varandra, och ett eller två år i ålder gjorde inte så stor skillnad för att hänga tillsammans. Jag såg din podcast, förresten. Vince var alltid tokig i Iris. Han tittade aldrig på någon annan, även när de andra tjejerna försökte.”

Zara gjorde en mental anteckning om denna bekräftelse på Vinces hängivenhet. ”Märkte du något ovanligt med Iris dagarna innan hon dog?”

Emma tog ytterligare ett bloss och funderade. ”Hon var.. . spänd. Som om något bekymrade henne.” Hon sänkte rösten. ”Jag jobbade i kassan på den tiden, gick fortfarande i skolan. Iris kom in två dagar innan... innan det hände. Hon var inte sig själv.”

”På vilket sätt?”

”Vanligtvis brukade hon småprata, fråga hur det var med min lillebror – han hade astma, hon kom alltid ihåg att fråga. Men den dagen verkade hon distraherad. Hon såg sig hela tiden över axeln.” Emma rynkade pannan vid minnet. ”Och hon köpte ett USB-minne. Ett sådant där dyrt med massor av lagringsutrymme. Hon betalade kontant, vilket var konstigt eftersom familjen Zhang alltid använde sitt kort för företagsutgifter.”

Zaras puls ökade. Ett USB-minne. Vince hade nämnt att Iris arbetade på något till sin portfolio, något som hon var mycket noga med. ”Sade hon vad det skulle vara till?”

”Nej, men...” Emmas ögon spärrades plötsligt upp och fokuserade på något bakom Zaras axel. Hennes hållning stelnade. ”Jag måste gå tillbaka till jobbet. Ursäkta mig.”

Zara vände sig om och såg Garrett komma ut från kaféet intill med en takeaway-kaffe i handen. Han fick syn på dem genast och hans ansiktsuttryck hårdnade när han närmade sig. Emma fimpade sin cigarett och mumlade ett ”förlåt”, innan hon skyndade in igen utan att ens se på Garrett när hon passerade honom.

”Du ser till att göra dig populär här i stan, märker jag”, sade Garrett och stannade någon meter från Zara.

Frustrationen sköljde över henne. Ännu en intervju som blev kortvarig, ännu ett potentiellt spår som avbröts av hans närvaro. ”Har du som vana att skrämma vittnen, eller är det bara när jag pratar med dem?”

Garrett tog ett steg närmare. Han sänkte rösten så mycket att förbipasserande inte kunde höra. ”Du förstår inte dynamiken i en småstad. Människor har levt med den här historien i över tio år. Du rör upp sorg för vadå? Podcast-nedladdningar?”

Anklagelsen sved just för att en del av henne kände igen ett korn av sanning i den. Men hennes motiv var fler nu, något som hade förstärkts efter att hon träffat Vince, efter att hon sett den där skymten i May Zhangs ögon.

"För rättvisans skull", svarade hon och backade inte undan trots hans närhet. "Något som du borde bry dig om."

Hans käkar spändes och en muskel ryckte under huden. "Tror du att du vet allt efter att ha varit här i några dagar?"

Ilskan i hans röst verkade oproportionerlig, personlig på ett sätt som inte var logiskt för en polisman som bara försvarade sin myndighets arbete. Om han inte hade en anledning att vara i försvarsställning. Om han inte visste något.

Deras kroppar var vända mot varandra och grälet bar på en energi av något helt annat, något som ingen av dem var villig att erkänna. Hettan mellan dem var inte bara ilska; det var den olösta spänningen från Childers, från förhörsrummet, från varje möte sedan dess.

"Jag vet tillräckligt för att se att den officiella versionen inte går ihop", sade Zara, medveten om svetten som pärlade sig vid tinningarna och rodnaden som steg uppför halsen, vilken inte enbart berodde på värmen eller ilskan. "Jag vet att en sjuttonårig flicka inte kan drunkna av en olyckshändelse i ankeldjupt vatten. Jag vet att folk i den här stan håller tyst så fort jag nämner hennes namn, vilket säger mig att de vet något som de inte berättar."

Garretts ögon lämnade aldrig hennes, och intensiteten i hans blick var nästan fysisk. "Du har ingen aning om vad du rör upp. Det här handlar inte bara om Iris Zhang."

"Berätta då vad det handlar om", utmanade hon och tog ett halvt steg närmare trots sig själv.

De stod så nära nu att hon kunde se stubben på hans käke och känna lukten av kaffe i hans andedräkt. En grupp äldre kvinnor på en bänk i närheten utbytte menande blickar; de misstolkade uppenbarligen spänningen som simpel fientlighet mellan en utomstående och en lokal polisman. Om det ändå vore så enkelt.

"Du kan inte bara storma in här och kräva svar och förvänta dig att alla ska blotta sina liv för din mikrofon", sa han, och en muskel i hans käke arbetade. "De här människorna har byggt sina liv kring vissa samförstånd, vissa... överenskommelser."

"Överenskommelser?" Zara högg på ordet. "Vad betyder det, exakt?"

Något fladdrade till i hans ögon. Ånger, kanske, över att ha sagt för mycket. Han tog ett steg tillbaka för att skapa distans mellan dem, och Zara kände saknaden av hans närhet som något fysiskt.

"Det betyder att du gör dig själv ovälkommen", sade han till slut, nu med svalare och mer kontrollerad röst. "Säg inte att jag inte varnade dig."

Han vände sig om och gick därifrån, med kaffet fortfarande orört i handen. Zara såg honom gå medan hjärtat bultade mot revbenen och huden hettade av ilska och något annat som hon vägrade erkänna.

De äldre kvinnorna på bänken tittade fortfarande, och en av dem lutade sig fram för att viska något som fick de andra att nicka vist. Zara ignorerade dem och fokuserade istället på vad Emma hade avslöjat före Garretts avbrott. Ett USB-minne. Iris som köpt digital lagring och betalat kontant för att undvika spår. Något hon arbetade på som krävde hemlighetsmakeri.

Och Garretts märkliga ordval: *överenskommelser*. Inte lögner, inte mörkläggning, utan överenskommelser. Som om staden kollektivt hade enats om en viss version av händelseförloppet, en struktur uppbyggd kring vad som än egentligen hände med Iris Zhang.

Zara tog fram sin telefon och förde anteckningar medan samtalet var färskt i minnet. Emma Sutton kanske inte skulle prata med henne igen efter att ha sett Garretts reaktion, men hon hade sagt tillräckligt för att ge henne en ny tråd att dra i. Och Garrett själv hade oavsiktligt avslöjat mer än han troligen tänkt sig.

Utredningen rörde sig framåt, trots hans försök att blockera den. Eller försökte han verkligen blockera den? Hans varningar kunde tolkas på flera sätt: genuin omsorg om stadens frid, eller något mer personligt. Något som fick hans ögon att mörkna när hon pressade honom, något som fick honom att ta ett steg närmare istället för bort.

Zara skakade på huvudet och tvingade tillbaka tankarna till fallet. Hon hade inte råd med distraktioner, särskilt inte sådana med gråblå ögon och varningar som nästan lät som oro.

Salties sjöd av fredagskvällens folkmyller, och takfläktarna snurrade förgäves mot den kombinerade hettan från kropparna och dagens kvardröjande värme. Zara hade lagt beslag på det sista lediga hörnbordet. Hennes bärbara dator var öppen med filmmaterial av bäcken, och hörlurarna lät henne uppfatta det subtila ljudet av strömmande vatten under pubens sorl. Hon hade valt den offentliga platsen med vilja, delvis för att Wi-Fi-anslutningen var bättre än motellets svajiga uppkoppling, delvis för att observera lokalbefolkningen i deras naturliga miljö. Tre timmar och en kycklingschnitzel med ost och tomatsås senare hade hon gjort goda framsteg med sitt tredje avsnitt, men hon kom på sig själv med att gång på gång bli distraherad av pubens skiftande dynamik.

Det stod folk i tre led vid baren: bönder fortfarande i arbetskläder, hantverkare som kopplade av efter veckan, yngre lokalbor klädda för en utekväll som oundvikligen innebar att de hamnade här, det enda stället i stan. Samtalen ebbade ut och flödade runt henne, och ibland sjönk volymen när någon nämnde Iris eller "den där podd-damen", innan de återupptogs med förstulna blickar i hennes riktning.

Zara justerade hörlurarna och försökte fokusera på redigeringsprogrammet istället för de enstaka fientliga blickarna. Hennes tredje avsnitt började ta form; hon vävde in Emmas avslöjande om USB-minnet tillsammans med fler godbitar från Vinces vittnesmål och en kort skildring av stadens historia som hon tog med som bakgrundsfärg. Berättelsen byggdes upp mot en fängslande fråga: vilken information hade Iris haft som var värd att döda för?

Atmosfären på puben förändrades subtilt, och samtalen skiftade i ton och volym. Zara tittade upp och sökte instinktivt efter orsaken till förändringen. Det knöt sig i magen när Garrett klev in genom ingången, flankerad av två andra män. Alla bar civila kläder, men deras sätt att föra sig markerade dem otvetydigt som poliser: samma vaksamma hållning, samma noggranna avsökning av rummet.

Zara sänkte blicken mot skärmen och pulsen ökade trots hennes ansträngningar att förbli likgiltig. Hon kunde känna tyngden av Garretts uppmärksamhet när han noterade hennes närvaro, även om hon medvetet höll ögonen på sitt arbete. I ögonvrån såg hon hur hans kollegor tog ett bord medan Garrett gick mot baren.

Folkmassan delade sig något för honom, inte dramatiskt, men med den subtila respekt som visades den lokala ordningsmakten. Han stannade vid baren direkt bredvid hennes bord, med ryggen mot henne medan han väntade på att få beställa. Ingen av dem låtsades om den andre, men Zara var extremt medveten om hans närhet, om doften av hans eftershave som blandades med pubens lukt av öl och friterad mat.

Tystnaden mellan dem sträcktes ut som en hårt spänd wire medan bartendern arbetade sig ner längs kön. När han slutligen nådde Garrett försvann hans fråga nästan i dånet: "Vad får det lov att vara, inspektören?"

"En Schooner Great Northern", svarade Garrett och tillade sedan utan att vända sig om: "Och vad hon än dricker." Han gestikulerade mot Zara med en liten huvudrörelse.

Hon tittade upp, förvånad över gesten efter deras konfrontation utanför supermarketen. "Jag behöver inte din välgörenhet, kriminalinspektören."

Garrett vände sig om då, med ena handen mot barkanten, och hans ögon mötte hennes direkt för första gången den kvällen. "Inte välgörenhet. Yrkesmässig artighet."

Bartendern väntade med höjda ögonbryn, fångad mellan dem. Ljudet från puben verkade tona bort runt deras bord, även om Zara visste att det bara var hennes förhöjda medvetenhet som fick det att kännas så. Flera gäster i närheten tittade på med dåligt dold nyfikenhet.

"En öl till mig också", sade hon till slut och gav med sig mer av en önskan att få slut på den offentliga granskningen än att hon faktiskt accepterade hans gest.

Garrett nickade mot bartendern, som gick iväg för att hämta deras drycker. Ingen av dem sa något på ett ögonblick; bristen på ord fylldes av tyngden från deras tidigare möten: Childers, polisstationen, supermarketen. Varje interaktion lades ovanpå den förra och skapade något alltmer komplext mellan dem.

”Är du alltid så här enveten?” frågade han tyst och bröt tystnaden.

Zara mötte hans blick direkt och vägrade låta sig skrämmas av hans närhet eller av puben full av lokalbor som iakttog dem. ”Är du alltid så här hängiven att upprätthålla status quo?”

Något fladdrade till i hans ansiktsuttryck. Frustration, kanske, eller motvillig beundran. Innan han hann svara kom deras drycker. Garrett betalade, tog sedan sin schooner i ena handen och hennes glas i den andra. Han ställde hennes öl på bordet och sköt den mot henne; deras fingrar nuddade nästan varandra vid överlämnandet.

”Ha en trevlig kväll, Langley”, sa han med en underton i rösten som hon inte riktigt kunde tyda.

Han återvände till sina kollegor och lämnade Zara med en oönskad öl och en krypande medvetenhet om att vara iakttagen, både av rummet i stort och emellanåt av Garrett själv. Hon tog av sig hörlurarna, då hon inte längre kunde koncentrera sig på redigeringen med tyngden av hans återkommande blick som fann henne från andra sidan rummet.

Ölen stod framför henne och kondens pärlade sig på glaset. Hon borde inte dricka den. Att ta emot tjänster från samma polis som stod mellan henne och sanningen om Iris Zhang kändes fel, som en sorts kompromiss. Men att tacka nej nu skulle bara dra till sig ännu mer uppmärksamhet. Zara tog en klunk och återgick sedan till sitt arbete, och tvingade sig själv att fokusera trots distraktionerna.

En timme senare hade hon knappt kommit någonvart. En tredje öl som beställts av en sandhårig man i baren ”till podd-damen” hade hon artigt tackat nej till, och de första två var knappt rörda. Atmosfären hade blivit alltmer tryckande: hettan, ljudet, de dolda blickarna – vissa nyfikna, andra fientliga. När en grupp unga män vid ett bord bredvid började högljutt diskutera "uppmärksamhetstörstande storstadsjournalister som borde sköta sitt", bestämde sig Zara för att det var dags att gå.

Hon packade ner sin bärbara dator i axelremsväskan, tog en sista klunk öl för att styrka sig och reste sig. När hon gick mot dörren kände hon snarare än såg hur Garretts uppmärksamhet skiftade mot henne. Nattluften utanför var bara obetydligt svalare än inne på puben, tung av en luftfuktighet som lovade regn framåt morgonen.

Zara hade inte tagit mer än tio steg när pubdörren öppnades bakom henne. Hon behövde inte vända sig om för att veta vem som hade följt efter.

"Jag går med dig tillbaka till motellet", sa Garrett och hann ifatt henne med några kliv.

"Jag är fullt kapabel att gå tillbaka själv", svarade hon, men utan större övertygelse. Sanningen var att några av blickarna på puben hade gjort henne osäker. Småstäder kunde vända snabbt, och hon var sannerligen en utomstående här.

"Gör mig till viljes", sa han och föll in i steg bredvid henne.

De gick under tystnad i några minuter. Gatan var tyst bortsett från det avlägsna ljudet från puben bakom dem och det enstaka svischandet från en bil som passerade. Spänningen mellan dem hade skiftat igen, mindre antagonistisk än vid supermarketen, mer komplicerad än deras professionella möte på polisstationen.

"Varför följde du efter mig ut?" frågade hon till slut.

Garrett svarade inte direkt. "Några av de där pojkarna där inne har fått i sig lite för mycket. Bättre att vara på den säkra sidan."

"Är det en yrkesmässig bedömning, kriminalinspektören?"

”Det går bra med bara Garrett när jag inte är i tjänst.” Han sneglade på henne och sedan tillbaka på vägen framför dem. ”Och ja, det är det. Fredagskvällar, för mycket öl, en kvinna utifrån som går ensam... ingen bra kombination.”

Zara smälte detta. Var han genuint orolig för hennes säkerhet, eller var det här ytterligare en taktik för att göra henne osäker, för att påminna henne om att hon var utomstående? Eller var det något helt annat, något som ingen av dem var villig att sätta ord på?

De nådde motellet för snabbt och samtidigt inte tillräckligt snabbt. Zara stannade utanför sin dörr och letade i väskan efter nyckelkortet. Garrett stod ett steg bort med händerna i fickorna och iakttog henne.

När hon hittat nyckelkortet vände hon sig mot honom, plötsligt osäker. Luften mellan dem kändes laddad, elektrisk av möjligheter som ingen av dem hade erkänt. Hans ögon höll kvar hennes blick, sänktes sedan kort mot hennes mun innan de återvände. Hon kände hur hon svajade till en aning framåt, dragen av vad det nu var för ström som flöt mellan dem trots alla rationella invändningar hennes förnuft reste.

För ett ögonblick trodde Zara att han skulle minska avståndet mellan dem. Hans kropp spändes, hans tyngd flyttades nästan omärkligt framåt. Hon höll andan, utan att veta om hon ville att han skulle kyssa henne eller om hon skulle knuffa bort honom ifall han försökte, bara säker på att något behövde bryta denna omöjliga spänning.

Sedan backade Garrett och hans ansiktsuttryck slöt sig som en dörr. Utan ett ord vände han och gick sin väg, och hans fotsteg tonade bort i natten och lämnade Zara ensam kvar utanför sitt hotellrum.

Hon sjönk ihop mot dörren och pustade ut. Frustrationen sköljde genom henne, mot Garrett, mot sig själv, mot hela den här situationen. Vad var det för fel på henne? Den här mannen motarbetade potentiellt hennes utredning, var kanske till och med delaktig i att mörklägga vad som hänt Iris. Det faktum att de hade delat en natt innan någon av dem visste vem den andre var borde vara irrelevant.

Och ändå pirrade det fortfarande i huden, och pulsen var fortfarande hög. Zara tryckte sig bort från dörren och satte i sitt nyckelkort med mer kraft än nödvändigt. Hon behövde fokusera, komma ihåg varför hon var här. Iris Zhang förtjänade rättvisa, och romantiska komplikationer med den lokale polisen skulle bara distrahera henne från det målet.

Oavsett hur mycket minnet av Childers dröjde sig kvar mellan dem som ett ofullbordat löfte.

# KAPITEL 8

THE GOLDEN HORSES ENTRÉKLOCKA plingade mjukt när Zara steg in för fjärde gången den veckan. Lunchrusningen var över och endast två bord var upptagna: ett äldre par som satt vid fönstret och en lastbilschaufför som satt krumryggig över en tallrik med honungskyckling. May Zhang tittade upp bakom disken; hennes uttryck var inte riktigt lika vaktande som det varit vid Zaras första besök, men långt ifrån välkomnande. Framsteg, tänkte Zara. Långsamma, försiktiga framsteg.

Hon valde samma hörnbord som hon tagit varje gång, tillräckligt nära köket för att kunna observera de som kom och gick, men tillräckligt långt från de andra gästerna för att få vara i fred. De välbekanta dofterna av ingefära, stjärnanis och soja omslöt henne och väckte minnen från ett annat kök, en annan tid.

Zara hade slutat med hämtmat efter det där första stela mötet och valde istället att äta i restaurangen där May kunde se henne, där hennes närvaro blev en lågmäld ihärdighet snarare än ett intrång. Hon hade arbetat sig igenom olika delar av menyn: ångkokta dumplings med perfekta, genomskinliga höljen, knaprig salt- och pepparkalmar, väldoftande bräserad aubergine. Varje rätt hade varit oklanderlig, smakerna balanserade och klara på ett sätt som snabbmatskedjor aldrig lyckades med. David Zhang var en seriöst skicklig kock; den här restaurangen skulle ha hyllats i Brisbane. Här på landsbygden i Queensland var den en genuin skatt.

May närmade sig med ett anteckningsblock, hennes rörelser var raska och sakliga. Hon bar samma praktiska svarta byxor och enkla blus som alla andra dagar, och hennes gråsprängda hår var tillbakadraget i sin sedvanliga strama knut. Endast hennes jadearmband gav en antydan om ett personligt uttryck; den gröna stenen fångade ljuset när hon rörde sig.

"Vad önskar ni idag?" frågade May, hennes tonfall neutralt men inte kallt.

"En beef ho fun, tack", svarade Zara. "Och jasminte."

May skrev ner beställningen utan kommentar, men pausade innan hon vände sig bort. Hennes mörka ögon granskade Zara ett ögonblick, en fråga höll på att formas. Zara väntade och behöll sitt ansiktsuttryck öppet och tålmodigt.

"Varför fortsätter ni komma tillbaka?" frågade May till slut, med sänkt röst som bara var avsedd för Zaras öron. "Är det för er... efterforskning?" Ordet hade en bitter klang.

Zara övervägde att ljuga, övervägde något strategiskt svar som skulle kunna föra hennes utredning framåt. Istället kom hon på sig med att erbjuda sanningen.

"Maten", sa hon enkelt. "Den påminner mig om min mormors matlagning. Min mammas mor. Hon var från Hanoi."

Mays ögonbryn höjdes något, den första genuina reaktionen Zara hade sett hos henne.

"Är ni vietnamesiska?" Frågan innehöll ingen anklagelse, bara förvåning.

"Till en fjärdedel. Min mormor kom till Australien på sjuttio-talet, som krigsbrud." Zara rörde vid sitt eget ansikte, de mycket svaga epikantusvecken vid de inre ögonvrårna. "Jag vet att jag inte ser så vietnamesisk ut. Min pappa är skotsk-australisk. Folk kan oftast inte avgöra det om jag inte nämner mitt fullständiga namn, Zara Ngoc Langley."

Mays uttryck förändrades, nästan omärkligt. En omvärdering.

"Min mormor bodde hos oss tills jag var femton", fortsatte Zara, osäker på varför hon delade med sig av detta men oförmögen att sluta. "Hon lärde mig laga mat, även om jag aldrig blev så bra som hon var. När hon dog kändes det som om jag hade förlorat min koppling till den delen av mig själv." Hon gestikulerade vagt ut över restaurangen. "Er mat, det är inte samma kök, jag vet, men det är något med omsorgen i den, balansen i smakerna... det påminner om hennes matlagning."

Mays händer, som hade hållit hårt i orderblocket, slappnade av något.

"Folk ser det de förväntar sig att se", sa May efter en stund, med mjukare röst. "När vi först öppnade här för tjugofem år sedan frågade kunderna om jag var släkt med ägarna till den kinesiska restaurangen i Bundaberg." En bekant frustration flimrade förbi i hennes ansikte. "För alla kineser måste ju känna varandra, eller hur? Min familj är från Melbourne. En förfader kom hit under guldrushen på artonhundratalet!"

Zara nickade och kände igen den gemensamma erfarenheten. "Min historielärare i nian frågade om jag kunde ge ett 'personligt perspektiv' på Vietnamkriget. Jag föddes i Brisbane. Min *mamma* föddes i Brisbane. Min mormor pratade aldrig om kriget."

Mays mungipa ryckte uppåt, inte riktigt ett leende, men något ditåt. "Folk menar väl, för det mesta."

”För det mesta”, höll Zara med.

Ett ögonblick av förståelse passerade mellan dem, skört men verkligt. Sedan plingade dörren när en annan kund kom in och bröt förtrollningen. May rätade på sig och den professionella masken gled tillbaka på plats.

”Jag kommer med ert te”, sa hon och vände sig bort.

Zara såg henne gå och kände en liten våg av hopp. Kanske inte ett genombrott, men en spricka i muren mellan dem.

Nästa dag återvände Zara för en sen lunch och timade medvetet sin ankomst till den lugna period hon observerat. Restaurangen var tom när hon steg in; May satt ensam vid disken och gick igenom vad som såg ut som fakturor. May nickade mot Zaras vanliga hörnbord utan ett ord.

”Grönsaks-chow mein idag, tack”, sa Zara när May kom fram. ”Och jasminte igen.”

May skrev ner beställningen, men tvekade sedan. ”Den vietnamesiska restaurangen i Brisbane där ni jobbade, var låg den?” frågade hon.

Zara blinkade förvånat. ”West End. Ett litet ställe som heter Mekong River. Hur visste ni att jag jobbat på en vietnamesisk restaurang?”

May ryckte på axlarna och ett hemlighetsfullt litet leende spelade på hennes läppar. ”Typen av restaurang var en gissning, men... sättet ni rör er genom restaurangen, sättet ni hanterar tallrikar och bestick. Som en servitris.”

Zara log. "Tre år som servitris under universitetstiden. Ägaren var en vän till min mormor, genom det vietnamesiska communityt."

May nickade och försvann sedan ut i köket. När hon kom tillbaka med teet några minuter senare var restaurangen fortfarande tom. Istället för att gå tillbaka till disken drog May ut stolen mittemot Zara och satte sig. Handlingen var så oväntad att Zara stelnade till med tekoppen halvvägs till läpparna.

"David har åkt för att hämta varor i Bundaberg", sa May, som för att förklara sitt ovanliga beteende. "Han är tillbaka till middagsserveringen." Hon knäppte händerna på bordet och jadearmbandet gled ner mot handleden. "Ni vill veta mer om Iris."

Det var inte en fråga. Zara ställde försiktigt ner tekoppen och kände tyngden i detta ögonblick, det sköra förtroende som sträcktes ut mot henne.

"Ja", sa hon enkelt. "Jag vill förstå vem hon var. Inte bara vad som hände henne."

Mays ögon sökte i Zaras ansikte efter något. Uppriktighet, kanske, eller respekt. Vad hon än sökte verkade hon finna tillräckligt av det för att fortsätta.

"Hon var briljant", sa May, och ordet bar på både stolthet och smärta. "Kreativ. Skapade alltid saker, berättelser, små konstprojekt ända sedan hon var liten." Hennes fingrar följde ett osynligt mönster på bordet. "När hon var fjorton filmade hon en dokumentär om den här stadens historia. Intervjuade de äldsta invånarna, hittade foton som ingen hade sett på åratal. Hembygdsföreningen visar den fortfarande för besökare, fast de redigerade bort hennes namn från eftertexterna." Smärtan syntes i hennes ansikte när hon sa det; det likgiltiga raderandet av dotterns prestation var en onödig grymhet.

Zara lyssnade utan att avbryta, utan att föra anteckningar, och gav Mays minnen det utrymme de förtjänade, samtidigt som hon mentalt bestämde sig för att leta rätt på den videon och visa den på sin YouTube-kanal, i sin helhet och med korrekt erkännande till Iris.

"Hon ville studera vid Queensland College of Art", fortsatte May. "Hon sökte till ett program för förtida antagning, så att hon kunde börja efter årskurs elva i stället för att vänta ett år till. Hon höll på att bygga upp sin portfolio när..." Hennes röst sviktade, men stadgade sig sedan. "Hon skulle ha blivit antagen. Professorerna som såg hennes arbeten senare, de sa alla det."

"Var hon lycklig här?" frågade Zara mjukt. "I Salt Creek?"

May begrundade frågan. "Hon var nöjd med vem hon var. Ibland frustrerad över stadens begränsningar. Hon såg bortom den här platsen, men hon såg inte ner på den." Ett litet, sorgset leende vidrörde hennes läppar. "Hon ville berätta historier om människor som andra förbisåg. "Alla har en historia värd att berätta, mamma", brukade hon säga.

Köksklockan ringde och signalerade att Zaras beställning var klar. May reste sig; ögonblicket var pausat men inte brutet. När hon kom tillbaka med den rykande tallriken ställde hon den framför Zara.

"Jag borde återgå till bokföringen", sa hon och nickade mot disken. Sedan, nästan som en eftertanke: "Kom imorgon om ni vill. David lagar Pekinganka på lördagar. Det står inte på menyn, men vi har alltid en del."

Zara nickade och förstod inbjudan för vad den var: inte bara en måltid, utan en dörr som öppnades. "Det skulle jag gärna vilja. Tack."

May återvände till disken och Zara vände sig till sina nudlar, med en strupe som oväntat snörptes åt. Det första riktiga steget mot förtroende hade tagits, och med det den första anblicken av Iris som något mer än bara ett fall – som en djupt älskad dotter, ett briljant sinne som gått förlorat för tidigt. Medan hon åt kände Zara tyngden av det förtroendet, som både en börda och en gåva.

Jane Gouldings stuga låg tryckt vid kanten av ravinen, med en exteriör av träpanel som nästan var dold bakom ett överflöd av vilda blommor och omsorgsfullt skötta fruktträd. Zara följde den slingrande stenstigen fram till ytterdörren och steg försiktigt runt en sömnig blåtungad ödla som solade sig på de varma stenarna. Efter flera dagar av att gradvis vinna Mays förtroende hade det här spåret dykt upp oväntat. Restaurangägaren hade nämnt Iris "favoritlärare" över lördagens Pekinganka, och ett sällsynt leende hade lyst upp hennes ansikte när hon talade om kvinnan som vårdat hennes dotters talang. Ett telefon-samtal senare hade Zara fått en inbjudan att hälsa på under söndagseftermiddagen.

Hon knackade på stugans dörr, som var målad i en glad krickblå färg. Fotsteg närmade sig inifrån och dörren svängdes upp för att avslöja en lång, slank kvinna med iögonfallande silverfärgat här klippt i en snygg bob som vinklades skarpt från nacken till käken. Trots att hon var sjuttio rörde sig Jane Goulding som någon hälften så gammal, och hennes ögon var klara och vakna bakom de stilfulla rektangulära bågarna.

”Zara, så roligt att träffas!” sa hon med en tydlig brittisk accent. ”Kom in, kom in. Jag har satt på tevatten.”

Stugans insida var lika färgstark som trädgården: väggarna var täckta med bokhyllor, konstverk i vibrerande kulörer och samlingar av vad som såg ut som elevprojekt visades stolt upp. Jane ledde Zara in i ett uterum med utsikt över ravinen, där en tebricka väntade bredvid en stapel med portfolio-väskor. De småpratade lite medan Zara ställde upp kameran och mikrofonerna för intervjun.

”Du påminner mig faktiskt lite om Iris”, sa Jane medan hon hällde upp te i fina porslinskoppar, ”något i din utstrålning, sättet du för dig på.”

Zara tryckte på Record och satte sig ner, förvånad över jämförelsen. ”Jag har hört att hon var ganska märkvärdig.”

”Exceptionell”, rättade Jane och slog sig ner i en korgstol mittemot Zara. ”Under fyrtiofem år som lärare hade jag aldrig någon annan elev som Iris. Den tekniska färdigheten kunde naturligtvis läras ut, men hennes *blick*, den medfödda känslan för berättande, för vad som betyder något i en bildruta – det var en ren gåva.” Hon gestikulerade mot väskorna på bordet. ”Jag sparade kopior av alla hennes arbeten. Med Mays och Davids tillåtelse, förstås. De stod inte ut med att se på dem efter... ja. Men jag stod inte ut med att de skulle bli bortglömda. Jag ska fråga dem igen en dag om de vill ha dem. När min tid är kommen. Jag vill inte att de ska gå förlorade.”

”Jag ska be May och David om lov att dela dem i mina kanaler”, sa Zara omedelbart. ”Jag håller med; jag tycker inte heller att de ska gå förlorade.”

”Jag tror att det vore en underbar sak!” sa Jane glatt. ”Jag ska också prata med May, om ni märker att hon tvekar det minsta.”

Jane öppnade den första väskan och avslöjade prydligt organiserade USB-minnen, dvd-skivor och tryckt material, var och en märkt med prydlig handstil. Hon valde ut ett minne och satte in det i en elegant bärbar dator som kändes malplacerad i stugans i övrigt vintage-inredning.

"Detta var hennes inlaga till den delstatliga medietävlingen när hon var sexton", förklarade Jane och vände skärmen så att Zara kunde se.

Videon som började spelas var en fem minuter lång dokumentär om torkan i regionen, berättad genom intervjuer med lokala bönder. Det som omedelbart slog Zara var kompositionen: varje bild var medvetet inramad, klippningen var tät och professionell, och narrativet byggdes upp på ett sätt som var långt utöver vad man kunde förvänta sig av en gymnasieelev.

"Hon vann", sa Jane tyst. "Slog universitetsstudenter som var tre och fyra år äldre."

Jane visade henne mer: ett fotoreportage som dokumenterade händerna hos invånarna i Salt Creek – knotiga bondehänder, mjölade bagarfingrar, en mekanikers oljefläckade naglar – där varje bild avslöjade en karaktär genom dessa enkla detaljer. Ett radioinslag som utforskade stadens relation till bäcken som gett den dess namn, där historiska skildringar varvades med samtida röster och subtil ljuddesign. En kortfilm som dramatiserade en händelse från stadens förflutna, när invånarna hade skyddat en förrymd fånge mot myndigheternas order.

"Allt hon skapade hade flera lager", sa Jane medan Zara satt som fängslad av arbetet. "Ytlig betydelse för de ytliga tittarna, djupare teman för dem som var villiga att titta närmare. Hon förstod nyanser på ett sätt som de flesta vuxna aldrig uppnår."

Zara kände en fördjupad smärta alltmedan Iris blev mer levande genom sina verk, trots att hon själv aldrig visade sig på skärmen; inte bara ett offer, inte bara ett fall, utan en briljant ung kvinna med en egen röst och vision. Arbetet avslöjade någon som observerade noga, som fann skönhet i förbisedda hörn, som närmade sig sina motiv med empati men aldrig sentimentalitet. Någon vars förlust inte bara representerade en personlig tragedi för hennes familj, utan en kreativ röst som tystats innan den hunnit blomma ut helt.

"Den portfolio hon förberedde när hon dog", fortsatte Jane och öppnade en annan fil, "skulle ha garanterat henne ett program för förtida antagning till QCA. Professorerna jag visade den för senare blev... ja, en av dem grät faktiskt." Hennes röst brast. "Ett sådant slöseri. Ett sådant fruktansvärt slöseri."

Zara tittade på en vackert komponerad videoessä om tonårsidentitet på den australiska landsbygden, med intervjuer med Iris jämnåriga, inklusive korta klipp med Vince och flera med Kirsty Cannon. Kontrasten mellan den behärskade, vältaliga unga kvinnan bakom kameran och den tomma bäcken där hennes kropp hittades skapade en nästan fysisk smärta i Zaras bröst.

"Var hon omtyckt i skolan?" frågade Zara när hon återfått rösten. "May nämnde att hon ibland var frustrerad över stadens begränsningar."

Jane log blekt medan hon rörde om i sitt te. "Respekterad mer än omtyckt, kanske. Talang kan vara isolerande i den åldern. De andra eleverna beundrade henne, men vissa kände sig underlägsna." Hon tog en klunk och övervägde sina nästa ord. "Det fanns en spänning mellan henne och Kirsty Cannon de sista veckorna. Jag märkte det under mina lektioner."

Zaras intresse väcktes. "Vad för slags spänning?"

”Det vanliga tonårsdramat, på ytan. Båda var intresserade av samma pojke, Vincent Thorne.” Janes ögon mötte Zaras direkt. ”Nämnde han inte det?”

”Nej”, sade Zara förvånat. ”Han pratade om att han varit tillsammans med Iris, men han nämnde aldrig att Kirsty var intresserad av honom.”

Jane skrattade lågt, även om ljudet inte rymde mycket humor. ”Oh, Kirsty var intresserad, minsann. Inte för att hon tog första steget förrän efter att Iris dött, ett par månader senare om jag minns rätt. Ganska smaklöst, faktiskt.” Hon skakade på huvudet. ”Vincent avvisade henne rätt offentligt. Sade något vasst som förödmjukade henne totalt. Jag minns inte hans exakta ord, men det var något i stil med att hon inte var Iris, att hon aldrig skulle kunna bli Iris. Den sortens brutala ärlighet som tonåringar specialiserar sig på.”

Zara tog in informationen och kopplade ihop den med Kirstys nuvarande maktposition i staden, hennes noggrant upprätthållna image. Ett offentligt avvisande och en förödmjukelse skulle vara förödande för någon som var så mån om sin image, särskilt när det kom från pojken hon ville ha, pojken som hade älskat hennes rival.

”Jag är förvånad att Vince inte nämnde det här”, sade Zara försiktigt.

”Åh, pojkar i den åldern kan vara anmärkningsvärt ovetande om sådan dynamik”, svarade Jane. ”Och allt överskuggades ju av Iris död. Vince flyttade för att börja på universitetet inte långt därefter. Han kanske inte insåg innebörden.”

Eller så ansåg han att det var irrelevant för Iris död eftersom det hände efteråt, tänkte Zara. Men om Kirsty hade hyst känslor för Vince medan han var tillsammans med Iris ...

”Fanns det några tecken på att det här triangeldramat orsakade problem innan Iris dog?” frågade Zara.

Jane funderade på frågan. ”Inget utöver den vanliga tonåriga osmidigheten. Kirsty var alltid... behärskad. Mån om sin image.” Hon stängde tankfullt den bärbara datorn. ”Spänningen jag märkte handlade inte om Vince, inte egentligen, eller det var åtminstone inte det intryck jag fick. Iris höll på med något som hon inte ville prata om, hon delade det inte med någon, inte ens med Kirsty, vilket var ovanligt. De samarbetade ofta.” Hon rynkade pannan lätt. ”Jag fick intrycket att Kirsty kände sig utanför, kanske till och med hotad av vad det än var som Iris arbetade med.”

Detta stämde överens med vad Vince hade berättat för henne om att Iris var vaktande kring sitt slutprojekt, och med Emmas information om USB-minnet som köpts för kontanter. Ännu en pusselbit, även om Zara ännu inte var säker på var den passade in.

”Du har hållit kontakten med dina elever”, konstaterade Zara. ”Träffar du någonsin Kirsty nuförtiden?”

”Inte så ofta sedan jag gick i pension. Hon brukar dock komma på besök så fort skolan har någon tillställning, så jag brukade alltid träffa henne där. Alltid den hängivna före detta eleven.” Janes leende nådde inte ögonen. ”Hon har lyckats bra, vår Kirsty. Yngsta fullmäktigeledamot i stadens historia, på god väg mot delstatspolitiken för att gå i sin fars fotspår. Kanske Canberra en dag.” Hon tystnade och granskade Zara. ”Fast jag undrar ibland vad Iris skulle ha tyckt om sin forna bästa väns framgångar. De var så olika. Iris var alltigenom äkta, Kirsty var bara yta.”

Jämförelsen hängde kvar i luften mellan dem medan Jane började packa ihop alla portfolios. ”Jag har lagt digitala kopior av allt på det här minnet åt dig.” Hon räckte över en tunn bärbar hårddisk. "Iris arbete förtjänar att ses, att bli förstått. Det kanske kan hjälpa er att förstå vad som hände henne."

"Det skulle jag uppskatta", sade Zara när hon tog emot hårddisken, återigen slagen av klyftan mellan den sprudlande kreativa kraften i Iris arbete och den officiella versionen om en vårdslös drunkningsolycka. "Tack för att ni delar med er av detta till mig."

Jane följde henne till dörren och stannade på tröskeln. "Hitta sanningen", sade hon tyst, och hennes brittiska återhållsamhet krackelerade en aning. "Hon förtjänade så mycket bättre än den där löjliga historien om drunkning."

Zara nickade. "Jag försöker", lovade hon. "Hon förtjänar att bli ihågkommen."

Jane torkade sina fuktiga ögon och nickade. "Jag tycker om er podcast", sade hon som avslutning. "Jag ser fram emot nästa avsnitt."

Medan hon gick tillbaka mot staden rusade Zaras tankar med nya frågor. Varför hade inte Vince nämnt Kirstys intresse för honom? Var det helt enkelt oviktigt för honom, eller för smärtsamt att minnas? Och mer trängande: kan romantisk svartsjuka ha spelat en roll i vad som än hände Iris Zhang den där oktobernatten?

Zara satt med benen i kors på motellsängen med laptopen balanserande på knäna medan hon omsorgsfullt formulerade ett mejl till Vince. Avslöjandet om Kirstys intresse för honom behövde bekräftas, men hon tvekade inför formuleringen då hon inte ville låta anklagande angående hans utelämnande. Efter flera försök bestämde hon sig för ett rakt tillvägagångssätt: *"Jag pratade med Jane Goulding i dag och hon nämnde något intressant, att Kirsty hade ett romantiskt intresse för dig och att du avvisade henne efter att Iris dött. Jag undrar om du kan bekräfta detta och om du tror att det skulle kunna vara relevant för vad som hände Iris."*

Hon läste igenom det två gånger och lade sedan till: *"Jag vill vara tydlig med att jag inte antyder att du har undanhållit information. Jag förstår att detta kan ha framstått som ovidkommande eller för personligt för att nämnas i vår intervju."* Efter en sista genomläsning klickade hon på skicka, medan hennes tankar redan snurrade kring hur detta potentiella triangeldrama skulle kunna förändra hennes förståelse av fallet.

Svaret kom snabbare än väntat, knappt tjugo minuter senare. Zara hade precis klivit ur duschen när datorn plingade till. Hon svepte en handduk om sig och satte sig för att läsa Vinces svar, medan vattendroppar föll från hennes hår ner på tangentbordet.

*"Hej Zara. Ja, det hände, även om jag inte har tänkt på det på flera år. Det var inte relevant för Iris död eftersom det hände efteråt, vilket är anledningen till att jag inte nämnde det. Det måste ha varit ungefär två månader efter att Iris dog; jag minns att det var runt jul. Kirsty trängde in mig i ett hörn på en fest och sa att vi borde 'trösta varandra' eftersom vi båda saknade Iris. Jag var full och arg och förmodligen grymmare än jag hade behövt vara. Jag minns inte exakt vad jag sade, men det var något i stil med att hon inte ens var hälften av den människa Iris var, och att jag hellre skulle vara ensam för evigt än att vara med någon som bara påminde mig om det jag förlorat. Inte mitt stoltaste ögonblick, men jag var arton, sörjde och ärligt talat lite äcklad över hennes tajming. Hon pratade aldrig med mig igen. Jag skulle*

*ändå flytta till Brisbane för att börja plugget, så det spelade ingen större roll för mig då.*

*"I efterhand kan jag förstå hur förödmjukande det måste ha varit för henne, särskilt om hon hade haft känslor för mig medan jag var tillsammans med Iris. Men jag tror genuint inte att detta hänger ihop med Iris död. Kirsty och Iris var vänner, bästisar enligt Kirsty, även om jag inte minns att Iris någonsin använde det ordet. Det fanns en viss spänning mellan dem de sista veckorna, men jag trodde verkligen aldrig att det kunde handla om mig. Det verkade mer ha att göra med skolprojekt och deras ansökningar till universitetet.*

*"Jag pratar gärna mer om du tror att det här har betydelse. Jag kommer inte tillbaka till Salt Creek förrän om åtta dagar men kan ringa efter mitt pass i morgon om du vill.*

*"Vince"*

Zara läste mejlet två gånger och vägde dess implikationer. Tidpunkten gjorde det osannolikt att avvisade romantiska känslor direkt hade motiverat Iris död, men det gav en ny dimension till Kirstys karaktär och hennes relation med Iris. Spänningen som Vince nämnde stämde överens med vad Jane hade sagt om att Iris vaktade ett projekt och inte delade det med Kirsty.

Hon torkade håret medan hon tänkte igenom sina alternativ för nästa avsnitt. Det romantiska triangeldramat skulle definitivt väcka lyssnarnas intresse. Folk älskade den sortens dramatik. Men utan mer konkreta kopplingar till Iris död riskerade en betoning av det att förvandla podcasten till exakt det där exploaterande innehållet som hon anklagats för att skapa i fallet Little Girls Lost... och göra lokalbefolkningen ännu mer förbannad än de redan var.

”Nej”, sade hon högt till det tomma rummet. ”Inte ditåt. Inte än.”

Istället skulle hon fokusera på Iris kreativa arbete, på att levandegöra henne som person istället för att bara se henne som ett offer. Det tillvägagångssättet hedrade både sanningen och paret Zhangs förtroende. Kirstyspåret fick vänta tills hon hade mer substantiella kopplingar till fallet.

När hon väl var klädd och säkrare på sin riktning öppnade Zara sitt redigeringsprogram och började lägga pusslet till nästa avsnitt. Hon klippte in bitar från sitt samtal med Jane, lärarens minnen av Iris och hennes beskrivningar av den unga kvinnans anmärkningsvärda talang. Hon ringde May, och med hennes tillåtelse inkluderade hon klipp av Iris arbete: fragment av hennes dokumentärer, snuttar av hennes ljudverk, bilder från hennes fotoessäer, tillsammans med en notering om att fullständiga versioner av Iris verk skulle göras tillgängliga separat på hennes kanal.

Under redigeringsarbetet kände Zara den välbekanta tillfredsställelsen i att utforma en fängslande berättelse, men också något djupare: en känsla av ansvar inför flickan vars liv hon rekonstruerade genom andras minnen och hennes eget arbete. Detta var inte bara innehåll; det var en upprättelse, ett sätt att sätta fokus på Iris som något mer än bara offret i bäcken.

Hon arbetade hela kvällen och långt in på natten. Vid tvåtiden på morgonen hade hon en grovklippning som kändes rätt: respektfull, engagerande och innehållsrik. Hon lade till sin berättarröst som länkade samman delarna och betonade kontrasten mellan den levande, talangfulla unga kvinnan i filmmaterialet och den officiella versionen om en vårdslös drunkning.

Den slutgiltiga redigeringen tog ytterligare tre timmar. När hon till slut laddade upp den i gryningen slet utmattningen i henne, men tillfredsställelsen vägde tyngre än tröttheten. Detta avsnitt skulle få lyssnarna att knyta an till Iris som person, det skulle få dem att bry sig om att hon fick rättvisa på ett sätt som en sensationell vinkling av ett tonårsdrama aldrig skulle kunna.

Hon föll i säng när de första solstrålarna silades genom hotellrummets tunna gardiner, efter att ha ställt alarmet på lunchtid för att kontrollera hur avsnittet togs emot.

När hon vaknade, med grusiga ögon och fortfarande trött, lyste telefonen av aviseringar. Hon famlade efter den och kisade mot skärmen medan siffrorna blev tydliga. Visningarna var redan uppe i 47 000 och steg snabbt. Kommentarerna räknades i tusental. Delningar, gillamarkeringar, nya prenumeranter; alla mätvärden sköt i höjden i en takt hon inte sett sedan De förlorade australierna var som populärast.

Hon öppnade kontrollpanelen på sin laptop medan statistiken laddades. Det var inte bara interaktion, utan meningsfull interaktion. Kommentarerna diskuterade Iris talang, uttryckte ilska över förlusten av en sådan potential och krävde rättvisa. Tittarna knöt an till Iris som människa, precis som Zara hade hoppats.

Mest häpnadsväckande var den beräknade omsättningen för månaden: 20 000 dollar. Hon stirrade på siffran, säker på att hon läste fel i sin utmattning. Men nej, siffran stod kvar, nästan hånfull i sin osannolikhet. Tjugo *tusen* dollar. Tillräckligt för att täcka hennes bolån i månader. Tillräckligt för att radera hennes kreditkortsskulder. Tillräckligt för att kunna andas.

Hon skrattade, ett ljud någonstans mellan vantro och lättnad, medan hon skrollade igenom kommentar efter kommentar. Folk var engagerade nu, inte bara i mysteriet utan i Iris själv. Strategin hade fungerat över hennes mest optimistiska prognoser.

Zara tillbringade nästa timme med att svara på viktiga kommentarer och föra anteckningar för framtida avsnitt. Hon hade nu tillräckligt med material från Jane för minst två avsnitt till, som fokuserade på olika aspekter av Iris kreativa arbete samtidigt som man gradvis byggde upp argumenten för att hennes död omöjligen kunde ha varit en olyckshändelse.

När hon stängde datorn dök ett minne upp: Garrett Pennell som påpekat hennes blankslitna däck och rekommenderat Micks verkstad. Hon hade tagit illa vid sig av iakttagelsen då, känt det som en kritik mot hennes ekonomiska situation. Nu, med tjugo tusen dollar i sikte, framkallade minnet en annan känsla: en märklig blandning av revanschlust och något som nästan liknade tacksamhet.

Hon grep sina nycklar, plötsligt beslutsam. Nya däck. En liten sak, kanske, men symbolisk; ett bevis på att hon inte tänkte lämna Salt Creek inom den närmaste tiden, att hon tänkte bita sig fast, att hon hade resurserna att stanna tills hon avslöjat sanningen om vad som hänt Iris Zhang.

Och om Garrett Pennell råkade lägga märke till hennes nyutrustade bil, ja, det var helt enkelt en bonuseffekt.

# KAPITEL 9

ZARA SATT MED BENEN i kors på motellsängen med den bärbara datorn balanserad på knäna, medan den billiga luftkonditioneringsapparaten fräste och stönade och emellanåt spottade ur sig ljummen luft som inte gjorde mycket mot sommaren i Queensland som tryckte mot fönstren. Hon skrollade igenom kommentarsfältet till sitt senaste avsnitt. Fyrtioåttatusen visningar och det fortsatte att stiga. Flickan i bäcken var inte längre bara en podcast; den höll på att bli en rörelse.

Avsnittet som lyfte fram Iris konstnärliga arbete hade gett eko långt bortom hennes förväntningar. Tittarna engagerade sig inte bara i mysteriet; de knöt an till Iris som person, delade sin vrede över förlusten av en sådan talang och krävde svar på hur någon så noggrann och eftertänksam av misstag kunde ha drunknat i vristdjupt vatten.

"Iris dokumentär om Salt Creek borde skickas till filmfestivaler", skrev en användare. "Hennes blick för komposition var extraordinär."

"Jag kan inte sluta tänka på hennes fotoserie av händer", lade en annan till. "Sättet hon fångade karaktär genom så enkla detaljer. Vi förlorade en stor talang när hon dog."

Zara tog en klunk ljummet vatten. Det här var precis vad hon hade hoppats på: att återuppväcka Iris som något mer än ett offer, att få folk att bry sig om sanningen bakom hennes död för att de brydde sig om henne. De beräknade intäkterna fortsatte också att stiga och rörde sig nu kring 22 000 dollar för månaden. Ekonomiskt andrum efter månader av kvävande skulder.

Hon stannade till vid en kommentar som stack ut från de känslomässiga svaren: ”Den gamla gångbron låg femtio meter uppströms från där du visade, inte tjugo. Du får den grundläggande geografin om bakfoten.”

Zara rynkade pannan och öppnade snabbt sina efterforskningsanteckningar. Kommentaren var korrekt; hon hade angett fel avstånd i sin berättarröst. Hon gjorde en notering om att lägga in en rättelse i nästa avsnitt och skrollade sedan vidare. Fler korrigeringar dök upp, märkligt specifika:

”Iris gick inte i Mr Petersons engelskklass under sista året, hon gick i Ms Hargroves. Kolla dina fakta.”

”Ravinen slutar inte ’precis öster om stan’ som du påstod. Det är mer än tre kilometer till vattenfallet. Den här sortens slarv undergräver din trovärdighet.”

Zaras bryn drogs samman medan hon läste, och den initiala irritationen över sina egna misstag gav vika för obehag. Det här var inte slumpmässiga observationer från tittare; det var exakt lokalkännedom, detaljer som bara någon från Salt Creek kunde känna till.

Hon torkade svett ur pannan med handryggen och rummet kändes plötsligt mer klaustrofobiskt trots att dess storlek var densamma. Det plingade till av en avisering, ännu en kommentar:

”Du borde vara mer försiktig med vem du anklagar. Småstäder glömmer aldrig, och journalister som rör upp problem blir inte långvariga.”

Det knöt sig i magen på henne. Det här var inte längre en rättelse; det var en varning. Hon skrollade vidare och hittade fler meddelanden med alltmer fientliga undertoner:

”Vissa historier mår bäst av att förbli begravda. För allas skull.”

”Går ditt motellrum att låsa ordentligt på nätterna? Salt Creek är inte alltid säkert för utomstående.”

Den sista kommentaren fick henne att tappa andan. Hon kontrollerade användarprofilerna: alla var anonyma, alla skapade under den senaste veckan, och ingen hade någon annan aktivitet utöver att kommentera hennes videor. Omöjliga att spåra.

Zara stängde datorn, reste sig och kontrollerade att motelldörren var låst och säkerhetskedjan på. Den rationella delen av hennes hjärna hävdade att det här bara var typiska internettroll, tangentbordsriddare som försökte skrämma bort henne med tomma hot. Men journalisten i henne, den del som i åratal hade tränat upp en intuition för när en story började bli farlig, viskade att det här var annorlunda. Det här var lokalt, specifikt och medvetet eskalerande.

Hon återvände till datorn, tog skärmdumpar av varje oroande kommentar och noterade tidsstämplar och användar-ID:n. Sedan öppnade hon ett nytt dokument och började analysera mönster: skrivstilar, specifik kunskap som avslöjades, tidpunkten för inläggen. Hennes händer rörde sig automatiskt och föll in i den utredningsrutin som alltid hade lugnat henne när historier blev komplicerade.

Kommentarerna hade börjat dyka upp ungefär tre timmar efter att avsnittet publicerats, vilket tydde på att någon lokal person hade sett det tidigt på morgonen och reagerat nästan omedelbart. Den specifika kunskapen om Iris skolschema pekade mot någon med anknytning till skolan: en lärare, administratör eller tidigare elev. Och hotet om hennes motellrum betydde att någon visste exakt var hon bodde.

Men vad letade de efter? Vad hade utlöst denna eskalering? Det senaste avsnittet hade inte namngivit några potentiella misstänkta eller lagt fram några nya teorier om Iris död. Det hade helt enkelt visat upp hennes kreativa arbete, hennes talang. Om det inte var så att...

Zara öppnade videon igen och hoppade igenom klippen från Iris dokumentärer som hon hade inkluderat. Hade hon oavsiktligt visat något som någon inte ville skulle ses? Någon detalj i Iris arbete som avslöjade mer än avsett?

Klockan på datorn visade 18:42. Utanför höll solen på att gå ner och kastade långa skuggor genom de tunna gardinerna. Zara gick fram till fönstret och blickade ut över den i stort sett tomma parkeringen. Inga misstänkta fordon, ingen som iakttog henne från andra sidan gatan. Bara det vanliga lugnet i Salt Creek under tidig kväll.

Hon återvände till datorn, kopierade skärmdumparna till en säker molnmapp och skickade sedan ett kort meddelande till Dev: "Får en del oroande kommentarer på det senaste avsnittet. Inget konkret, men jag håller ögonen öppna. Kan du ringa mig imorgon?"

Om någon kunde spåra de där anonyma kontona så var det Dev. Hon ville inte skrämma upp honom, men att skicka upp en nödsignal kändes bara förnuftigt, och hon visste att han skulle börja undersöka det direkt.

Luftkonditioneringen fräste till igen och släppte ut en något svalare luftström. Zara torkade nacken där svett hade samlats trots att hon satt relativt stilla. Kommentarerna borde inte skrämma henne, det visste hon. Trakasserier på nätet ingick praktiskt taget i arbetsbeskrivningen för alla kvinnliga journalister, för att inte tala om en som undersökte ett potentiellt mörklagt mord. Men den specifika detaljrikedomen oroade henne, lokalkännedomen, den tydliga avsikten att få henne ur balans.

Hon stängde dokumentet och öppnade istället sitt redigeringsprogram. Det bästa svaret var inte reträtt, utan framåtstöt. Hon började skissa på nästa avsnitt, med fokus på inkonsekvenser i den officiella utredningen. Om någon försökte skrämma bort henne hade de i grunden missförstått vad som drev henne. Hot fick henne inte att fly; de fick henne att gräva djupare.

Det specifika omnämnandet av hennes motellrum gnagde dock i henne. Hon sneglade återigen mot dörren, fönstren, badrummet där det lilla fönstret förblev ordentligt stängt. Kanske borde hon överväga att flytta, hitta någonstans mindre uppenbart att bo. Jane Gouldings stuga hade varit tillräckligt stor för ett gästrum; hon kanske skulle kunna hyra det i några veckor om Zara frågade. Men nej; att fly skulle signalera svaghet, skulle bekräfta att trakasserierna fungerade.

Zara sträckte på ryggen och återvände till sitt arbete. Hon tänkte inte ta vägen någonstans. Inte förrän hon tagit reda på vad som verkligen hände med Iris Zhang. Inte förrän hon förstod varför hennes död fortfarande framkallade så starka reaktioner elva år senare.

Och inte förrän hon identifierat exakt vem det var som så desperat försökte begrava en sanning som vägrade förbli dold.

Zara kom tillbaka till Salt Creek Motel strax efter fem påföljande eftermiddag, med bankkontot nästan tusen dollar lättare men med en bil som äntligen låg stabilt på vägen. Hon hade bestämt sig emot Garretts förslag om begagnade däck efter att Mick visat henne skillnaden i mönsterdjup. "De här kommer hålla i två år lätt, med de få mil ni kör om året", hade han sagt och klappat på de nya Michelins som han hade beställt hem åt henne när hon först lämnade in bilen. "De där begagnade däcken hade kanske gett upp efter sex månader." Med över tjugotusen dollar på väg in tack vare podcastens framgång hade hon råd att göra saker ordentligt för en gångs skull. Hon parkerade framför sin enhet och den välbekanta synen av hennes slitna tillfälliga hem kändes märkligt trösterik efter en dag som hon tillbringat med att förlora sig i Iris konstnärliga arbete på biblioteket, med Esther som en svagt fientlig, vakande närvaro i bakgrunden.

Men när hon öppnade dörren förändrades något i hennes uppfattning. Dörren var låst. Gardinerna fördragna exakt som hon kom ihåg. Inget synligt fel. Ändå kändes något fel, en subtil störning i atmosfären som hennes kropp registrerade innan hennes medvetna sinne hann identifiera det.

Rummet såg normalt ut vid en första anblick: sängen var bäddad, en ren skjorta hängde över stolen där hon lämnat den, datorväskan stod på skrivbordet. Men när hon klev in kristalliserades felaktigheten i specifika detaljer.

Böckerna på nattduksbordet, tre pocketböcker och hennes anteckningsbok i läder, låg i en annan ordning. Hon hade lämnat anteckningsboken överst av vana; nu låg den som trea i stapeln. Dragkedjan på resväskan, som hon alltid lämnade helt stängd, glipade en tum i ena änden. Hennes necessär, som hon placerat på badrumsbänken samma morgon, stod på motsatta sidan av handfatet.

Någon hade varit i hennes rum. Någon hade rört hennes saker.

Zara gick först fram till skrivbordet, med bultande hjärta medan hon kontrollerade sin utrustningsväska. Låset var oskatt. Hon öppnade den och fann sin dator och Janes hårddisk med Iris material fortfarande säkra och orörda. Hennes inspelningsutrustning, den dyra Sony-kameran och mikrofonerna som hon hade betalat av på i arton månader, var också orörda.

De hade inte stulit något. De hade letat efter något.

Det kröp i skinnet på henne vid tanken på okända händer som rört sig genom hennes privata sfär, undersökt hennes ägodelar, öppnat hennes resväska där kläderna låg vikta, intima föremål exponerade för en främlings ögon. Hon gick in i badrummet och skannade av det mer noggrant. Tandborsten satt exakt i sin hållare, men hennes fuktkräm hade flyttats och locket satt inte helt tätt.

"Skit", viskade hon, och ordet darrade i det tysta rummet.

Zara tog fram mobilen och kollade klockan: 17:23. Städpersonalen borde ha avslutat sina ronder för flera timmar sedan, och dessutom hängde hon alltid upp "Ej stör"-skylten när hon gick. Det här var inte städning. Det här var medvetet.

Hon gick till fönstren, kontrollerade låsen och undersökte karmarna efter tecken på inbrott. Inget. Hon tittade tillbaka på sin utrustningsväska, satte sig på huk för att få låset i ögonhöjd, och nu kunde hon se dem; fina repor runt låset, som om någon klumpigt försökt dyrka upp det.

Så vem det än var som hade gjort det här var det inte direkt ett proffs. Hade de mutat eller övertalat receptionisten att ge dem tillträde till rummet? Tagit huvudnyckeln som städaren måste ha för att komma in i alla rum? På något sätt var Zara ganska säker på att hon inte skulle få ett ärligt svar från någon som arbetade på motellet.

De anonyma kommentarerna från igår kväll for genom huvudet på henne: "Går ditt motellrum att låsa ordentligt på nätterna? Salt Creek är inte alltid säkert för utomstående." Inte ett slumpmässigt hot, utan en medveten varning från någon som redan visste att de kunde ta sig in i hennes utrymme.

Hon vankade av och an i det lilla rummet, sex steg från vägg till vägg, och försökte kontrollera sin andning. Vad hade de letat efter? Janes hårddisk med Iris arbete? Hennes utredningsanteckningar? Eller var detta helt enkelt trakasserier, ett budskap om att inget ställe var genuint privat, att hon var iakttagen?

Oavsett vilket var avsikten tydlig: skrämma bort henne, få henne att känna sig sårbar, få henne att ge sig av.

Zara tvingade sig själv att stå stilla, att tänka. Hon kunde låta bli att säga något och låtsas som om hon inte hade märkt det, men då skulle den som gjort detta tro att budskapet inte hade nått fram.

Eller så kunde hon ringa polisen. Anmäla inbrottet, skapa en officiell rapport. Tvinga den som stod bakom detta att inse att hon inte tänkte låta sig skrämmas till tystnad.

Hon stirrade på telefonen, där numret till Salt Creeks polisstation redan var sparat i hennes kontakter. Att ringa innebar att Garrett sannolikt skulle komma. Garrett med sina gråblå ögon som såg för mycket, med sina varningar som nu verkade mindre som hot och mer som genuin oro.

Minnet av hans fysiska närvaro i Childers, av hans närhet i polisens förhörsrum, den där natten då han följt henne hem från puben, sände ett ovälkommet pirr genom magen på henne. Komplicerat. Alldeles för komplicerat.

Men hennes journalistinstinkter vägde tyngre än hennes personliga tvekan. Dokumentera allt. Skapa en papperskedja. Följ rutiner. Hon behövde inte tycka om Garrett Pennell för att använda det system han representerade.

Zara tog bilder av de rörda föremålen med sin telefon och var noga med att inte röra något ytterligare. Sedan svalde hon stoltheten och slog numret till stationen. Medan signalerna gick stirrade hon på sin kränkta boyta, och ilskan ersatte gradvis den första chocken.

Någon trodde att de kunde skrämma henne med de här futtiga intrången. Någon trodde att hon skulle fly vid första tecken på motstånd. De förstod uppenbarligen inte vad som fört henne till Salt Creek från början – inte bara yrkesmässig desperation utan en genuin tro på rättvisa, ett engagemang för sanningen som burit henne genom värre hot än det här.

”Salt Creeks polisstation”, svarade receptionisten.

”Det här är Zara Langley”, sa hon, och rösten var stadig trots det dröjande obehaget. ”Jag skulle vilja anmäla ett inbrott på Salt Creek Motel.”

Hon skulle inte låta sig skrämmas bort. Inte av anonyma kommentarer, inte av kränkt privatliv, inte av subtila hot. Vem det än var som hade sökt igenom hennes rum hade bara lyckats bekräfta det hon redan misstänkte: hon kom allt närmare något som någon desperat ville hålla dolt.

Garrett anlände inom sjutton minuter efter hennes samtal. Zara hade räknat tiden där hon satt på kanten av skrivbordsstolen, ovillig att sitta på sängen där främmande händer kunde ha rört. Hon kände igen ljudet av hans fordon innan hon såg honom, det karakteristiska mullret från polisens LandCruiser som svängde in på parkeringsplatsen utanför hennes fönster. När det knackade, tre skarpa slag, reste hon sig snabbt, slätade till skjortan och öppnade dörren bara för att finna honom fyllande dörröppningen, med ett ansiktsuttryck i professionella ramar som inte helt dolde oron i hans blick.

”Ms Langley”, sa han formellt, även om något i hans röst mjukade upp det professionella avståndet. ”Ni anmälde ett inbrott?”

Hon steg åt sidan för att låta honom komma in, smärtsamt medveten om hur hans närvaro omedelbart fick det lilla rummet att kännas ännu mindre. Han bar uniform idag: ljusblå skjorta med Salt Creek-polisens insignier, mörka byxor, utrustningsbälte. Officiell, auktoritär. Ändå kunde hon inte låta bli att minnas honom i Childers, i civila kläder, hans kropp mot hennes.

”Inget saknas”, förklarade hon och pekade mot de subtila tecknen på intrång. ”Men någon har gått igenom mina saker. Letat efter något.”

Garrett nickade och tog fram en liten digitalkamera och en anteckningsbok.

”Har ni något emot att visa mig vad ni hittat?” frågade han och stod tillräckligt nära för att hon skulle kunna känna doften av hans efterrakning blandat med kaffe och den svaga doften av tvättmedel. För nära för en professionell interaktion, men ingen av dem backade.

Hon beskrev varje föremål som rörts, var det hade legat och hur hon visste att det hade flyttats. Medan hon pratade återvände hans blick gång på gång till hennes ansikte och studerade hennes uttryck på ett sätt som gick utöver polisrutiner. Han rörde sig runt i rummet med henne och fotograferade de omarrangerade böckerna, den delvis öppna dragkedjan på resväskan. Hans rörelser var försiktiga och professionella, men Zara la märke till hur han placerade sig, hela tiden mellan henne och dörren, som om han förväntade sig att inkräktaren skulle återvända när som helst.

"Har ni haft samma rum ända sedan ni checkade in?" frågade han medan han skrev i sin anteckningsbok.

"Ja, i tio dagar nu."

"Har någon annan än städpersonalen haft tillgång? Vänner som har besökt er? Kollegor?"

"Nej. Jag har träffat folk i stan, Jane Goulding, May Zhang, men aldrig här. Åh, förutom Vince Thorne, men han är borta vid gruvan där han jobbar." Hon pausade. "Jag hänger alltid upp 'Ej stör'-skylten. Städningen har inte varit här på tre dagar."

Han skrev ner detta och såg sedan upp, med sina gråblå ögon fixerade vid hennes. "Har ni märkt om någon har följt efter er? Någon som visat ovanligt intresse för var ni rör er?"

Frågorna gick utöver standardproceduren för ett enkelt inbrott där inget stulits. Det här var personlig oro, dåligt maskerad som yrkesmässig grundlighet.

"Inte specifikt. Men det har funnits..." Hon tvekade, tog sedan fram sin mobil och visade honom skärmdumparna av de anonyma kommentarerna. "De här började dyka upp igår. Efter att mitt senaste avsnitt publicerades."

Garrett tog mobilen och skrollade igenom meddelandena. En muskel i hans käke ryckte medan han läste och hans ansiktsuttryck mörknade. När han kom till kommentaren om hennes lås på motellet hårdnade hans grepp om telefonen.

”Varför anmälde du inte det här?” Hans röst var låg, spänd av vad som lät som genuin ilska. Inte mot henne, insåg hon, utan mot den som låg bakom hoten.

”De verkade som typiska internettroll. Tills nu.”

Han lämnade tillbaka telefonen och hans fingrar nuddade hennes. ”Det här är inte trolling. Det här är riktade trakasserier.” Han kom närmare och sänkte rösten. ”Du gör dig själv till en måltavla, Zara. Det här är inte bara småstadsmotstånd längre.”

”Jag tänker inte backa”, sa hon och lyfte på hakan. ”Om någon är så här besluten att skrämma iväg mig måste jag ha kommit nära något viktigt.”

”Eller någon farlig.” Han lyfte handen, rörde nästan vid hennes ansikte innan han lät den falla. ”Du förstår inte vad du har gett dig in i.”

”Berätta då”, utmanade hon och tog ett steg närmare utan att det var meningen. ”Vad är det jag missar, Garrett? Vad är det du inte säger?”

Luften mellan dem verkade förtätas, tung av outtalade ord, av minnet från den där natten i Childers, av den spänning som hade byggts upp vid varje möte sedan dess. Hans blick sjönk till hennes mun, dröjde kvar där och återvände sedan till hennes ögon. Det professionella avståndet kollapsade fullständigt.

Hon var inte säker på vem som rörde sig först. Kanske båda två, dragna till varandra av den kraft som funnits där ända sedan de först träffades. Hans mun fann hennes, het och desperat, och hans hand kom upp för att stödja baksidan av hennes huvud. Hon svarade omedelbart, begäret svallade genom henne när hon pressade sig mot honom och grep tag i hans skjorta med fingrarna.

Kyssen var inte alls som den i Childers, inte lekfull, inte utforskande, utan tung av behov och rädsla och ilska och något djupare som hon inte kunde sätta ord på. Hans arm slöt sig om hennes midja och drog henne närmare, som om han rent fysiskt kunde skydda henne från de hot som lurade utanför. Hennes kropp mindes hans, instinkten tog över när hon krökte sig mot honom.

Det var Garrett som drog sig undan först, även om han inte släppte henne, med pannan vilande mot hennes medan de båda hämtade andan.

”Jag är orolig för dig”, sa han med hes röst. ”Det här är ingen lek. Salt Creek har hemligheter som folk kommer att skydda till varje pris.”

Hettan från hans kropp mot hennes gjorde det svårt att fokusera, men Zara tvingade sig själv att ta ett steg tillbaka för att få utrymme att tänka klart. ”Jag kan ta hand om mig själv. Jag tänker inte låta mig jagas iväg av skrämseltaktik.”

”Det här är inte bara skrämseltaktik.” Hans händer släppte motvilligt hennes midja. ”Någon har varit i ditt rum, Zara. Någon som vet var du sover, vad du arbetar med. Det här eskalerar.”

”Desto större anledning att fortsätta gräva.” Hon slätade till skjortan och försökte återfå fattningen. ”Jag åker inte härifrån förrän jag vet vad som hände Iris.”

Hans ansiktsuttryck fladdrade till – frustration, oro och kanske en gnutta motvillig beundran. Han drog en hand genom håret och såg sig omkring i det kränkta rummet. ”Låt mig åtminstone prata med motellchefen om att byta dina lås. Kanske sätta in ett som bara du har nyckeln till. Och var försiktig med vem du litar på."

Ironin undgick henne inte. Här stod hon och lita på just den man som varnat henne för att driva den här utredningen från första början. Hon anförtrodde honom sin säkerhet, sin mun, sin kropps instinkter.

Garrett samlade ihop sin anteckningsbok och kamera och gick mot dörren. Han stannade på tröskeln och vände sig om som om han tänkte säga något mer. Deras blickar möttes innan han helt enkelt nickade en gång och gick.

Dörren stängdes efter honom. Zara stod orörlig och lyssnade på hur hans fotsteg tonade bort, med läppar som fortfarande pirrade efter hans kyss. Rummet kändes både tommare och mer fullt i och med hans frånvaro; tommare utan hans fysiska närvaro, fullare av frågor om vad som just hänt, vad det betydde och vart det kunde leda.

Hon sjönk ner på sängkanten, inte längre bekymrad över vem som kunde ha rört den. Hennes puls återgick långsamt till det normala, men minnet av Garretts kropp mot hennes, hans beskyddande hållning, sättet hans doft – tvål, kaffe och något som var omisskännligt han – dröjde kvar i rummet och fick hennes hud att kännas varm och känslig.

Han hade varit genuint orolig för hennes säkerhet. Det var inget falskt, inget skådespeleri. Men betydde det att han inte var inblandad i vad som än hänt Iris? Eller var hans oro personlig, fristående från yrkesmässiga lojaliteter och förpliktelser?

Zara tryckte fingrarna mot tinningarna i ett försök att rensa tankarna. Inbrottet, de hotfulla meddelandena, kyssen – allti-hop virvlade samman i en förvirrande härva av fara och begär.

Det värsta var inte att någon varit i hennes rum eller att anonyma användare hotade henne på nätet.

Det värsta var att när Garrett hade stått i hennes dörröppning och gjort sig redo att gå, så hade hon haft lust att be honom stanna.

# KAPITEL 10

ETT KNACKANDE DROG ZARA ur hennes oroliga drömmar, envist men tveksamt. Hon blinkade mot väckarklockan på nattduksbordet: 06:17. För tidigt för städpersonalen. Efter gårdagens inbrott ökade pulsen när hon gled ur sängen och drog en kofta över nattlinnet innan hon försiktigt närmade sig dörren. Hon tittade genom kikhålet och spände sig ända tills hon kände igen den lilla gestalten på andra sidan: May Zhang stod med händerna knäppta framför sig och såg både beslutsam och osäker ut i det redan starka morgonljuset.

Zara låste upp dörren och drog undan säkerhetskedjan. "May? Är allt som det ska?"

May stod där i pressade svarta byxor och en enkel blå blus. Hennes gråstrimmiga hår var uppsatt i den vanliga knuten, även om den satt lösare än vanligt, som om hon hade klätt sig i hast. I händerna kramade hon en liten bukett vilda blommor, vars klara färger kontrasterade mot hennes dystra ansiktsuttryck.

"Jag skulle vilja visa er något", sa May med stadig röst trots att fingrarna darrade lätt. "Om ni har tid. Nu."

"Självklart", svarade Zara, och förvåningen övergick i nyfikenhet. "Ge mig fem minuter att klä på mig."

May nickade och tog ett steg tillbaka. "Jag väntar."

Zara klädde sig snabbt i shorts och en lätt bomullsskjorta och drog en borste genom håret innan hon satte upp det i en hästsvans. Av instinkt tog hon upp sin bandspelare och telefon, men tvekade sedan, osäker på om det här var den sortens inbjudan. Bandspelaren fick ligga kvar på bordet, men hon lät telefonen glida ner i fickan.

Utomhus hängde luften tung av fukt och solen kämpade fortfarande med att bryta igenom diset som dröjde sig kvar vid horisonten. May stod rakryggad med blicken fäst på en punkt i fjärran. När Zara kom ut nickade May bara och började gå, i förväntan om att Zara skulle följa efter.

De rörde sig under tystnad genom den vaknande staden. Kaféägaren som höll på att låsa upp sin butik nickade åt May, men hans ansiktsuttryck övergick i förvåning när han fick syn på Zara vid hennes sida. Småstadsnyfikenhet, tänkte Zara, eller något mer specifikt – en insikt om betydelsen av att May Zhang var ute och gick med podcastkvinnan.

May ledde dem längs huvudgatan, förbi hotellet, och svängde sedan in i den lilla folkparken med dess väderbitna picknickbord och lekredskap. Morgondaggen sög in i Zaras gymnastikskor när de genade över gräset, men de gick inte mot stigen som ringlade ner mot bäcken där Iris kropp hade hittats, utan mot den gamla gångbron i trä som spände över ravinen.

"Det är hit jag går", sa May, hennes första ord sedan de lämnat motellet. "Varje vecka. I elva år."

Hon pekade mot bron, vars timmer hade grånat av sol och regn. Plankorna var solida men visade sin ålder genom sprickor och mörka kvistar. Gul akacia blommade längs ravinens kanter och deras söta doft blandades med den jordiga lukten från bäcken nedanför. Vattnet rann klart och grunt över släta stenar, knappt ankeljupt.

May steg ut på bron med vana och bekanta rörelser. Ungefär halvvägs över stannade hon och föll på knä. Hon placerade de vilda blommorna hon burit på i en glipa i räcket och lade dem till rätta vid en liten metallplatta som satt fast på sidobjälken. Zara gick närmare för att se den enkla gravyren: "Iris Zhang, älskad dotter, 1997–2014".

"Kommunen tillät inte ett riktigt minnesmärke", förklarade May sakligt, även om hennes fingrar dröjde kvar vid metallplattan och följde dotterns namn. "De sa att det skulle 'uppmuntra till morbid turism'. Richard Cannon ordnade den här kompromissen. Tillräckligt liten för att inte märkas om man inte vet var man ska leta."

Hon blev kvar på knä och rättade till blommorna för att se till att de inte skulle falla ner i bäcken under dem. "Jag kommer hit för att prata med henne", fortsatte May, nu med mjukare röst. "Berättar om restaurangen, om hennes fars nya recept. Ställer frågor hon inte kan svara på."

May såg upp på Zara och i hennes mörka ögon glittrade tårar som hon vägrade låta falla. "Sätt er hos mig", sa hon, det var inte en fråga men inte heller riktigt en order. Hon klappade på det väderbitna timret bredvid sig.

Zara satte sig på bron och kände det sträva träet mot handflatorna och låren när hon lät fötterna dingla genom räcket bredvid Mays. Från den här vinkeln kunde hon se bäcken tydligare, de släta stenarna under vattnet och brons skugga som skapade ett svalare parti där småfisk samlades. Femton centimeter vatten. Inte tillräckligt för att drunkna i av en olyckshändelse.

”De sa att hon föll”, sa May och följde Zaras blick. ”Att hon slog i huvudet, förlorade medvetandet och drunknade trots det grunda vattnet.” Hennes röst förblev stadig. ”Men Iris kände till bäcken. Hon hade lekt i den sedan hon var barn. Hon var stadig på foten och försiktig.”

Zara nickade. Hur orimlig den officiella versionen var blev ännu tydligare från den här utsiktspunkten. ”Hade hon någon anledning att vara här den kvällen?” frågade hon tyst.

Mays fingrar fortsatte sin omedvetna rörelse mot minnesplaketten. ”Ingen som hon berättade för oss. Det var meningen att hon skulle gå direkt hem från restaurangen. Åt andra hållet. Ingen anledning att ta en omväg till bäcken om inte...” Hon tystnade.

”Om inte någon bad henne att träffas här, eller stötte på henne på vägen och övertalade henne att följa med”, avslutade Zara mjukt.

May nickade med blicken fortfarande fäst på vattnet nedanför. ”Någon hon lita tillräckligt mycket på för att följa med hit i mörkret.”

De satt under tystnad. En bris rörde vid bladen på eukalyptusträden som krönte ravinen och sände fläckiga skuggor som dansade över vattnet. Zara ändrade ställning på det hårda timret, och när hon satte ner handflatan för att ta stöd fastnade hennes blick på något ovanligt mellan de väderbitna plankorna.

Något svart, som satt djupt nedkilat i glipan mellan två plankor och vilade på en av stödbjälkarna under brons yta. Det var inte ett löv eller skräp; formen var för regelbunden, materialet för solitt. Zara lutade sig närmare och kisade.

”May”, sa hon lågt, ”det ligger något där nere, mellan plankorna.”

May tittade upp och såg oförstående ut. ”Var då?”

Zara pekade mot den smala glipan. ”Där. Något svart, med vad som ser ut som... ett klistermärke? På en yta av metall eller plast.”

May lutade sig framåt och kisade för att se in i skuggan under broplankorna. ”Jag ser inte... vänta.” Hon drog efter andan. ”Jag ser det.”

”Det har suttit fastkilat där länge”, sa Zara och studerade hur föremålet hade lagt sig och hur träet hade vittrat runt det och nästan slutit sig över det som låg fångat där nere. ”I åratal, kanske. Det ser ut som en telefon.”

May tog tag i Zaras handled och kramade hårt. ”De hittade aldrig Iris telefon! Kan det vara...?” Hon lyckades inte avsluta frågan, och i hennes ansiktsuttryck utkämpades en strid mellan hopp och fruktan.

Zaras utredningsinstinkt vaknade till liv och hennes sinne kalkylerade möjligheter och samband. Något borttappat eller gömt på bron där Iris Zhang senast var i livet, oupptäckt i elva år. Något litet, svart, med vad som verkade vara ett dekorativt klistermärke.

”Vi måste få ut den”, sa hon och bedömde redan hur hon skulle nå ner genom de smala gliporna. ”Kan ni se om den rör på sig alls?”

May nickade och beslutsamhet ersatte osäkerheten. Hon lutade sig ner och tittade in i glipan, men hennes fingrar var för stora för att få plats i det väderbitna utrymmet.

”Jag kan nästan...” började May, men drog sig sedan tillbaka, frustrerad. ”Den rubbar sig inte. Och om vi bara petar på den kan den falla ner i vattnet.”

”Då måste vi försöka underifrån också”, sa Zara och reste sig upp medan hennes blick vandrade mellan det fastkilade föremålet och den grunda bäcken. ”Jag går ner till vattnet. Om den faller så fångar jag den.”

Mays ögon vidgades. ”Tror du att det kan vara...?”

Zara svarade inte direkt, hon ville inte väcka förhoppningar hon inte kunde uppfylla, men möjligheterna rusade genom hennes huvud. ”Vi tar reda på det”, sa hon istället och började redan röra sig mot brons ände och stigen som skulle leda henne ner till bäcken.

Stigen ner till bäcken var precis så brant som hon mindes den från sitt första besök, vilket tvingade Zara att greppa tag i blottade rötter och småträd för att stabilisera nedstigningen. Morgonfukten tryckte mot hennes hud och skjortan klibbade redan mot ryggen innan hon nådde vattenbrynet. Ovanför henne hade May hittat en nedfallen gren och höll försiktigt på att placera sig på bron, direkt över det fastkilade föremålet. Hennes rörelser var långsamma och medvetna, som om ett enda felsteg skulle kunna få deras upptäckt att störta ner i vattnet nedanför.

”Jag är här nere”, ropade Zara uppåt medan hon drog av sig gymnastikskorna och klev ner i bäcken.

Den kalla chocken från vattnet mot anklarna fick henne att flämta till. Trots den tryckande hettan som byggdes upp i luften var bäcken sval, matad av underjordiska källor som höll ett litet flöde igång trots att dammen uppströms ströp det mesta av vattentillförseln. Släta stenar rörde sig under hennes fötter när hon vadade ut mot mitten och placerade sig direkt under glipan där föremålet satt fast.

”Kan ni se den därifrån?” frågade May och lutade sig över räcket med spänd röst.

Zara lade huvudet på sned och kisade mot det allt starkare solljuset som silade genom plankorna. "Nej, inget alls. Men jag står precis under er. Om ni kan vicka loss den ska jag försöka fånga den."

May föll på knä på bron med den smala grenen utsträckt genom glipan mellan plankorna. Hennes ansikte var ett uttryck för total koncentration. "Jag ska försöka lirka ut den", sa hon. "Var beredd, är ni snäll."

Grenen skrapade mot träet på jakt efter fäste. Svetten pärlade sig i Zaras panna medan hon väntade. Nacken värkte av att titta uppåt och fötterna domnade bort i vattnet trots dagens stigande värme.

"Jag tror…" May sköt på igen, hårdare. "Jag tror att den börjar…"

Ett skarpt knakande avbröt henne när spetsen på grenen bröts av, vilket fick May att tillfälligt tappa balansen. Själva grenen stötte till föremålet med kraft, och Zara såg hörnet av det dyka upp över kanten på stödbalken, där det vacklade på sin prekära viloplats.

"Den lossnar!" ropade hon och tog ett bredare steg i vattnet med händerna höjda och redo.

May återfick balansen och justerade greppet om den förkortade grenen. "En sista knuff", sa hon, mer till sig själv än till Zara.

Grenen träffade föremålets kant och bände tillräckligt mycket. Under ett fruset ögonblick verkade det hänga kvar i glipan, som om det tvekade. Sedan tippade det över, gled fritt från sitt årslånga fängelse och föll genom luften.

Zara kastade sig framåt och vattnet stänkte kring hennes vader när händerna sköt uppåt. Föremålet träffade hennes handflator och var nära att glida mellan fingrarna innan hon slöt dem i ett säkert grepp. Rörelsekraften fick henne att stappla ett steg bakåt, men hon höll sig upprätt med trofén tryckt mot bröstet.

"Jag har den!" ropade hon och tittade ner på det hon nu höll i.

Det var utan tvekan en mobiltelefon, en äldre smartphone. Det svarta skalet var sprucket längs ena kanten och skärmen var ett nät av sprickor. Det fanns klistermärken på baksidan, men vad de en gång föreställt hade för länge sedan bleknat bort.

Ovanför rörde sig May redan. Hon släppte grenen och skyndade längs bron; hennes vanliga behärskade takt hade ersatts av en knappt kontrollerad brådska. Zara vadade tillbaka till stranden och var noga med att inte halka på de släta stenarna medan hon höll telefonen högt över vattnet.

När hon nådde torr mark var May redan där. Hennes nedstigning hade på något sätt gått fortare än Zaras trots hennes ålder. Hennes blick var fixerad på telefonen.

"Låt mig se", sa hon med en röst som knappt var högre än en viskning.

Zara räckte försiktigt över den och såg hur Mays fingrar darrade kring enhetens kanter när hon vände på den för att undersöka klistermärkena på baksidan.

"Det här är hennes", sa May, och rösten brast på det sista ordet. "Det här är Iris telefon. De här klistermärkena satte hon på samma dag som hon fick telefonen. Hon sa att det var hennes 'utrustning' i miniatyr." Hennes tumme följde ett klistermärke med en varsam rörelse. "Det här är format som en mikrofon, ser du? Det var den bilden som var på det. Hon hade matchande på sin laptop."

May såg upp och hennes ögon glänste av återhållna tårar. "Polisen sa att de inte kunde hitta hennes telefon. Att den måste ha hamnat i vattnet och svepts med nedströms." Hennes röst blev hårdare. "Men den var här. Hela tiden. Precis där hon... precis där hon hittades."

Zara såg hur insikten sköljde över Mays ansikte; innebörden av att en telefon kilats fast i bron i stället för att ha förts bort av strömmen. Bevis som skulle ha kunnat avslöja vad som egentligen hände den natten, vem Iris hade träffat, vad hon hade sett eller känt till.

"Hennes bärbara dator försvann också", fortsatte May, och hennes sorg var nu genomströmmad av vrede. "Kriminalkommissarie Finch kom hem till oss dagen efter... efter att de hittat henne. Han sa att de behövde hennes dator för utredningen. Vi gav den till honom, så klart." Hennes fingrar slöt sig hårdare om telefonen. "Tre veckor senare, när vi bad att få tillbaka den, sa han att den hade 'behandlats och återförts till bevisförvaringen'. Men när David gick för att hämta den kunde ingen hitta den. Den var bara borta. Som om den aldrig funnits."

May tog ett steg närmare, och hennes grepp om telefonen fick nu knogarna att vitna. "Ni får inte ge den här till dem", sa hon, plötsligt våldsam i tonen, samtidigt som hennes andra hand slöt sig om Zaras handled. "Lova mig det. Polisen här... de är en del av det som hände. De tog hennes dator, de ignorerade blåmärkena på hennes armar, de avskrev det som en olycka fastän vem som helst kunde se..." Hon tystnade, andfådd.

Zara tvekade, kluven mellan journalistisk etik och mänsklig empati. Att undanhålla bevis från en polisutredning var att gå över en gräns hon inte tidigare övervägt, en gräns som skulle kunna äventyra hennes yrkesroll om det upptäcktes. Men desperationen i Mays blick och de darrande fingrarna som kramade både telefonen och Zaras handled vittnade om en djupare sanning: det här handlade inte bara om journalistisk integritet, utan om rättvisa som förvägrats alldeles för länge.

Och det pågick ingen polisutredning. Det här var inte ett cold case; fallet var avslutat sedan länge. Om inte Zara kunde lägga fram nya, obestridliga bevis – bevis som de kanske skulle kunna hitta på den här telefonen.

"Jag lovar", sa Zara till slut. "Men May, vi måste försöka återskapa det som finns på den. Det kan finnas bevis, sms, foton, samtalslistor eller meddelanden som kan berätta för oss vad som hände den natten."

Lättnaden fick Mays ansiktsdrag att slappna av, och hennes grepp om Zaras handled mjuknade även om hon inte släppte helt. "Tror ni att det är möjligt? Efter all den här tiden ute i väder och vind?"

"Moderna telefoner är förvånansvärt tåliga", sa Zara, även om hon inte var helt säker. "Höljet verkar vara intakt, vilket borde ha gett ett visst skydd. Och den låg ju inte under vatten, utan har bara varit exponerad för elementen." Hon nickade mot enheten. "Det finns specialister som kan lyckas återskapa datan."

May nickade och räckte försiktigt tillbaka telefonen till Zara. Överlämnandet var medvetet och betydelsefullt, en överföring av förtroende likväl som av ett föremål. "Det sista hon rörde vid", sa hon mjukt, och tanken tycktes slå henne för första gången.

Zara tog emot telefonen varsamt. Hon förstod vad det var hon nu höll i händerna; inte bara ett potentiellt bevis, utan en direkt länk till Iris, hennes kanske sista kommunikationer, hennes sista stunder. Mays fingrar dröjde kvar vid höljet, ogärna ville hon bryta kontakten med denna oväntade länk till sin dotter.

"Jag ska vara försiktig med den", lovade Zara och mötte Mays blick direkt. "Och jag kommer att hålla dig informerad om allt vi hittar, och se till att du får tillbaka den, oavsett vad som händer."

Mays fingrar föll till slut undan och hennes axlar rätades ut när hon synbart samlade sig. "Hon skulle ha gillat dig", sa hon plötsligt, och orden kom oväntat för Zara. "Iris. Hon tålte inte dårar eller hycklare. Hon skulle ha uppskattat din beslutsamhet." En tillstymmelse till ett leende syntes på hennes läppar. "Och din envishet."

Den oväntade komplimangen rörde vid något i Zara och fick det att snöra sig i halsen på henne. Hon nickade, oförmögen att finna ett passande svar, och stoppade försiktigt ner telefonen i fickan.

"Vi borde gå", sa May och tittade upp mot bron där Iris minnesblommor fortfarande vilade mot plaketten. "Innan någon ser oss."

De gick under tystnad tillbaka uppför stigen från ravinen, och Zara var smärtsamt medveten om vad hon hade i fickan. Telefonen kändes tyngre än vad dess fysiska vikt motiverade. Hon motstod impulsen att röra vid den genom tyget i sina shorts, som om kontakten på något sätt skulle kunna störa den bräckliga data som fanns kvar inuti. I stället fokuserade hon på det praktiska problemet framför sig: vem kunde extrahera information från en enhet som var så här skadad efter så många års exponering för väder och vind? Och ännu viktigare, vem kunde man anförtro dess innehåll?

När de nådde plan mark såg sig May försiktigt omkring innan hon talade med låg röst. "Kommer ni att kunna... se vad som finns på den?"

Zara begrundade frågan noga. "Inte personligen, nej. Skadorna är omfattande, och att återskapa data från en så här pass skadad telefon kräver specialutrustning. Även om den på något sätt skulle gå att starta, vilket jag betvivlar, har de inre komponenterna troligen korroderat."

Mays axlar sjönk ihop en aning, och det tillfälliga hoppet i hennes ögon falnade.

"Men", fortsatte Zara och iakttog vaksamt Mays ansiktsuttryck, "jag känner nog någon som kan hjälpa till."

Polisen var utesluten efter Mays avslöjande om den försvunna datorn. Lokala it-experter skulle börja prata i en stad av den här storleken. En kommersiell tjänst för dataåterställning skulle kräva pappersarbete, loggar och riskera läckor. Och även om Garrett kanske var pålitlig, gjorde hans yrkesroll det omöjligt att överväga honom, oavsett vilka komplicerade känslor som fanns mellan dem.

Men det fanns en person hon kände som hade både de tekniska färdigheterna och den absoluta diskretion som detta krävde. Någon vars etiska gränser var tydliga och vars lojalitet hon aldrig ifrågasatte. Någon som skulle se detta som ett oemotståndligt tekniskt pussel snarare än en potentiell juridisk komplikation.

"Min inneboende i Brisbane", sa Zara, och beslutet mognade medan hon talade. "Dev. Han läser en doktorand i elektroteknik, med inriktning på dataåterställning och it-forensik. Han har utrustning som tävlar med universitetens laboratorier, och det mesta har han byggt själv." En gnutta stolthet hördes i hennes röst. "Han har återskapat data från enheter som proffsen har dömt ut som hopplösa. Och han är helt pålitlig."

May granskade hennes ansikte, sökande efter visshet. "Skulle ni köra tillbaka till Brisbane?"

Zara nickade. "Idag. Jag kan vara där sent i eftermiddag om jag åker snart, ge honom telefonen, och vara tillbaka i morgon." Hon höll stadigt Mays blick. "Han skulle aldrig blanda in myndigheterna utan vårt uttryckliga medgivande, och han förstår vad diskretion innebär. Den här sortens tekniska utmaning är precis det han lever för.”

”Och ni litar helt på honom?” frågade May, och frågan var tyngd av alla år av misstro mot officiella instanser och brutna löften.

”Just nu anförtror jag honom bokstavligen mitt hus. Och jag skulle anförtro honom mitt liv”, sa Zara enkelt. ”Dev är... han är briljant men alltigenom hederlig.” Hon log svagt. ”Han är förmodligen den enda person jag känner som är mer envis än jag när det gäller att lösa problem.”

May tycktes väga dessa ord, mot sitt desperata behov av att skydda denna sista koppling till sin dotter. Till slut nickade hon, och lättnaden märktes i hur spänningarna runt hennes mun släppte.

”Hur lång tid skulle det ta för honom att... att se om något kan räddas?”

”Det beror på hur omfattande skadorna är”, erkände Zara. ”Det kan ta dagar, det kan ta veckor. Telefonen har legat ute i elva år. Batteriet har helt säkert försämrats och eventuellt läckt frätande ämnen på andra komponenter. Minneschippen kan vara skadade bortom all räddning.” Hon ville inte inge något falskt hopp. ”Dev kommer att vara ärlig med vad som är möjligt.”

De hade nu nått kanten av parken och staden höll på att vakna runt dem. En äldre man som var ute med sin hund nickade åt May, medan hans blick nyfiket dröjde kvar vid Zara. En budbil rullade förbi och föraren saktade ner för att titta på dem innan han gasade iväg.

”Folk kommer att prata”, mumlade May när hon märkte uppmärksamheten. ”Det gör de alltid.”

"Låt dem göra det", svarade Zara och var noga med att behålla en avslappnad hållning trots den dyrbara lasten i fickan. "Vi är bara två personer som har tagit en promenad tillsammans."

Mays läppar formades till ett svagt leende. "Och vilken promenad det blev." Hon skakade långsamt på huvudet. "Jag är så glad att jag lyssnade på den lilla rösten som sa åt mig att bjuda med er på en promenad i morse. Tror ni att det var Iris som knuffade mig i rätt riktning?"

"Jag vet inte", sa Zara sanningsenligt. "Kanske. Jag har sett en hel del märkliga saker när jag utrett cold cases. Folk som tagit märkliga beslut som lett till genombrott, och efteråt kunde de inte förklara varför de gjorde som de gjorde. Jag håller dörren öppen."

Medan de gick rusade Zaras tankar vidare till det praktiska. Hon var tvungen att ringa Dev och förbereda honom på vad hon skulle komma med. Packa ihop sina saker för att ta dem med sig; hon ville inte lämna dem på motellrummet över natten, inte efter inbrottet.

"Om det finns meddelanden", sa May plötsligt och avbröt Zaras tankar, "sms eller samtal från den där natten..." Hon tvekade, men fortsatte sedan. "Jag vill veta. Även om de är svåra att höra. Även om de förändrar hur jag minns henne." Hennes röst blev starkare. "Jag har levt med halvsanningar i elva år. Jag kan bära hela sanningen nu, oavsett vad den är."

Zara nickade. Hon förstod det mod som krävdes för en sådan öppenhet efter år av skyddande isolering.

"Jag kommer att dela allt vi hittar med dig", lovade hon. "Ingenting kommer att undanhållas."

De svängde in på huvudgatan och the Golden Horse syntes framför dem, dess guld- och rödskimrande skylt fångade mor-

gonsolen. David skulle vara därinne och förbereda för dagens
affärer, ovetande om vad de hade upptäckt. Ovetande om att
hans fru tagit detta enorma steg mot att avslöja sanningen om
deras dotters död.

”Ni borde åka nu”, sa May när de närmade sig restaurangen.
”Packa det ni behöver för Brisbane. Ju förr ni åker, desto tidigare
är ni tillbaka.” Hon gjorde en paus och tillade sedan mjukt: ”Jag
ska berätta för David vad vi hittat. Vad vi tänker göra.”

Zara nickade, medveten om ögonen som iakttog dem från bu-
tiksfönster och förbipasserande bilar. Småstäder erbjöd inget
privatliv, särskilt inte för utomstående. ”Jag ringer er när jag är
framme i Brisbane”, sa hon. ”Och igen när jag är på väg tillbaka
i morgon.”

May sträckte sig plötsligt ut och grep tag om Zaras hand.
Beröringen var kort men fast, och tacksamhet och tillit förmed-
lades genom den enkla kontakten. Sedan vände hon sig om och
gick mot restaurangen, och hennes hållning rätades ut för varje
steg hon tog när den välbekanta rustningen av värdighet åter
gled på plats.

Zara såg henne gå och kände hur ansvaret tryckte tyngre över
hennes axlar än vad telefonen i fickan gjorde. Det här handlade
inte längre bara om att rädda sin karriär, eller ens om att få fram
sanningen för sakens skull. Det handlade om en mamma som
hade levt med en outhärdlig ovisshet i elva år, om en pappa som
begravde sig i arbete i stället för att konfrontera sin sorg, om en
begåvad ung kvinna vars liv hade stulits genom våld maskerat till
en olycka.

Hon vände sig om och började gå tillbaka mot sitt motell för att
packa, och hennes steg blev allt snabbare. Vid hörnet stannade
hon till och såg tillbaka mot ravinen där bäcken flöt stilla fram
mellan sina stränder. På det här avståndet såg den fridfull och

alldaglig ut, omöjlig att föreställa sig som platsen för det våld som hade avslutat ett liv och krossat andras.

Zara tänkte på Iris som korsade den där gångbron under sin sista kväll, och som kanske mötte någon hon litade på, någon som svek det förtroendet på värsta tänkbara sätt. Hade hon tappat telefonen av misstag under ett slagsmål? Hade den gömts undan med flit efteråt? Frågorna hopade sig, men för första gången sedan hon kom till Salt Creek kände Zara att de äntligen kunde ha en väg mot svaren.

"Jag ska inte svika dig", viskade hon, och löftet var menat för både Iris och May, även om ingen av dem kunde höra det. "Vad som än hände dig den där natten, så ska vi ta reda på det. Och någon ska äntligen få stå till svars för det."

Med detta vände hon sig om och gick därifrån, redan mentalt i färd med att förbereda sig för körningen till Brisbane, samtalen med Dev och den varsamma hanteringen av vad som kunde vara deras hittills viktigaste bevis. Telefonen i hennes ficka var mer än bara en apparat; den var nyckeln som äntligen kunde låsa upp sanningen om Flickan i bäcken.

# KAPITEL 11

BRUCE HIGHWAY BREDDE UT sig framför Zara, och hettan darrade över asfalten medan eftermiddagssolen gassade genom vindrutan. Sex timmars körning med bara sina egna tankar och radion som sällskap. Sex timmar att spela upp varje ögonblick vid bäcken med May Zhang, att känna Iris telefon mot låret genom fickans tyg, att kalkylera och omkalkylera det växande nätet av kopplingar i Salt Creek som på något sätt ledde till en sjuttonårig flickas kropp i femton centimeter djupt vatten.

Sockerrörsfälten gav vika för snårig buskskog, sedan tillbaka till jordbruksmark – landskapet registrerades knappt medan hennes tankar rusade. Elva år. Telefonen hade suttit fastkilad i den där bron i elva år medan May och David Zhang levde med den officiella lögnen om sin dotters död. Medan den som var ansvarig gick fri och byggde ett liv på den lögnens fundament.

”Om det finns meddelanden så vill jag veta det”, hade May sagt. ”Även om de är svåra att höra.”

Zara justerade greppet om ratten så att knogarna vitnade. Inbrottet i hennes motellrum fick en ny innebörd nu. Någon trodde att hon började komma nära. Någon var rädd för vad hon skulle kunna hitta. Och nu, om någon upptäckte att hon hade tagit bevismaterial från platsen för ett dödsfall, oavsett om det var en olycka eller ett mord, skulle hennes trovärdighet förstöras tillsammans med varje chans till rättvisa för Iris.

Hennes telefon plingade till med en avisering om ett meddelande. Dev bekräftade att han skulle vara hemma när hon kom fram. Hon hade ringt i förväg men varit svävande kring varför hon kom tillbaka; hon hade inte velat förklara över telefon vad hon hade med sig. Det var bättre att visa honom personligen. Dev förstod diskretion bättre än de flesta; hans sidoverksamhet med att hjälpa folk att återskapa förlorad data hade lärt honom när det var bäst att inte ställa några frågor.

När Brisbanes norra förorter började inkräkta på motorvägen slappnade Zaras axlar av en aning. Hon hade lämnat Salt Creeks iakttagande ögon bakom sig, åtminstone för en natt. Ingen småstadsövervakning, ingen Garrett med sina gråblå ögon som såg för mycket, inga grävande frågor från lokalbor som undrade varför hon inte bara kunde låta saken bero. Bara hennes panelförsedda trähus i Aspley med sina hängande hängrännor och den inneboende som förmodligen var det närmaste en bästa vän hon hade.

Det sena eftermiddagsljuset badade gatan i gyllene toner när hon svängde in på uppfarten, och det bekanta knastret av grus under däcken kändes mer trösterikt än hon förväntat sig. Huset såg ut exakt som när hon lämnade det: vit färg som flagnade i hörnen, nätdörren en aning på sniskan och örtkrukor på trappan i olika stadier av förfall trots Devs utlovade omsorg.

Innan hon hann fumla efter nycklarna svängde dörren upp och avslöjade Dev, vars gängliga gestalt fyllde dörröppningen medan glasögonen gled ner på näsan som de alltid gjorde.

”Den förlorade poddaren återvänder!” utbrast han. Han tog ett steg framåt men tvekade sedan när hans naturliga sociala osmidighet gjorde sig påmind. "Är det här ett kram-läge? Ditt senaste avsnitt var lysande, så jag tror att det berättigar en."

Zara kom på sig själv med att le trots allt. "Definitivt ett kram-läge", sade hon och släppte ryggsäcken för att ta emot hans korta, något stela omfamning.

"Du ser förfärlig ut", konstaterade han när han drog sig undan, ärlig som vanligt. "Sover du inte gott i småstads-Queensland?"

"Jag sover knappt alls." Hon plockade upp sin väska och följde med honom in, där den välbekanta doften av elektronik, kaffe och den svaga kemiska stanken från Devs utrustning mötte henne. "Det ska bli skönt med en natt i min egen säng. Men det är inte därför jag är här; jag har med mig något jag behöver din hjälp med."

Devs boyta hade koloniserat mer av de gemensamma utrymmena sedan hon åkte – kretskort och lödutrustning hade spridit sig över matbordet, och nu fanns det tre bildskärmar istället för två på skrivbordet i hörnet. Men han hade hållit hennes favoritfåtölj fri, och det nötta blå tyget lockade som en gammal vän.

"Te först? Eller rakt på sak?" frågade han, redan på väg mot vattenkokaren eftersom han kunde utläsa hennes behov av koffein ur hennes kroppshållning.

"Rakt på sak", sade Zara och sträckte sig försiktigt ner i fickan. "Det här är... känsligt, Dev. Mer än dina vanliga återskapningsjobb."

Hans ögonbryn höjdes ovanför glasögonen, och nyfikenheten väcktes. "Intressant. Du vet att jag lever för en utmaning."

I vardagsrummet vecklade Zara ut telefonen ur de lager av tyg – en sjal, sedan en t-shirt – som hon använt för att skydda den under resan. Hon lade den försiktigt på soffbordet mellan dem med vördnadsfulla rörelser, medveten om vad den här enheten kunde ha bevittnat.

"Jag har anledning att tro att det här är Iris Zhangs telefon", sade hon tyst.

Devs ögon vidgades och hans blick flackade mellan telefonen och Zaras ansikte. "Flickan i bäcken? Hennes faktiska telefon?" Han höll händerna vid sidorna och sträckte sig inte efter enheten än, eftersom han insåg allvaret i vad som låg framför dem. "Var fick du... nej, förresten, berätta inte detaljerna. Jag antar att den här inte överlämnades officiellt till dig av polisen."

"Det gjorde den inte", bekräftade Zara. "Och jag behöver total tystnadsplikt om det här. Inga frågor om brytkedjan, inga diskussioner med någon."

Han nickade en gång, bestämt. "Uppfattat." Sedan tog hans yrkesmässiga nyfikenhet över när han lutade sig framåt och granskade telefonen utan att röra den. "Samsung Galaxy S3, släpptes 2012, så den borde ha varit ganska ny när hon dog 2014." Hans ögon följde sprickorna i skärmen och den synliga korrosionen runt kanterna. "Betydande skador, men kanske inte så omfattande som jag skulle förvänta mig efter elva års exponering?" Han kastade en frågande blick på Zara.

"Den låg på ett halvskyddat ställe", svarade hon undvikande.

Han hämtade ett litet fodral från sitt rum och drog upp dragkedjan för att avslöja verktyg: pincetter, små skruvmejslar, ett förstoringsglas med belysning. "Låt mig ta en ordentlig titt på den här."

Zara tittade på när Dev försiktigt monterade isär telefonen. Han dokumenterade varje steg med sin mobilkamera, mumlade tekniska iakttagelser för sig själv och lade varje del i en prydlig rad allteftersom han separerade dem. Trots sin tidigare sociala stelhet rörde sig Dev som en kirurg med tekniken i händerna.

”Batteriet är helt förstört, som väntat”, sade han medan han försiktigt separerade komponenterna. ”De interna kretsarna uppvisar omfattande korrosion. Processorn är troligen skadad bortom all räddning.” Han tittade upp och mötte Zaras blick direkt. ”Men det finns goda nyheter. Den har ett microSD-kort.”

Han höll upp en liten plastkvadrat med metallkontakter som mirakulöst nog var intakt. ”De här sakerna är förvånansvärt tåliga. Höljet skyddade det från direkt exponering. Det finns en hyfsad chans – ingen garanti, men en chans – att jag kan återskapa data från det här.”

”Hur lång tid skulle det ta?” frågade Zara.

Devs uttryck blev allvarligt. ”Minst en vecka. Kanske längre. Jag måste rengöra kontakterna, skapa en anpassad miljö för återskapandet, och möjligen även reparera själva kortet.” Han lade försiktigt ner komponenten. ”Och Zara, jag måste vara tydlig: det här kanske inte fungerar. Efter elva år under de där förhållandena kan datan vara så skadad att den inte går att rädda.”

Hon nickade, och plötsligt sköljde utmattningen över henne. Adrenalinet från upptäckten, den långa resan, bördan av Mays förtroende – allt slog till samtidigt. Hon sjönk ner i fåtöljen och hennes kropp erkände äntligen de senaste veckornas påfrestning.

”Jag förstår”, sade hon. ”Men vi måste försöka. Det är det enda spår som inte har kontaminerats av elva år av småstadstystnad.”

Dev tittade upp från den isärplockade telefonen. ”Vill du gå igenom vad du har fått fram hittills? Podden ger mig en del, men jag gissar att det finns mer som du inte har delat med dig av offentligt.”

Zara gav honom den sanerade versionen: den omöjliga drunk-ningen, stadens motstånd mot frågor, inbrottet i hennes motell-rum, May Zhangs gradvisa förtroende. Hon beskrev hur hon hittade telefonen den morgonen, betydelsen av var den låg, den försvunna laptopen som hade raderats ur polisens bevismaterial. Men hon utelämnade noga varje omnämnande av Garrett, deras natt i Childers innan hon visste vem han var, den komplicerade spänningen mellan dem sedan dess, kyssen i hennes motellrum som hade gjort henne förvirrad och kluven.

Vissa hemligheter var inte hennes ensam att dela, och vissa kom-plikationer var bäst att hålla åtskilda från själva utredningen. Det var åtminstone vad hon sade till sig själv medan hon såg Dev katalogisera varje komponent av vad som kunde vara deras största hopp om rättvisa.

Dev tittade upp från den isärplockade telefonen medan hans fingrar fortfarande ordnade med komponenterna. "Zara", sade han, och hans röst skiftade från teknisk till personlig, "är du säker där uppe? De här inbrotten, anonyma hoten... det låter som om du har rört upp något allvarligt."

Frågan hängde mellan dem, direkt och oundviklig. Zara sträckte sig efter sin vattenflaska och tog en klunk för att vinna tid att tänka. Sanningen var komplicerad: okända hot, en polisinspek-tör hon inte riktigt kunde läsa av, en stad med begravda hem-ligheter värda att döda för. Men hon hade finslipat konsten att ljuga trovärdigt under sina år av undersökande arbete.

"Självklart är jag det", svarade hon med lätt, avfärdande ton. "Småstäder är bara tomma ord. De vill skrämma bort mig, men de är inte farliga på riktigt."

Devs ögon smalnade bakom glasögonen. Han hade känt henne tillräckligt länge – ett år av delade räkningar, hämtmat och en och annan nattlig konversation – för att känna igen den speciella tonfall hennes röst fick när hon inte var helt sanningsenlig. Hans fingrar stannade upp på microSD-kortet, men han pressade henne inte ytterligare. Det var deras outtalade överenskommelse: att respektera varandras gränser, även när de misstänkte att dessa gränser dolde problem.

”Tja, din karriär som poddare är i alla fall inte i fara”, sade han istället och bytte spår. ”Ditt antal prenumeranter har tredubblats sedan det första avsnittet. Den statistik jag har följt visar en engagemangsgrad som skulle få företagssponsorer att gråta av lycka.”

Zara kände en våg av lättnad över ämnesbytet. ”Det har varit surrealistiskt”, medgav hon. ”Efter Little Girls Lost-katastrofen trodde jag att det var kört för min del.” Hon drog en hand genom håret, fortfarande förvånad över sin egen framgång. ”Jag har betalat den här månadens amortering och betalat av kreditkortsskulden från mina besparingar. Den stora utbetalningen, nästan trettiotusen dollar, bör komma nästa månad.”

”Trettiotusen?” Dev visslade lågt. ”Från bara fyra avsnitt?”

”Algoritmen älskar mig igen”, sade hon och ryckte på axlarna, även om en stolthet smög sig in i rösten trots hennes försök att verka oberörd. ”Folk bryr sig om Iris nu. De vill ha rättvisa för henne.”

”De vill ha nästa avsnitt”, rättade Dev henne, dock utan illvilja. ”Du har fångat dem med ett mysterium som har ignorerats i över ett decennium. Och produktionskvaliteten är exceptionell, särskilt med tanke på att du gör allt själv.”

Zara log och tillät sig att njuta av ögonblicket. Efter månader av yrkesmässigt fritt fall hade hon återfått fotfästet. ”Jag tänkte att vi skulle fira med thaimat från det där löjligt dyra stället i Chermside”, föreslog hon. ”Jag bjuder.”

”Dristigt ekonomiskt drag”, sade Dev gravallvarligt, men hans ögon lyste upp vid tanken.

Medan Dev beställde maten – grön curry till henne, massaman till honom och vårrullar att dela på – gick Zara till köket för att göra te. Den välbekanta rutinen med att fylla vattenkokaren, välja ut muggar och mäta upp teblad i silen lugnade henne. Härifrån kunde hon iaktta Dev medan han arbetade, djupt koncentrerad och helt uppslukad av Iris telefon.

Hon hade haft tur med honom som inneboende. Han förstod hennes oregelbundna tider och hennes tillfälliga behov av absolut tystnad när hon arbetade. Deras vänskap hade vuxit fram gradvis, byggd på ömsesidig respekt för gränser och en gemensam uppskattning för teknisk kompetens.

”Angående de där anonyma kommentarerna”, sade Dev när hon kom tillbaka med teet och tog emot sin mugg. ”Jag har grävt lite.”

”Det är klart att du har”, svarade Zara och slog sig ner i fåtöljen. Devs idé om avkoppling innebar ofta att spåra digitala brödsmulor bara för att se vart de ledde. ”Hittade du något intressant?”

”Intressant är inte rätt ord.” Han ställde ner sin mugg och hans uttryck blev allvarligt. ”Jag stötte på en cybersäkerhetsvägg som inte borde finnas för vanliga internettroll. Den som lämnade de där kommentarerna vet vad hen gör: bra kryptering, avancerad VPN-användning, möjligen till och med säkerhetsprotokoll av myndighetsklass.”

Det gick en kall kåre längs Zaras ryggrad trots den varma muggen i händerna. ”Myndighetsklass? Menar du som polisens system?”

Dev ryckte på axlarna, men hans avslappnade gest matchade inte oron i hans blick. "Kan vara det. Eller militärens. Eller någon som lärt sig de där teknikerna via officiella kanaler. Poängen är att det här inte bara är arga lokalbor som knappar på sina mobiler. Det här är någon med fackkunskaper."

Innebörden hängde tungt mellan dem. Zara tänkte på Garrett, hans gråblå ögon och försiktiga varningar. På Kirsty Cannon och hennes politiska kontakter. Hur långt sträckte sig nätet av beskydd kring Iris död?

"Det är en sak till", fortsatte Dev och sköt upp glasögonen på näsan. "Tidmönstret tyder på att någon övervakar dina uppladdningar i realtid. Kommentarerna dyker upp inom några minuter efter att nytt innehåll lagts ut, tillräckligt konsekvent för att tyda på automatiska larm."

Zaras fingrar hårdnade runt muggen. "Så någon ser allt jag lägger ut. Omedelbart."

"Och svarar med alltmer fientliga meddelanden." Dev mötte hennes blick direkt. "Zara, jag känner dig tillräckligt väl för att veta att du inte kommer att släppa den här storyn. Men var försiktig. Vad du än har snubblat över så har det gjort folk oroliga."

"Det ska jag vara", lovade hon, orden var automatiska och ihåliga.

Dev suckade, då han insåg att hennes löfte inte innebar mycket. "Kan du åtminstone hålla dörrarna låsta och höra av dig till mig regelbundet? Jag blir orolig."

Dörrklockan avbröt dem; maten hade kommit. Medan de ställde fram alla förpackningar på soffbordet och försiktigt lade den isärplockade telefonen åt sidan, kände Zara tacksamhet över Devs förståelse. Han skulle inte pressa henne på detaljer hon inte var redo att dela med sig av, inte kräva att hon övergav utredningen och inte föreläsa för henne om risker. Istället hjälpte han till på de sätt han kunde: genom att återskapa data från omöjliga källor, spåra digitala fotspår och erbjuda en fristad när hon behövde samla kraft.

"För Flickan i bäcken", sade Dev och höjde en vårrulle i en skämtsam skål. "Må hon leda dig till sanningen och ett välmående bankkonto."

Zara lät sin egen vårrulle vidröra hans och uppskattade hans försök att lätta upp stämningen. "För sanningen", instämde hon. "Och för vänner som inte ställer för många frågor."

Han log, men hans ögon förblev allvarliga bakom glasögonen. De visste båda att hon skulle återvända till Salt Creek imorgon, till faror som ingen av dem helt förstod. Men för ikväll kunde de låtsas att det största hotet var att välja mellan mer grön curry och att spara plats för mangon med klibbigt ris som de hade lyxat till det med till efterrätt.

Sockerrörsfälten rullade förbi bilfönstren i oändliga rader, ibland avbrutna av små samhällen som dök upp och försvann som eftertankar. Zara hade lämnat Brisbane i gryningen, ivrig att återvända till Salt Creek innan någon märkte hennes frånvaro, även om det tåget uppenbarligen redan hade gått om Devs undersökning av de anonyma kommentarerna stämde. Någon övervakade hennes innehåll noga. Skulle de också veta att hon hade lämnat stan över natten? Skulle de ana varför?

Resväskan med rena kläder i baksätet kändes som en liten seger. Rena tröjor, underkläder som inte tvättats i motellets handfat, hennes favoritshorts som hon till en början lämnat kvar eftersom hon trodde att utredningen skulle ta dagar istället för veckor. Små bekvämligheter inför vad som lovade att bli en alltmer obekväm situation.

Minnet av Iris telefon, som nu låg försiktigt isärplockad i Devs arbetsrum, tyngde hennes sinne. Hon hade gett May ett löfte: att hålla polisen utanför den här upptäckten, att följa bevisen vart de än ledde utan officiell inblandning. Men efter Devs avslöjanden om den sofistikerade säkerheten bakom de anonyma hoten kunde hon inte låta bli att undra om hon fattat rätt beslut. Om Garrett var inblandad i mörkläggningen var det berättigat att undanhålla bevis. Om han inte var det, hindrade hon potentiellt rättvisan för Iris.

Hon hade lämnat Dev hopkrupen över sin arbetsbänk, redan i färd med att förbereda speciella rengöringslösningar för microSD-kortet. ”Förvänta dig inga snabba resultat”, hade han varnat. ”Den här typen av återskapning är tålamodsprövande. Och Zara”, hans uttryck hade varit ovanligt allvarligt, ”var försiktig med vem du berättar det här för. Om någon har ansträngt sig så här mycket för att skrämma dig, kommer de inte att nöja sig med inbrott och hot på nätet.”

Den välbekanta välkomstskylten till Salt Creek dök upp, med bleka bokstäver mot flagnande färg. Zara saktade ner när hon körde in i samhället och passerade The Golden Horse med dess röd-guldfärgade skyltning. En rörelse där inne fångade hennes blick: May torkade av borden inför lunchrusningen. Hon skulle behöva kontakta paret Zhang och uppdatera dem om Devs bedömning utan att väcka falska förhoppningar. Men det samtalet fick vänta. Först behövde hon installera sig i sitt rum igen, planera sitt nästa drag och kontrollera om något annat hade rörts i hennes frånvaro.

Salt Creek Motels parkering var nästan tom; de flesta gäster hade checkat ut den morgonen och de nya hade ännu inte anlänt. Zara parkerade på sin vanliga plats och tog sin resväska och axelremsväska innan hon gick in på sitt rum. Det nya låset som Garrett hade ordnat glänste i solljuset, en liten eftergift åt säkerheten på en plats där hemligheter verkade sippra genom väggarna.

Rummet verkade orört, exakt som hon lämnat det. Zara släppte resväskan på sängen, och de välbekanta fjädrarna gnällde under tyngden. Hon hade knappt dragit ner dragkedjan när en skarp knackning på dörren fick henne att hoppa till – tre bestämda slag som hon kände igen omedelbart. Hennes puls ökade på ett sätt hon vägrade analysera allt för noga.

Garrett stod i dörröppningen när hon öppnade, stel i hållningen, och hans gråblå ögon granskade hennes ansikte som om han letade efter skador. Han bar uniform idag; den ljusblå skjortan gjorde att hans ögon såg mer grå än blå ut, och de mörka byxorna var pressade enligt reglementet. En professionell polis ut i fingerspetsarna, bortsett från glimten av något högst oprofessionellt i blicken.

"Var har du varit?" krävde han, med en röst som var spänd av vad som kunde vara antingen ilska eller oro. "Du kom inte tillbaka till motellet igår kväll."

Zara höjde på ett ögonbryn och lutade sig demonstrativt mot dörrkarmen. "Jag var inte medveten om att jag behövde checka in hos dig om jag åkte hem en natt."

Hans professionella mask föll och frustrationen lyste igenom. "Jag var orolig för dig." Erkännandet verkade framtvingat. "Med inbrottet, hoten... jag kom förbi igår kväll för att se hur du hade det, och du var borta. Din bil var borta. Inget meddelande, ingenting."

”Orolig i din yrkesroll som Salt Creeks hängivna kriminalinspektör?” retades hon och ignorerade den värme som spred sig i henne över hans oro.

”Zara.” Bara hennes namn, uttalat på det där sättet, fick något att brista inom henne.

Hon var inte säker på vem som rörde sig först. Kanske båda två, dragna till varandra av den ström som funnits mellan dem ända sedan Childers. Hans mun fann hennes, het och krävande, och hans hand pressades mot hennes ländrygg och drog hennes kropp mot sin. Hon svarade omedelbart; hennes fingrar grep tag i tyget på hans uniformsskjorta medan kyssen fördjupades.

Sedan slog verkligheten till igen. Telefonen. Mays förtroende. Beviset hon hade fört bort från Salt Creek, bevis som den här mannen, den här polisen, hade en yrkesmässig skyldighet att samla in. Bevis som hon medvetet dolde för honom.

Zara stelnade till och drog sig undan för att skapa fysiskt avstånd. Garretts ögon mörknade när han registrerade förändringen, och hans händer föll ner längs sidorna.

”Vad är det?” frågade han med hes röst.

”Ingenting”, ljög hon, och ordet smakade bittert. ”Jag bara... det här är komplicerat. Du är polis. Jag utreder ett fall som din avdelning lade ner för flera år sedan.”

Det var inte osant, bara ofullständigt. Hon kunde inte berätta för honom om telefonen utan att förråda May. Hon kunde inte fortsätta kyssa honom utan att känna att hon förrådde sin egen yrkesetik. De motstridiga lojaliteterna vred sig inom henne.

”Det är inte det”, sade Garrett, och hans ögon smalnade av en aning medan han studerade hennes ansikte. ”Det är något annat. Något du inte berättar för mig.”

Skuldkänslor fladdrade över hennes ansikte trots hennes ansträngningar att dölja dem. Hon hade aldrig varit bra på att dölja sina känslor; det var därför hon föredrog att vara bakom mikrofonen snarare än framför en kamera. Hon tog ett steg längre in i rummet och behövde utrymme för att tänka klart. "Det finns massor av saker jag inte berättar för dig. Precis som jag är säker på att det finns saker du inte berättar för mig."

Garrett iakttog henne, och polisen i honom katalogiserade synbart hennes reaktioner och läste de små tecken hon inte kunde kontrollera. Hans hållning förändrades nästan omärkligt, från mannen som hade kysst henne tillbaka till polisen som hade varnat henne för den här utredningen.

"Du hittade något", sade han, och orden var inte en fråga utan ett konstaterande. "Medan du var borta."

Zara höll sitt uttryck neutralt tack vare år av journalistisk träning. "Jag åkte hem för att hämta rena kläder och se till mitt hus. Allt handlar inte om utredningen."

Hans ögon släppte inte hennes medan han letade efter sanningen hon undanhöll. "Gör det inte det? För dig?" En paus, tung av outtalade frågor. "Var försiktig, Zara. Vad du än gör, vem du än skyddar... så har du inte hela bilden klar för dig än."

Varningen hängde mellan dem, så pass tvetydig att hon inte kunde avgöra om han hotade henne eller om han var genuint orolig för hennes säkerhet. Kanske båda delarna. Komplexiteten i deras relation – yrkesmässiga motståndare, motvilliga allierade och vad nu denna fysiska attraktion än var – gjorde varje interaktion till ett minfält.

"Jag borde packa upp", sade hon slutligen och iakttog sin öppna resväska.

Garrett nickade en gång och accepterade avvisandet, även om hans ögon sade henne att det här samtalet inte var avslutat. "Lås dörren", sade han när han vände sig om för att gå. "Och Zara? Nästa gång du bestämmer dig för att försvinna över natten skulle jag uppskatta om du sa till."

Dörren stängdes bakom honom. Zara stod orörlig och lyssnade på hur hans fotsteg tynade bort. Hennes läppar pirrade fortfarande efter hans kyss, och bördan av hennes hemlighet vilade tungt på hennes samvete. En vecka, hade Dev sagt. En vecka innan de kanske skulle få veta vad som fanns på Iris telefon. En vecka att navigera i de allt farligare vattnen i Salt Creek utan att drunkna i dess hemligheter, eller i de gråblå djupen i Garrett Pennells ögon.

# Kapitel 12

Zara tittade på klockan för tredje gången på lika många minuter och svepte sedan med blicken över Salt Creeks gymnasiums entré igen. Enligt skolsekreteraren brukar rektorn Eleanor Hargrove vara klar med sitt administrativa arbete vid fyratiden, vilket gav Zara ungefär en kvart på sig att genskjuta henne. Samma Eleanor Hargrove som hade undervisat i engelska här när Iris var elev, läraren vars klass Iris faktiskt hade gått i, i motsats till vad Zara av misstag hade sagt i sin podcast. Ett litet fel, men ett som omedelbart hade attackerats av de där anonyma kommentatorerna. Lyssnare som kände till skolan alltför väl för att vara slumpmässiga internettroll.

Hon flyttade lite på sig under eukalyptusträdet och försökte hitta skugga på skolans parkering. Slutsignalen hade ringt för fyrtiofem minuter sedan, klockan tre, och de flesta föräldrar hade redan hämtat sina barn. Några eftersläntrare kom fortfarande ut ur byggnaden och ropade hejdå till sina vänner.

En grupp äldre elever gick förbi och sneglade nyfiket på Zara. En flicka viskade till en annan, och Zara uppfattade orden "poddamen" innan de brast ut i fniss. Ryktet spred sig snabbt i Salt Creek; hon var på väg att bli en mindre kändis, även om det återstod att se om det skulle hjälpa eller stjälpa hennes utredning.

Hon la över tyngden på det andra benet, och luftfuktigheten fick skjortan att klibba obehagligt mot ryggen. Efter ännu ett samtal med Jane Goulding stod det klart att Eleanor Hargrove kunde sitta inne på värdefulla insikter om Iris sista veckor. Jane hade nämnt att spänningen mellan Iris och Kirsty hade varit märkbar i klassrummet. Eleanor Hargrove hade varit engelsklärare för båda flickorna.

En rörelse på parkeringen fångade hennes uppmärksamhet. En elegant silverfärgad SUV körde in på en parkeringsplats och Kirsty Cannon klev ur med solglasögonen vilande ovanpå sitt honungsblonda hår. Hon bar en skräddarsydd blå klänning som lyckades se både professionell och lättillgänglig ut. Hon såg ut över skolgården innan hennes blick låstes vid Zara.

Även på det här avståndet kunde Zara se att Kirstys ögon var rödkanstade. När hon närmade sig slogs Zara av att hennes gång verkade medveten, som ett noggrant offentligt framträdande snarare än ett slumpmässigt möte. Hon ställde sig mitt på gångvägen för att säkerställa maximal synlighet både från vägen och för alla som eventuellt var på väg ut från skolan.

”Zara”, ropade Kirsty, och hennes röst bar precis tillräckligt för att dra till sig uppmärksamhet utan att verka söka den. ”Vad roligt att springa på er.”

Zara rätade på sig och hennes journalistinstinkt vaknade till liv. ”Fullmäktigeledamot Cannon. Det här var oväntat.”

”Snälla, säg bara Kirsty.” Hon stannade på ett noggrant avmätt armlängds avstånd, tillräckligt nära för intimitet men tillräckligt långt ifrån för anständighetens skull. Hennes röst darrade lätt, en skälvning som verkade kalibrerad snarare än okontrollerbar. ”Jag ville prata med er om er podcast.”

”Jag lyssnar”, svarade Zara neutralt.

”Den orsakar så mycket smärta”, sa Kirsty, och hennes ögon fylldes av tårar som inte riktigt rann över. ”För oss alla. Staden höll just på att läka, och nu...” Hon gestaltade hjälplöst, en rörelse som var elegant trots hennes uppenbara förtvivlan. ”Ni river upp sår som aldrig helt har läkt.”

Zara studerade Kirstys ansikte, den perfekta mascaran som inte hade kladdat trots hennes uppenbara gråt, den noga kontrollerade darringen i underläppen. ”Jag förstår att det här måste vara svårt”, sa hon. ”Särskilt för någon som stod Iris nära.”

”Vi var bästa vänner”, sa Kirsty och sänkte rösten till en smärtsam viskning. En tår rann till slut över och letade sig nerför hennes kind i vad som verkade vara slow-motion. ”Ända sedan lågstadiet. Jag kände henne bättre än någon annan.” Hon torkade bort tåren. ”Det är därför det här gör så ont. Att se henne reducerad till... innehåll.”

Ordvalet slog Zara som medvetet provocerande, utformat för att få henne att gå i försvarsställning. Hon förblev lugn och observerade hur Kirstys blick emellanåt flackade för att försäkra sig om att deras publik fortfarande var fängslad.

”Jag försöker inte reducera Iris till innehåll”, svarade Zara behärskat. ”Jag försöker förstå vad som hände henne. Den officiella förklaringen stämmer inte överens med fakta.”

”Fakta?” Kirstys röst sprack på ett perfekt sätt. ”Vad sägs om det faktum att hennes föräldrar måste återuppleva sin värsta mardröm? Vad sägs om det faktum att vårt samhälle målas upp som... som vadå? Konspiratörer? Mördare?” Ännu en tår, ännu en elegant avtorkning. ”Det handlar inte bara om Iris. Det handlar om alla oss som älskade henne.”

Zara märkte hur Kirsty betonade samhällets smärta snarare än personlig sorg, hur varje referens till Iris ledde tillbaka till stadens kollektiva upplevelse. ”Om ni stod Iris så nära som ni säger, skulle ni då inte vilja veta sanningen om vad som hände henne?”

Kirstys uttryck förändrades, en flimrande glimt så kortvarig att Zara nästan hade missat den om hon inte hade tittat noga. Bakom tårarna blixtrade en kyla till i hennes ögon innan masken av oro återvände.

”Sanningen?” sa Kirsty. ”Sanningen är att olyckor händer, även försiktiga människor. Sanningen är att det ibland inte finns några skurkar, bara tragedi.” Hon rörde vid Zaras arm, och hennes fingrar kändes svala trots hettan. ”Snälla. För alla oss som kände och älskade hennes skull. Låt Iris vila.”

”Det kan jag inte göra”, sa Zara bestämt och backade undan från Kirstys beröring. ”Inte när bevis tyder på att Iris inte drunknade genom en olyckshändelse.”

Den beräknade förtvivlan i Kirstys ansikte vacklade för ett kort ögonblick. ”Bevis?” upprepade hon, och rösten blev plötsligt skarpare innan den mjuknade igen. ”Vilka bevis skulle möjligtvis kunna finnas kvar efter elva år?”

”Det är det jag är här för att ta reda på”, svarade Zara och mötte Kirstys blick stadigt. ”Och jag tänker inte sluta förrän jag förstår vad som faktiskt hände den där natten.”

Kirstys fattning brast igen, och kylan ersatte sorgen i hennes ögon för ett hjärtslag innan hon återfick kontrollen. Förvandlingen var obehaglig, som att se en helt annan person titta fram helt kort innan den stuvades undan igen.

”Ni gör människor obekväma”, sa Kirsty, och hennes röst hårdnade trots tårarna som fortfarande dröjde sig kvar på ögonfransarna. ”Iris skulle ha hatat det här.”

Påståendet lät falskt mot bakgrund av allt Zara hade fått veta om Iris, en begåvad filmskapare som dokumenterade stadens historia, som skapade konst ämnad att ses, och som sökte in till universitetet i förtid för att fullfölja sina kreativa ambitioner.

”Jag tror att Iris skulle vilja ha sanningen”, kontrade Zara tyst. ”Baserat på allt jag har fått veta om henne värdesatte hon ärlighet över allt annat.”

Kirstys leende stramades åt och nådde inte längre ögonen. ”Ni kände henne inte”, sa hon, och varje ord var precist trots hennes till synes emotionella tillstånd. ”Det gjorde jag.” Hon sneglade på sin klocka, en gest som bröt spänningen i ögonblicket. ”Jag måste gå. Jag har ett möte med kommunfullmäktige.”

Hon vände sig om, samlad och elegant trots det känslosamma utspelet nyss, och gick tillbaka mot sin SUV. Solen glittrade i hennes hår när hon gick, hennes hållning var perfekt och stegen uppmätta; inte ett enda tecken på att hon nyss hade gråtit över sin påstådda bästa vän.

Zara såg henne gå, nu helt säker på att rollen som den bekymrade bästa vännen var precis vad det var – ett skådespel. Under Kirstys polerade yta dolde sig något hänsynslöst. Frågan var om hennes händer var fläckade av Iris död, och vilka bevis som kunde knyta henne till den där natten vid bäcken.

Hon vände sig om mot skolans entré, mer beslutsam än någonsin att få tala med Eleanor Hargrove. Om Kirsty var så här angelägen om att stoppa utredningen, måste Zara vara sanningen på spåren. Och Kirsty skulle inte nöja sig med tårar offentligt och beslöjade varningar. Insatserna hade precis höjts, och Zara behövde agera snabbt innan de bevis som fanns kvar försvann helt, precis som Iris bärbara dator hade försvunnit för alla dessa år sedan.

Besvikelsen kändes tung för Zara när hon gick tillbaka mot motellet medan eftermiddagssolen fortfarande gassade. Rektor Hargrove hade varit ett slöseri med tid: artig men distanserad, och hon påstod sig knappt minnas Iris Zhang. "Det har passerat så många elever under åren", hade hon sagt med ett leende som inte nådde ögonen. "Och jag blev rektor kort därefter. Administrativa sysslor tenderar att sudda ut minnena av vad som hände i klassrummet." En läglig minneslucka som andades Kirsty Cannons inflytande lång väg.

Zara spelade upp Kirstys framträdande vid skolan i huvudet medan hon gick. De noga kalibrerade tårarna, den strategiska positioneringen inför öppen ridå, ögonblicken då hennes mask hade glidit undan och avslöjat något kallt och beräknande under sorgen. Det var inte ett beteende hos någon som sörjde en gammal vän; det var desperationen hos någon som hade något att dölja.

Med en suck fiskade hon upp sitt nyckelkort ur fickan. Hon skulle gå och hämta lite middag från Golden Horse och äta den medan hon gick igenom några dokument som hamnat i hennes mejlkorg tidigare under dagen: ytterligare några av de ursprungliga polisrapporterna som hade trillat in under de senaste dagarna men inte avslöjat något hon inte redan visste.

Hon var nästan framme vid dörren, med nyckelkortet redo att tryckas in i låset, när hon insåg att något var fel. Hennes bil stod för lågt och lutade märkligt åt ena sidan.

Hennes bil, som stod parkerad precis utanför dörren fullt synlig från gatan, hade blivit brutalt attackerad. Alla fyra av hennes helt nya däck var sönderskurna, inte bara punkterade utan vildsint uppslitna, med gummislingor som låg utspridda över gruset likt utkrängda inälvor. Snitten tydde på en vass kniv och medveten kraft, inte en slumpmässig vandaliseringshandling.

Hjärtat hamrade mot revbenen när hon närmade sig fordonet och sökte igenom den tomma parkeringen efter vittnen, efter förövaren, efter vem som helst. Dörren till motellets reception var stängd, och LEDIGA RUM-skylten flimrade i eftermiddagssolen. Hennes bil var den enda på parkeringen; det var vardag och motellet var förmodligen lugnt, med några sena resenärer som kanske skulle checka in senare.

Inga vittnen. Hon visste redan att det inte fanns några kameror; Garrett hade varit rejält irriterad över det efter inbrottet i hennes rum.

När hon rundade motorhuven fångade något vitt hennes blick, en hopvikt papperslapp som satt fast under vindrutetorkaren. Med darrande fingrar tog hon loss den; pappret var varmt efter att ha legat mot glaset i solen. Meddelandet var handskrivet med svart märkpenna, bokstäverna var kantiga och medvetet förställda:

*SLUTA GRÄV ELLER GÖR HENNE SÄLLSKAP*

Sex ord. Trettio bokstäver. En hel livstids hot komprimerat till en enda rad.

Galla steg i strupen, sur och het. Hennes nya däck, en betydande utgift, ett åtagande att stanna i Salt Creek tills hon avslöjat sanningen, hade medvetet förstörts för att skicka ett meddelande. Utvecklingen var tydlig: trakasserier på nätet, inbrottet och nu detta fysiska hot i kombination med skadegörelse. En eskalering som speglade hennes utrednings framsteg.

Och ”gör henne sällskap”, det fanns ingen tvekan om vem ”henne” syftade på. Iris Zhang, hittad med ansiktet nedåt i femton centimeter vatten.

Zaras hand skakade när hon sträckte sig efter telefonen. Hon borde dokumentera det här först, ta bilder på skadorna, bevara lappen som bevis. Journalisten i henne agerade automatiskt trots rädslan och tog bilder av varje sönderskuret däck, lappen i hennes handflata och de tomma omgivningarna som hade gjort det möjligt för någon att närma sig hennes bil obemärkt.

Först därefter slog hon numret till polisstationen. Tummen tvekade över Garretts direktnummer innan hon valde huvudnumret istället. Professionell distans. Bevis på ett brott. Inte ett personligt rop på hjälp.

”Salt Creeks polisstation”, svarade receptionisten.

”Det här är Zara Langley på Salt Creek Motel”, sa hon, stolt över hur stadig hon höll rösten trots darringen i händerna. ”Jag behöver anmäla skadegörelse och ett hotbrev som lämnats på mitt fordon.”

”Jag skickar över någon direkt, Ms Langley”, svarade receptionisten, och det fanns ett stråk av igenkänning i rösten. Självklart visste alla i stan vem hon var vid det här laget.

”Tack”, sade Zara och avslutade samtalet innan hennes fattning hann brista.

Hon lutade sig mot motellets vägg. Det grova teglet skavde genom hennes tunna tröja och förankrade henne i de fysiska förnimmelserna medan tankarna rusade. Vem hade gjort det här? Tidpunkten tydde på någon som visste att hon hade varit vid skolan, någon som kanske hade sett henne prata med Kirsty. Någon som kände till hennes nya däck och vad de representerade: hennes beslut att stanna i Salt Creek. Någon som ville bli av med henne så pass mycket att de hotade hennes liv.

Ljudet av ett fordon som närmade sig drog henne tillbaka till nuet. En polisens LandCruiser svängde in på parkeringen i en fart som var högre än vad som var absolut nödvändigt. Garrett.

Han parkerade på platsen bredvid hennes vandaliserade bil och var ute ur fordonet innan dammet hunnit lägga sig. Hans uniformsskjorta var mörk av svett mellan skulderbladen, som om han hade stått ute i solen. Hans ansiktsuttryck var yrkesmässigt neutralt, men hans ögon svepte snabbt över henne från topp till tå, som för att kontrollera om hon var skadad.

”Ms Langley”, sade han, formell trots deras komplicerade förflutna. ”Du anmälde skadegörelse?”

Hon pekade mot sin bil och iakttog hans ansikte när han såg de sönderskurna däcken, den metodiska förstörelsen.

”Hände det här medan du var borta?” frågade han medan han gick runt fordonet och på huk undersökte snitten i gummit.

”Ja. Jag var vid skolan och körde sedan raka vägen hit.” Hon tvekade, men räckte sedan fram handen med lappen, fortfarande hopvikt. ”Den här satt under torkaren.”

Garrett tog emot papperet och vek försiktigt upp det i kanterna som för att bevara eventuella fingeravtryck, trots att de båda visste att förövaren lär ha varit för försiktig för det. Hans ögon skummade igenom de sju orden, och i det ögonblicket krackelerade hans professionella mask.

Rädsla, rå och äkta, fladdrade förbi i hans ansikte innan han hann få kontroll över den. Inte bekymmer, inte oro, utan rädsla. Hans käkar stramades åt, och muskeln under huden ryckte när han bet ihop tänderna. Hans fingrar vitnade runt papperets kanter. Under ett andlöst ögonblick var Garrett inte en kriminalinspektör som undersökte bevis, utan en man som konfronterades med ett hot mot någon han brydde sig om.

Förvandlingen varade bara i några sekunder innan han tvingade tillbaka sina anletsdrag i yrkesmässiga banor, men Zara hade sett det. Vad som än pågick mellan dem, vilken roll han än hade i utredningen, så var hans rädsla för hennes säkerhet verklig. Och den verkligheten komplicerade allt.

”När såg du senast din bil oskadd?” frågade han med åter kontrollerad röst när han lade lappen i en bevispåse.

Zara svarade automatiskt och angav tider, detaljer och sina misstankar om vem som kunde ha sett henne vid skolan. Men hennes tankar återvände ständigt till den där glimten av rädsla i hans ögon, vad den betydde och vad den avslöjade. Om Garrett Pennell, Salt Creeks kriminalinspektör, var uppriktigt rädd för hennes säkerhet, då var faran på riktigt.

Garrett tog fram sin telefon. Han ringde två samtal i snabb följd: först till en bärgningstjänst med kärv röst när han begärde omedelbar assistans, och sedan till Micks verkstad. Han förklarade situationen och hans kontrollerade vrede fick rösten att sjunka, lägre och råare. ”Håll verkstaden öppen, Mick. Jag struntar i vad klockan är. Ha fyra nya däck redo, samma Michelin som hon precis köpte.” Han lyssnade och lade sedan till: ”Se det som en polisiär prioritering.” När samtalen var avslutade vände han sig mot Zara med en blick fylld av ett våldsamt beskyddarinstinkt som inte hade något med tjänsteplikt att göra.

”Bärgaren är här om fem minuter”, sade han och stoppade ner telefonen i fickan. ”Jag kör dig till Micks verkstad.” Det var varken en fråga eller ett erbjudande, utan ett konstaterande.

Zara nickade, fortfarande skakad av den blottade känslan hon skymtat i hans ansikte när han läste lappen. Hans käkar var fortfarande spända, och en muskel ryckte under den solbrända huden medan han sökte av de omkringliggande hotellenheterna, den tomma parkeringen och vägen bortom den. Han hade ställt sig snett framför henne, som för att fysiskt skydda henne mot potentiella hot.

"Jag behöver hämta några saker på rummet", sade hon och gick mot sin dörr.

Garrett följde efter, så nära att hon kunde känna hans närvaro bakom sig. "Jag väntar här", sade han och tog post utanför medan hon gick in.

Inne på rummet tog Zara en flaska kallt vatten och drack girigt. Hon behövde egentligen ingenting från rummet, men hon behövde ett ögonblick för att återfå fattningen, eftersom Garretts reaktion gick bortom professionell omsorg och hon visste inte riktigt hur hon skulle hantera det. Hastigheten med vilken han kommit, styrkan i hans vrede, den skyddande hållningen – inget av det passade in i rollen som en distanserad lokal polistjänsteman. Samtidigt var det här samma man som hade varnat henne för att undersöka Iris död, som representerade det rättssystem som svikit familjen Zhang, och som till och med kunde vara inblandad i vad som än hände för elva år sedan.

När hon kom ut igen pratade Garrett med en bärgningsbilsförare som skakade på huvudet och klickade med tungan medan han krokade fast Zaras bil för att dra upp den på flaket. Garretts hand rörde vid hennes ländrygg när de gick mot hans LandCruiser. Beröringen var lätt men avsiktlig, vägledande och beskyddande.

Bilens interiör var oklanderlig, till skillnad från hennes egen belamrade bil. När hon satte sig i passagerarsätet stängdes dörren bredvid henne. Garrett gled in i förarsätet. Hans breda axlar och konsolen mellan dem fick utrymmet att plötsligt kännas mindre, mer intimt än hon hade förutsett.

Han startade motorn men körde inte iväg direkt, utan iakttog bärgaren som avslutade lastningen av hennes skadade bil. Hans knogar var vita mot ratten och hans profil spänd i hennes periferi.

"De tar hand om det", sade han och missuppfattade hennes tystnad som oro för bilen.

"Det är inte bilen jag är orolig för", svarade Zara och vände sig om för att se honom rakt i ansiktet. "Det är eskaleringen. Hot på nätet, sedan ett inbrott och nu det här. Vad kommer härnäst?"

Garretts käkar spändes ytterligare, om det nu var möjligt. "Det är därför vi ska diskutera ytterligare säkerhetsåtgärder medan däcken byts."

Den häftiga beskyddarinstinkten i hans röst fick värme att sprida sig i hennes bröst, en farlig värme som hotade hennes objektivitet, hennes syfte i Salt Creek. Hon tittade ut genom fönstret och samlade sina tankar medan de körde genom den lilla staden, förbi Golden Horse med dess rödgula skylt och förbi foderbutiken där Ray hade tystnat så fort Garrett dök upp.

"Varför bryr du dig så mycket om jag skulle bli skadad?" frågade hon till slut. Frågan hängde kvar i det slutna utrymmet mellan dem.

Han höll ögonen fästa på vägen. "Det är mitt jobb."

"Är det?" pressade Zara och vred sig i sätet för att studera hans profil. "Ditt jobb är att skydda invånarna i Salt Creek. Jag är inte en av dem. Jag är en utomstående som undersöker ett fall som din avdelning avskrev som en olycka för elva år sedan." Hon gjorde en paus och iakttog hans reaktion. "Vissa skulle säga att det enklaste alternativet vore att titta åt ett annat håll när någon försöker skrämma bort mig."

Hans knogar vitnade mot ratten, det enda yttre tecknet på att hennes ord hade träffat. "Det är inte så jag arbetar", sade han med sammanbiten röst.

"Det känns personligt", sade hon tyst.

Orden hängde mellan dem, tunga av innebörd: Childers, kyssen i hennes hotellrum, den elektriska medvetenheten som fanns mellan dem trots alla professionella hinder.

Garrett svarade inte. Tystnaden drog ut på tiden, endast fylld av motorns surrande och det enstaka sprakandet från polisradion. Lokalborna tittade nyfiket på polisfordonet med Zara i passagerarsätet; nya rykten tog säkerligen form i deras kölvatten.

När de svängde in vid Micks verkstad återtog Garrett omedelbart sin beskyddande hållning. Han gick nära henne, med kroppen vinklad svagt mot hennes, och ögonen svepte över verkstaden som om han bedömde potentiella hot. Mick kom ut från kontoret och torkade händerna på en trasa. Hans ansiktsuttryck skiftade från ett yrkesmässigt hälsande till en nyfiken granskning när han såg hur nära varandra de gick och spänningen mellan dem.

"Har du de där Michelindäcken redo, Mick?" frågade Garrett. Hans röst var avslappnad men hans kroppshållning var allt annat än det.

"Allt klart för dig", bekräftade Mick. Han sneglade på Zara. "Tråkig historia det där med de sönderskurna däcken. Kan knappt tro att någon i Salt Creek skulle göra något sådant."

”Någon skickade ett budskap”, sade Zara lugnt. ”Inte ett särskilt subtilt sådant.”

Mick skakade på huvudet. ”Småstäder, va? Man kan inte ens fisa utan att alla vet vad man åt till frukost.” Han försvann in på lagret och lämnade dem ensamma i verkstadens främre del.

Zara vände sig om för att se Garrett rakt i ögonen. ”Det här handlar inte om polisprotokoll”, utmanade hon och höll rösten tillräckligt låg för att Mick inte skulle höra från lagret. ”Sättet du beter dig på, det är inte bara yrkesmässig omsorg.”

Garrett mötte hennes blick, gråblå och intensiv. För ett ögonblick trodde hon att han skulle avfärda henne igen, att han skulle dra sig tillbaka bakom sin bricka och sin titel. I stället förändrades hans uttryck.

”Någon hotar dig”, sade han, varje ord var noga valt och avsiktligt. ”Det är ingenting jag kan förhålla mig nonchalant till.”

Erkännandet hängde i luften mellan dem, och det som förblev osagt var lika betydelsefullt som det som faktiskt sagts. *Du är inte någon jag kan förhålla mig nonchalant till.*

”Gränsen mellan personligt och professionellt blir suddig ibland”, fortsatte han och sänkte rösten ytterligare. ”Särskilt i en stad av den här storleken.”

Zara var smärtsamt medveten om hur nära varandra de stod, knappt en armlängds avstånd. Verkstadens lysrör kastade skuggor över hans ansikte och framhävde spänningen i hans käkar och intensiteten i hans blick. Deras kroppar vinklades mot varandra som magneter som fann sin inriktning; dragningen mellan dem var fysisk och oundviklig.

”Och på vilken sida av den gränsen befinner vi oss just nu?” frågade hon. Frågan var både en utmaning och en inbjudan.

Innan han hann svara avbröts ögonblicket av dånet från bärgningsbilen som backade in i verkstadshallen. Garrett tog ett steg tillbaka och hans professionella mask gled på plats när han vände sig för att hälsa på föraren, även om hans ögon sade Zara att det här samtalet inte var över.

Hon iakttog honom när han talade med chauffören och dirigerade var bilen skulle placeras. Vad som än hände mellan dem så komplicerade det en redan komplex utredning. Garrett Pennell, polisen som hade varnat henne för att gräva i Iris död, var nu hätskt beskyddande gällande hennes säkerhet. Motsägelsen var obegriplig, såvida det inte fanns lager i det här fallet, och hos Garrett själv, som hon ännu inte hade blottlagt.

Mick kom ut från lagret med det första däcket och rullade det mot bilen. ”Det här tar ungefär en timme”, sade han. ”Det finns ett väntrum där borta om ni vill ha kaffe. Eller så kan ni komma tillbaka om en liten stund.”

Garretts hand vilade ett kort ögonblick mot hennes ländrygg när de gick mot det lilla kundrummet. Beröringen kändes varm genom tröjan. ”Vi måste diskutera vad som händer härnäst”, sade han tyst. ”Den som gjorde det här kommer inte att sluta nu.”

Säkerheten i hans röst fick det att kyla till i henne trots värmen från hans närhet. Vad han inte sade rakt ut var att hotet var verkligt, att den som skurit sönder hennes däck och lämnat lappen var fullt kapabel att göra verklighet av sitt löfte om att låta henne ”göra sällskap” med Iris Zhang. Frågan var om Garretts beslutsamhet att skydda henne betydde att han visste vem som låg bakom hoten... eller om han var lika mycket i mörker som hon.

Oavsett vilket hade gränsen mellan dem förskjutits igen, och det personliga och professionella flöt samman till något som ingen av dem enkelt kunde definiera eller förneka. Och när de slog sig ner i det lilla väntrummet, med knän som nästan nuddade varandra i det trånga utrymmet, undrade Zara om den kopplingen till slut skulle leda henne till sanningen om Iris, eller om den skulle bli ännu en komplikation i en utredning som redan var fylld av dolda motiv och begravda hemligheter.

# KAPITEL 13

MICKS VERKSTAD BLEKNADE I backspegeln medan Garrett körde Zara tillbaka till motellet. Ingen av dem sade något. De nya däcken hade monterats snabbt, men lappen, *SLUTA GRÄV ELLER GÖR HENNE SÄLLSKAP*, låg mellan dem som en tredje närvaro i den genomskinliga bevispåsen av plast. Utanför var ovädret som hade hotat hela eftermiddagen äntligen på väg in. Luften var så tjock av luftfuktighet att det kändes som att andas genom våt bomull. Zara stirrade ut genom fönstret och såg blixtar flimra vid horisonten. Hennes spegelbild såg spöklik ut mot den mörknande himlen.

När de rullade in på motellets parkering stängde Garrett av motorn men gjorde ingen ansats att gå ur. Hans fingrar trummade mot ratten i en nervös rytm som stod i skarp kontrast till hans vanliga behärskning.

”Du borde packa dina saker”, sade han till sist med sträv röst. ”Jag kan ordna boende någon annanstans. Någonstans där det är säkrare.”

Zara vände sig mot honom. ”Jag flyr inte.”

Deras blickar möttes i bilens dunkla sken och hans uttryck förändrades när den professionella distansen rämnade. Han tittade bort först och nickade en gång, tvärt, som om han inte hade väntat sig något annat svar. Sedan sträckte han sig efter dörrhandtaget, uppenbart besluten att se till att hon kom säkert inomhus.

Utanför hotellrummet darrade Zaras hand lätt när hon satte i nyckelkortet. Gatubelysningen kastade långa skuggor över betongen och luften var tryckande av det nalkande regnet. Hon knuffade upp dörren och tvekade på tröskeln, plötsligt medveten om innebörden av det hon tänkte göra.

"Kom in", sade hon, och orden bar på mer tyngd än deras enkelhet antydde.

Garrett följde efter henne in. Hans breda axlar fyllde kortvarigt dörröppningen innan han steg förbi henne. Han stod klumpigt mitt i det lilla rummet, för stor för utrymmet. Trots att luftkonditioneringen hade varit på hela eftermiddagen kändes rummet fortfarande för varmt.

Zara ställde ner sin väska på skrivbordet och vände sig mot honom. Hon lät sitt kroppsspråk föra talan för det hon inte var helt redo att säga högt än. Spänningen mellan dem hade byggts upp ända sedan Childers, en strömning som ingen av dem kunde förneka trots yrkesmässiga gränser och ömsesidig misstänksamhet. Och plötsligt var hon trött på att bekämpa den. Kanske var det det nalkande ovädret som påminde henne om den där natten i Childers, den häftiga passion som hade flammat upp mellan dem.

Hon ville ha det igen. Nu.

Men istället för att gå fram till henne började Garrett stega fram och tillbaka, tre steg i en riktning innan han vände om. Han drog händerna genom håret så att det blev ännu rufsigare, en gest som var så ovanligt agiterad att Zara kände ett styng av oro.

"Garrett?"

Han slutade stega och stod med ryggen mot henne, axlarna stela under den ljusblå uniformsskjortan. När han talade var rösten ansträngd, som om orden tvingades fram ur något djupt och motvilligt inre.

"Jag måste berätta en sak för dig."

Zara satte sig på sängkanten. Hon kände på sig att vad som än var på väg att sägas krävde utrymme, krävde hennes stillhet mot hans rastlöshet.

"Jag var där", sade han och vände sig mot henne med plågad blick. "År 2014. Jag var den poliskonstapel som först svarade på anropet om Iris Zhang."

Detta erkännande föll mellan dem, den första tråden som nystades upp. Hon förblev tyst och lät honom fortsätta, men hennes ögon vidgades. Hon hade inte sett hans namn någonstans i de utredningshandlingar hon tagit emot hittills. Eftersom hon visste hur Queensland Police Service föredrog att flytta runt poliser regelbundet – särskilt eftersom de inte ville att poliser skulle tillbringa för lång tid på posteringar på landsbygden där de kunde komma lokalbefolkningen för nära för att vara effektivt neutrala – hade hon antagit att det var omöjligt att Garrett hade varit där då.

"Det var jag som fann henne i bäcken." Hans röst brast på ordet "fann" och hans professionella fattning rämnade. "Hon låg framstupa i vatten som knappt täckte mina kängor. Femton centimeter som mest. Och det fanns blåmärken, färska blåmärken, på baksidan av hennes armar. Fingermärken. Den sorten som bara uppstår när någon håller fast en."

Han började stega igen och orden kom snabbare nu, som om en damm hade brustit. "Jag dokumenterade allt. Blåmärkena, vattendjupet, den saknade telefonen, det faktum att hon inte borde ha varit där överhuvudtaget om hon var på väg hem från restaurangen. Inget av det var logiskt. Inget av det tydde på en drunkningsolycka.”

Zara iakttog honom och såg inte den behärskade kriminalinspektör som hade varnat henne för den här utredningen, utan en man som bar tio års skuldkänslor på sina axlar.

”Jag tog det till Finch. Kriminalkommissarie Malcolm Finch.” Garretts mun kröktes föraktfullt vid namnet. ”Han var den högre befälhavaren här på den tiden, utredningsledaren såklart. Jag visade honom mina anteckningar, fotografierna, förklarade varför det inte kunde ha varit en olycka. Och han... han bara såg på mig med en blick jag aldrig kommer att glömma, som om jag vore ett barn som hade vandrat in i en vuxen konversation.”

Garretts axlar sjönk ihop medan han talade och rösten blev lägre. ”Han sa till mig att jag var ny, oerfaren, att jag såg saker som inte fanns där. Han sa att flickan uppenbarligen hade halkat, slagit i huvudet och drunknat i en osannolik olycka. När jag låg på om blåmärkena sa han att hon förmodligen föll nerför ravinen innan hon nådde bäcken och fick märkena under fallet.”

”Men du trodde inte på honom”, sade Zara lågmält.

”Nej.” Ordet var kort och definitivt. ”Men jag var tjugofem, hade bara jobbat några år. Och Finch var... ja, han var Finch. Respekterad. Välansluten. Den sortens polis som yngre poliser lärs upp att backa för.”

Blixtar lyste upp himlen utanför och för ett ögonblick framträdde hans ansikte i skarp relief. Det framhävde rynkan mellan hans bryn och den strama linjen vid hans mun.

”Två månader senare blev jag förflyttad till Cairns. Officiellt var det en ’möjlighet till karriärutveckling’. Inofficiellt blev jag

bortplockad från en situation där jag ställt för många frågor.”
Han slutade stega och stannade framför henne. ”Jag försökte
släppa det. Försökte övertyga mig själv om att Finch kanske hade
rätt, att jag hade varit för nitisk och sett mönster där det inte
fanns några.”

”Men du kunde inte”, sade Zara, som i honom kände igen sam-
ma envisa sökande efter sanningen som drev henne själv.

”Nej. Det släppte aldrig. Vid varje drunkningsfall jag arbetade
med, varje rapport om ett ungt offer, återvände mina tankar till
Iris Zhang. Till det jag såg. Till det jag visste.” Han drog ett
djupt, skälvande andetag. ”De senaste åtta åren har jag ägnat åt
att bygga upp ett gott rykte, först i Cairns och sedan i Brisbane,
och klättrat i rang. Och under hela den tiden samlade jag också
information om Finch, om vad som hände här.”

Pusselbitarna föll på plats för Zara, och kommissariens mystiska
motiv blev äntligen tydligt. ”Det är därför du kom tillbaka till
Salt Creek för tre år sedan.”

Garrett nickade, en liten och bister rörelse. ”Jag begärde speci-
fikt att få bli förflyttad hit. Kriminalinspektör var en befordran,
och Salt Creek var tänkt att vara en lugn postering där jag kunde
komma in i min nya roll. En perfekt täckmantel för vad jag
egentligen höll på med: att bygga ett fall åt Crime and Corrup-
tion Commission mot Finch och alla andra som var inblandade
i att mörklägga det som hände Iris.”

Regnet bröt äntligen ut utanför. Stora droppar piskade mot
fönstret och det plötsliga skyfallet matchade intensiteten i hans
erkännande. Garrett kom närmare och sänkte rösten som om
han var rädd att bli tjuvlyssnad på trots att rummet var tomt.

”Jag har samlat bevis, långsamt. De gamla utredningshandlin-
garna var... lägligt nog ofullständiga. Mina ursprungliga rap-

porter var bara borta, och det var inte allt. Det saknades fotografier. Vittnesmål hade ändrats. Det har tagit tre år att lägga pusslet om vad som egentligen hände, och jag saknar fortfarande avgörande delar." Hans röst blev råare. "Och sedan dök du upp."

Zaras puls ökade när hon mindes deras natt i Childers, hans händer mot hennes hud, hans mun mot hennes, utan att någon av dem visste vem den andre var eller vad som skulle komma härnäst.

"Childers var..." Han tystnade och letade efter ord. "Under några timmar glömde jag bort Iris Zhang. Glömde fallet som har förtärt en tredjedel av mitt liv. Jag var bara en man som träffade en kvinna på en pub, och det kändes..." Han tystnade helt, oförmögen att avsluta tanken.

"Jag vet", sade Zara helt enkelt.

Han kom ännu närmare, tillräckligt nära för att hon skulle kunna se den lätta stubben på hans käke och känna lukten av kaffe, svett och något som var utpräglat han. "När jag såg dig på stationen den där första dagen, när du presenterade dig som journalist och utredde Iris död, trodde jag att det var något slags sjukt skämt. Att vem det än är som ligger bakom det här hånade mig."

Han lyfte handen och rörde nästan vid hennes ansikte innan han lät den falla igen. "Och nu är det någon som hotar dig. Samma människor som framgångsrikt har begravt det här fallet i elva år. Jag är livrädd, Zara. Hans röst brast när han sa hennes namn; erkännandet var rått och utlämnande. Livrädd att du ska skadas eller dödas innan jag hinner skydda dig, innan vi kan nå sanningen. Innan vi äntligen kan ge Iris och hennes föräldrar den rättvisa de förtjänar."

Att han använde ordet "vi" undgick inte Zara. I sitt erkännande hade han inte bara avslöjat sanningen om sin egen inblandning utan även insett att de, trots allt, stod på samma sida.

Regnet piskade mot fönstren och det lilla rummet kändes plötsligt som stormens öga, ett bräckligt lugn omgivet av ett tilltagande raseri. Och i det lugnet stod en polis och en journalist ansikte mot ansikte med avslöjade hemligheter, och vägen framåt var plötsligt knivskarp.

Zara satt orörlig på sängkanten med sin vattenflaska darrande i händerna. Plasten prasslade när hennes fingrar kramade åt, ett ljud som skar genom regnets stadiga trummande. Garretts erkännande hade förändrat något grundläggande mellan dem och möblerat om delarna i den här utredningen som ett pussel som äntligen började ta form. Takfläkten hackade ovanför dem i en ojämn rytm och rörde knappt om den regntunga luften.

"Du har utrett det här fallet i elva år", sade hon till sist med behärskad, prövande röst. "Ensam."

Garrett nickade utan att släppa henne med blicken. Avslöjandet hade dränerat honom på något och lämnat honom både utmattad och befriad på samma gång. Han lutade sig mot väggen, som om han behövde dess stöd nu när hans hemlighet inte längre bara var hans att bära.

Zara drog ett djupt andetag och vägde sina alternativ. Tillit var inte något hon gav ifrån sig lättvindigt, särskilt inte till polisen och i synnerhet inte efter katastrofen med Little Girls Lost. Men Garrett hade precis lagt sin karriär, sitt syfte och sitt tioåriga uppdrag i hennes händer. Vågen hade tippat över.

"Jag har något att berätta för dig också", sade hon och ställde försiktigt ner vattenflaskan på nattduksbordet. "Något som jag inte hade planerat att dela med någon polis."

Intresset i hans blick skärptes och polisen i honom dök upp till ytan igen, under den sårbarhet han nyss visat.

"Morgonen innan jag körde till Brisbane", började hon och iakttog noga hans reaktion, "bad May Zhang mig att gå med henne ner till bäcken. Till den gångbro där Iris hittades."

Utanför blixtrade det till och lyste upp rummet i ett kritvitt sken för en bråkdels sekund innan mörkret återvände. Åskan följde nästan omedelbart och var så nära att fönstren skakade.

"Vi hittade något", fortsatte Zara med stadig röst trots stormens avbrott. "Något som satt fast mellan plankorna på bron, fastklämt på en stödbalk undertill. Något som hade suttit där i elva år."

Insikten tändes i Garretts ögon innan hon hann säga orden, men hon sa dem ändå.

"Vi hittade Iris telefon."

Garrett rätade på sig från väggen. Han blev plötsligt vaksam och hans professionella instinkter brottades med mannen som nyss blottat sin själ.

"May fick mig att lova att inte lämna in den till polisen", fortsatte Zara snabbt innan han hann säga något. "Hon berättade om Iris bärbara dator, hur Finch tog den som bevis och hur den lägligt nog försvann. Hon var rädd att samma sak skulle hända med telefonen."

Garretts käke spändes vid omnämnandet av Finch, men han förblev tyst och lät henne fortsätta.

"Telefonen var skadad – sprucken skärm, vattenskadad och märkt av elva år av väderleken i Queensland. Men jag har en inneboende i Brisbane, Dev. Han doktorerar i elektroteknik och är specialiserad på dataåterställning och it-forensik." En gnutta stolthet hördes i hennes röst. "Han är lysande. Om någon kan rädda data från den där telefonen så är det han."

"Det var därför du åkte till Brisbane", sade Garrett. "Inte för att hämta kläder."

"Inte bara för kläder", rättade Zara honom. "Men jag tog faktiskt med mig rena skjortor tillbaka."

Det svaga försöket till humor föll platt i den laddade atmosfären, men hans ansiktsuttryck mjuknade något.

"Dev tror att han kan lyckas återställa data från dess microSD-kort", fortsatte hon. "Han arbetar på det nu. Han sa att det skulle ta minst en vecka, kanske längre."

Garrett drog en hand över ansiktet och hans känslor stred synbart mot varandra: polisen som borde kräva att bevisen överlämnades omedelbart, mot mannen som tillbringat ett decennium med att bekämpa just det system han representerade.

"Om det finns något på den telefonen", sade han till sist, "vad som helst som visar vem Iris var tillsammans med den där natten..."

"Jag vet", avbröt Zara. "Det skulle kunna få hela fallet att lossna. May vet det också, och det är därför hon anförtrodde mig den." Hon mötte hans blick direkt. "Och nu anförtror jag mig åt dig."

De granskade varandra tvärs över det lilla rummet: polisen och journalisten, motståndare till yrket men enade i sitt syfte.

"Vi har arbetat mot varandra", sade Garrett med låg röst. "Utkämpat samma strid från varsitt håll."

"Och inte kommit någonstans", konstaterade Zara.

Den neonlysande skylten med lediga rum utanför flimrade och skickade växelvis rött ljus och skuggor över hans ansikte. Det framhävde beslutsamheten i hans blick och den envisa linjen vid hans käke som matchade hennes egen.

"Men tillsammans", sade han, och ordet bar på hela löftet om en formell allians. "Tillsammans har vi faktiskt en chans."

Inget handslag beseglade deras överenskommelse, inget kontrakt skrevs under. Bara en blick, laddad och säker, som förvandlade deras relation från motvilliga motståndare till partners.

"Någon vet att du börjar närma dig", sade Garrett och pekade mot fönstret, mot hennes bil. "Hoten kommer att bli värre innan det här är över."

"Jag vet", svarade Zara enkelt.

Åskan mullrade utanför, längre den här gången, ett utdraget morrande som tycktes eka hennes egen beslutsamhet. Regnet hade tilltagit och vattenmassorna sköljde nerför fönstret och suddade ut världen utanför.

"Vi måste vara försiktiga", sade Garrett. "Den som dödade Iris har haft elva år på sig att sopa igen sina spår, att bygga ett liv på den lögnen. De kommer inte att ge upp lättvindigt."

"Kirsty Cannon", sade Zara, och namnet slapp ur henne innan hon hann tänka efter. "Hon konfronterade mig vid skolan idag. Hon... spelade en roll. Sorg, oro, rättmätig indignation. Men under ytan fanns en kyla. En beräkning."

Garrett nickade, inte det minsta förvånad. "Fullmäktigeledamot Cannon står definitivt på min lista över folk som döljer något. Tillsammans med hennes far, Richard, fastän han dog för några år sedan. Och så Finch förstås, även om han har gått i pension och flyttat till Gold Coast nu."

”May sa att det var Finch som tog Iris bärbara dator”, påminde Zara honom. ”Det är ingen tillfällighet.”

”Nej”, höll Garrett med. ”Det är det inte.”

Han gick mot fönstret och blickade ut över den stormpiskade parkeringen. Hans spegelbild lade sig över mörkret utanför, och hans ansiktsdrag var stelnade i samma bistra beslutsamhet som hennes egna.

”Så vad händer nu?” frågade Zara, även om hon redan visste svaret.

”Nu”, sade Garrett och vände sig om mot henne, ”gör vi det vi borde ha gjort från början. Vi slår ihop det vi vet. Och vi skipar rättvisa åt Iris Zhang.”

Blixten slog ner igen, omedelbart följd av en åskknall som fick byggnaden att skaka. I det korta ögonblicket av ljus stod de vända mot varandra i rummet, inte längre ensamma i sitt sökande efter sanningen, utan samstämmiga, beslutna och enade mot de krafter som hållit sanningen om Iris död dold i elva år.

Stormen rasade vidare, men inne i det lilla motellrummet hade ett partnerskap formats, smitt ur ett gemensamt syfte och en nyfunnen tillit – starkt nog att kanske äntligen avslöja vad som hänt flickan i bäcken.

# KAPITEL 14

REGNET TRUMMADE MOT LANDCRUISERNS tak medan Garrett manövrerade genom de ödsliga gatorna. Blixtar klöv himlen och lyste upp Salt Creek i korta glimtar. Så mycket hade förändrats på en timme: Garretts erkännande om att han hittat Iris kropp, hennes eget avslöjande om telefonen. De var inte längre motståndare utan allierade.

"Jag har allt på stationen", sade Garrett med en röst som knappt hördes över stormen. "Elva års utredningsarbete. Saker som aldrig hamnade i den officiella akten."

Zara försökte få den här nya versionen av honom att gå ihop med mannen som först hade varnat henne för att snoka. "Har du arbetat med det här ensam under hela den här tiden?"

"Jag var tvungen", svarade han. Han knöt händerna hårdare om ratten när de plaskade genom en vattenpöl. "Jag visste aldrig vem jag kunde lita på."

Hon förstod den isoleringen ända in i märgen. Ensamheten i att jaga sanningen när andra föredrog bekväma lögner.

De svängde in på den lilla parkeringen bakom polisstationen. Byggnaden var mörk så när som på en ensam lampa i receptionen. Garrett slog av motorn.

"Redo?" frågade han, och det fanns något i hans röst som fick henne att tro att han frågade om mer än att bara gå igenom bevismaterial.

En ensam konstapel i receptionen nickade mot Garrett när de gick in och kastade knappt en blick på Zara. Det naturliga sättet han hälsades på tydde på att detta inte var ovanligt.

Han ledde henne längs en smal korridor till ett kontor längst ner. På namnskylten stod det "Kriminalinsp. G. Pennell". Han låste upp, visade in henne och låste sedan dörren bakom dem.

Det var spartanskt men funktionellt: ett skrivbord, en dator, två stolar och en takfläkt som snurrade ovanför dem. En stor anslagstavla i kork täckte ena väggen, nästan tom så när som på officiella meddelanden och några kartor.

Garrett gick fram till ett arkivskåp i hörnet och tog fram en nyckel. Skåpet såg alldagligt ut, grå metall med stötta hörn. Men när han låste upp och drog ut den nedersta lådan insåg Zara att det här var något annat.

Lådan var proppfull med mappar, anteckningsböcker och bevispåsar. Varje sak var minutiöst märkt. Garrett började lyfta ut dem och stapla dem på skrivbordet.

"Mina ursprungliga fältanteckningar från 2014", sade han och lade ner en läderbunden anteckningsbok. "Och vittnesmål som aldrig registrerades officiellt. Människor som såg saker som motsade teorin om en drunkningsolycka."

Han fortsatte att lasta ur. Brottsplatsfoton, tidningsurklipp, kartor med områden markerade i olika färger, tidslinjer med kommentarer.

”Du har dokumenterat allt”, sade hon.

”Jag var tvungen. Om jag någonsin skulle kunna bygga ett tillräckligt starkt fall för Crime and Corruption Commission.”

De spred ut materialet över skrivbordet och ett litet sammanträdesbord. Garrett ordnade dem kronologiskt och skapade en tidslinje över Iris sista dag och den efterföljande utredningen.

”Det här är allt som allmänheten aldrig fick se”, sade han lågt. ”Allt som uteslöts ur de officiella rapporterna.”

Zaras blick drogs till brottsplatsfotona. De visade Iris liggande på mage i den grunda bäcken. När han bläddrade till nästa foto stockade sig andan i halsen på Zara.

Iris på bårhuset, placerad på sidan. Mörka blåmärken vanställde baksidan av hennes överarmar. Tydliga fingerformade märken. Tecken på våld som helt saknades i de fotografier och det obduktionsprotokoll hon hade fått tag på.

”De här blåmärkena nämns ingenstans i den officiella obduktionen.”

”Bekvämt, eller hur?” Garretts röst var spänd. ”Doktor Robinsons preliminära anteckningar dokumenterade dem i detalj. Sedan hade Finch ett samtal med honom, och i den slutgiltiga rapporten utelämnas alla blåmärken som inte stämmer överens med en drunkningsolycka. Det här fotot hamnade aldrig i det officiella obduktionsprotokollet.”

De sträckte sig efter fotografiet i samma ögonblick. Fingrarna nuddade varandra. Ingen av dem drog undan handen direkt; fingrarna dröjde kvar innan de långsamt drogs tillbaka.

Garrett harklade sig. "Det finns mer. Vittnesmål från en backpacker som jobbade på Salties vid den tiden. Han hade gått ut för en rökpaus och promenerat bort till parkentrén. Han sa att han såg Iris gräla med någon nära gångbron runt klockan 22.15, vilket stämmer med att hon lämnade Golden Horse vid 22. Hans vittnesmål togs upp men registrerades aldrig. Jag frågade Finch om det, men han insisterade på att backpackern inte ens kände Iris och omöjligt kunde ha varit säker på att det var hon." Han drog ansiktet i en grimas. "Hur många kinesiska tjejer tror du fanns i Salt Creek på den tiden? Han kanske inte visste vad Iris hette, men jag är ganska säker på att han kände igen henne till utseendet."

"Har du lyckats spåra backpackern för att ställa fler frågor?"

"Tyvärr inte. Han var tysk men uppgav ingen adress där... och hans namn var Hans Braun. Den tyska motsvarigheten till John Smith."

"Kanske kan jag göra ett utrop i podcasten", funderade Zara. "Jag har många följare från Tyskland. Jag kan säga att jag vet att det är ett långskott, men... vet vi hur gammal han var då?"

Garrett prasslade med papperen. "Ja... 22."

"Det gör honom till 33 eller 34 idag. Så jag kan gå ut med en förfrågan om att ifall någon känner en Hans Braun i den åldern, så be dem svara på om de backpackade i Australien 2014?"

"Värt ett försök", instämde Garrett. Han gav henne ett litet snett leende. "Jag antar att det kan vara praktiskt med en global publik trots allt."

"Det kan du ge dig på", sade hon innan hon vände uppmärksamheten tillbaka till pappershögarna på bordet.

Zara gick metodiskt igenom materialet och granskade varje del. Mängden bevis var överväldigande och mönster framträdde när man såg allt tillsammans.

”Du har väntat på det här”, sade hon och såg upp på honom. ”Någon att dela det här med. Någon som skulle tro dig.”

Hans ögon mötte hennes, gråblå i det svaga ljuset. ”Inte vem som helst. Någon som kunde hjälpa till att få ordning på allt. Någon som inte skulle backa.”

Zara vände sig åter mot bevismaterialet. Mot fotografiet av Iris blåmärkta hud, det undanstoppade vittnesmålet. Vad som än höll på att utvecklas mellan henne och Garrett var nu sekundärt till detta: sanningen de höll på att pussla ihop.

Men hon kunde inte låta bli att vara medveten om hans närvaro bredvid henne. Hur deras kroppar rörde sig i omedveten synkroni. Sättet hans hand dröjde kvar nära hennes.

Timmarna flöt bort. Midnatt kom och gick, markerad av Garretts armbandsur. Tomma kaffekoppar samlades på hög medan de arbetade sig igenom bevisen. Zaras ögon sved men hennes sinne förblev skarpt.

”Titta på det här”, sade hon och satte fingret på ett annat par vittnesmål. ”Ägaren till gatuköket sade först att han såg Kirsty Cannon gå förbi hans butik mot bäcken runt klockan tio. Men efter att ha blivit intervjuad av Richard Cannon ändrade han sin historia och sade att han hade tagit fel; det var inte Kirsty alls.”

Garrett lutade sig närmare så att hans axel nuddade hennes. "Bekvämt." Han sträckte sig efter en annan akt. "Richard Cannon var ordförande för nämnden för samhällsskydd som översåg polisens finansiering. Makt och inflytande."

"Och nu har hans dotter samma post, eller hur?" Hon hade varit försiktig med sina frågor om Kirsty Cannon, men det hade inte varit svårt att ta reda på.

Garrett bläddrade igenom fler dokument. "Även om vi bevisar otillbörlig påverkan av vittnen, så är det ett procedurfel, inte ett direkt bevis på mord. Vi skulle behöva motiv, tillfälle och fysiska bevis som binder någon till Iris död. Den juridiska tröskeln för att återöppna ett så här gammalt fall är mycket hög."

Hon uppskattade hans uppriktighet. Så många poliser hon stött på hade varit defensiva när det gällde felaktiga processer. Garretts öppenhet fick henne att lita på honom mer fullständigt.

De fortsatte arbeta medan natten djupnade omkring dem. Vid ett tillfälle hamnade Garretts hand över hennes på ett dokument de båda sträckte sig efter. Den här gången drog ingen av dem undan handen.

"Zara", sade han, och sättet han uttalade hennes namn på fick henne att se upp.

Hans blick höll kvar hennes, rannsakande. "Det här är komplicerat."

"Jag vet."

"Du undersöker ett fall som jag är en del av. Jag är en källa, tekniskt sett. Det här överskrider ett dussintal professionella gränser."

”Jag vet det också.” Hon vände på handen, handflata mot handflata med hans. ”Men jag är inte säker på att jag bryr mig just nu.”

”Inte jag heller.” Han reste sig och drog henne med upp. ”Följ med mig hem. Vi kan fortsätta med det här imorgon, men ikv äll...”

”Ikväll”, instämde hon.

De samlade ihop de känsligaste dokumenten och låste in dem i arkivskåpet. Konstapeln i receptionen såg knappt upp när de gick. Garrett lade handen mot Zaras ländrygg, en gest som kändes både beskyddande och besittande.

Bilfärden till Garretts hus var kort, men varje sekund kändes laddad. Regnet fortsatte sitt stadiga angrepp, men inuti Land-Cruisern växte värmen mellan dem.

Hans hus var en anspråkslös träpanelsvilla på en lugn gata. En sådan plats som talade om någon som värdesatte funktion framför form. Inuti var det prydligt utan att vara sterilt. Bebott men välskött.

”Öl? Vin?” frågade han och gick mot köket.

”Vatten, faktiskt.” Hon var torr i halsen.

Han hällde upp två glas och räckte henne det ena. De stod i hans vardagsrum. Stundens obekvämlighet slog dem båda plötsligt. På kontoret, omgivna av bevis och utredning, hade kontakten mellan dem känts naturlig. Här, i detta privata hem, landade verkligheten i vad de var på väg att göra på ett annat sätt.

”Zara.” Han ställde ner sitt glas, tog hennes och ställde det bredvid sitt. ”Jag är vanligtvis inte den sortens kriminalpolis som bryter mot varenda regel i boken.” En skugga av ett leende nuddade hans mun. ”Men här är vi nu.”

”Här är vi.”

När deras läppar möttes var det inte med brådskande hetta utan med något långsammare. Hans händer ramade in hennes ansikte och han höll henne som om hon vore något som skulle kunna försvinna om han rörde sig för snabbt. Zaras fingrar fann knapparna i hans uniformsskjorta och knäppte upp dem en efter en. Hon tog god tid på sig, på ett sätt hon inte hade gjort i Childers.

De klädde av varandra långsamt. Varje plagg som föll var mer av ett avslöjande än ett hinder. Hans fingrar darrade lätt mot hennes bh-spänne, och den lilla sårbarheten fick något att knyta sig i hennes bröst.

När de till slut stod framför varandra sträckte Garrett sig efter hennes hand igen. Han förde den till sina läppar och tryckte en kyss mot hennes handflata, hennes handled, den mjuka insidan av armvecket.

Lakanen var svala mot hennes rygg när Garrett lade henne på sängen. Hans tyngd följde efter och pressade henne mot madrassen på ett sätt som kändes förankrande snarare än begränsande. Deras kroppar fann varandra, välbekanta och ändå helt nya.

Hans läppar spårade en väg från hennes mun till hennes hals, hennes nyckelben. Hon krökte ryggen mot hans beröring, hennes händer kartlade de breda ytorna på hans rygg. Den lätta strävheten av skäggstubb mot hennes handflata när hon kupade hans käke. Rörelserna mellan dem byggdes upp långsamt.

När han till slut rörde sig över henne och deras kroppar förenades, märkte Zara att hon mötte hans blick. I Childers hade de slutit ögonen, förlorade i förnimmelserna. Nu betraktade de varandra. De höll kvar varandras blick medan de rörde sig tillsammans och etablerade en rytm som talade om ömsesidig förståelse.

Det fanns en sårbarhet i det som hon inte hade förväntat sig. Denna förmåga att bli sedd, verkligt sedd, i ett ögonblick av sådan öppenhet. Garretts ansiktsuttryck rymde förundran, ömhet och något djupare som hon inte var redo att sätta ord på. Hennes händer följde konturerna i hans ansikte. Hon memorerade linjerna vid hans ögonvrår, hans envisa käklinje som nu var mjukare.

De rörde sig tillsammans. Kontakten offrades aldrig för målet. När utlösningen till slut kom för dem båda var det i vågor snarare än skarpa toppar.

Efteråt drog han henne tätt intill sitt bröst. En arm låg böjd runt hennes midja, och deras ben var sammanflätade under de skrynkliga lakanen. Hans fingrar ritade sömniga mönster längs hennes ryggrad medan deras andning lugnade sig. Hjärtan som gradvis återgick till normal rytm. Utanför smattrade regnet mjukt mot fönstren.

"Stanna kvar", mumlade Garrett mot hennes hår.

Zara nickade. Hon kände redan hur sömnen drog i henne. "Jag går ingenstans."

Hans arm stramades åt kring hennes midja och drog henne närmare. Hon kände hans läppar pressas mot hennes tinning. Just som sömnen tog över var Zaras sista medvetna tanke hur annorlunda det här kändes jämfört med all annan intimitet hon upplevt. Inte en flykt eller en distraktion, utan en punkt av kontakt mitt i kaoset.

Zara blinkade och vaknade långsamt. Hon var tillfälligt desorienterad innan minnet sköljde över henne.

Garretts sovrum. Garretts säng. Lakanen bredvid henne var skrynkliga men tomma, och bar fortfarande på en aning värme. Hennes hand gled över den tomma platsen samtidigt som den fylliga doften av bryggkaffe nådde henne.

Sovrummet såg annorlunda ut i dagsljus. Ett inramat intyg från polishögskolan hängde diskret på en vägg. Bokhyllan rymde en eklektisk blandning av deckare, fisketidningar och flera volymer om Queenslands lokalhistoria. Det fanns en omsorg i ordningen, men inget var tillgjort eller överdrivet prydligt.

Hennes kläder låg prydligt hopvikta på en stol i hörnet. Garretts verk, insåg hon. Istället för att sträcka sig efter dem fick hon syn på hans ljusblå uniformsskjorta på golvet, där den måste ha glidit ner från stolen. Zara plockade upp den och höll den en kort stund mot näsan. Den luktade som han. Ren svett, subtil parfym, den svaga metalliska doften av hans bricka. Hon drog den på sig. Tyget föll ner till mitt på låren och ärmarna hängde långt förbi fingertopparna. Hon rullade upp dem två varv och tassade sedan barfota ut från sovrummet.

Hallen öppnade sig mot ett anspråkslöst vardagsrum. Enkla möbler, en tv som såg ut att sällan användas, ett fiskespö som lutade i ett hörn. Genom ett valv kunde hon se köket, och Garrett som stod vid bänken med ryggen mot henne. Han bar bara ett par shorts. Morgonljuset förgyllde musklerna på hans axlar och rygg. Han höll på att koka kaffe. Det vardagliga i scenen slog henne som både bekvämt och en aning overkligt.

Han måste ha hört henne, för han vände sig om. Uttrycket som for över hans ansikte när han såg henne bära hans skjorta fick det att fladdra till i hennes mage.

"God morgon", sa hon.

"God morgon." Hans röst var strävare än vanligt, raspig av sömn. Hans blick svepte över henne och dröjde kvar vid hur hans skjorta hängde på hennes kropp. "Kaffe?"

"Gärna."

Han hällde upp två muggar och bar fram dem till det lilla bordet. Hon satte sig och slöt händerna om den varma keramiken. Han tog platsen mittemot henne. För ett ögonblick bara tittade de på varandra. Det här nya mellan dem var fortfarande för skört för att kunna sätta ord på.

"Vi borde nog prata om det här", sa Garrett till slut.

"Förmodligen." Zara tog en klunk kaffe. "Det är komplicerat."

"Det är en underdrift." Han drog en hand genom håret. "Du utreder ett fall som jag är involverad i. Jag är tekniskt sett en källa. Om det här kom ut..."

"Skulle det äventyra bådas vår trovärdighet", avslutade hon. "Jag vet."

"Och ändå." Han sträckte sig över bordet och hans fingrar sökte upp hennes. "Jag ångrar det inte. Inte gårdagen. Inte den här morgonen. Ingenting av det."

"Inte jag heller." Hon kramade hans hand. "Men vi måste vara försiktiga. För bådas vår skull."

"Överenskommet." Han studerade hennes ansikte. "Så vad gör vi?"

”Vi fortsätter jobba med fallet. Vi är professionella. Vi låter inte det här distrahera oss från det som är viktigt.” Hon hejdade sig. ”Men när vi är ensamma...”

”När vi är ensamma”, upprepade han med förståelse i blicken.

De drack upp sitt kaffe under en gemytlig tystnad. Till slut reste sig Zara, motvillig men medveten om att de båda hade arbete att sköta.

”Jag borde ta mig tillbaka till motellet. Duscha, byta om. Dev kommer undra var jag håller hus.”

Garrett reste sig också. ”Ta ledigt idag. Från fallet, menar jag. Ge dig själv en paus.”

”En paus?” Konceptet kändes främmande.

”Ja. Har du tagit en enda ledig dag sedan du kom hit?” När hon inte svarade fortsatte han. ”Följ med ut på båten en sväng. Bara några timmar. Vi fångar lite fisk, misslyckas säkert kapitalt, och du får lite sol och frisk luft. Inget snack om fallet. Bara... en dag.”

Zara märkte att hon log. ”Det låter faktiskt helt perfekt.”

”Bra.” Han drog henne närmare och kysste hennes panna. ”Jag hämtar dig klockan nio. Ta på dig något som tål att bli blött och saltigt.”

Den kvartslånga bilfärden till Salt Creek Heads tog dem längs en nyligen asfalterad väg som slingrade sig genom snårig buskmark innan den började stiga svagt. Allt eftersom de kom högre upp dök glimtar av blått hav upp mellan träden. De växte tills vyn öppnade sig helt efter en kurva. Zara tappade andan inför utsikten. Azurblått vatten som sträckte sig mot horisonten, uddar som skjöt ut i havet och den avlägsna silhuetten av öar som skimrade i morgonhettan.

”Första gången du ser inloppet?” frågade Garrett när han märkte hennes reaktion.

”Ja.” Hon stirrade. ”Jag har inte direkt haft någon anledning att åka ut hit. Jag önskar att jag gjort det tidigare.”

”Det är det bästa med att bo här”, sa han och styrde sin Land-Cruiser runt ännu en kurva. ”Under dåliga dagar åker jag upp hit bara för att sitta och titta på vattnet en stund.”

Zara kunde förstå varför. Det fanns något storslaget över vyn. En påminnelse om rymd och möjligheter bortom den lilla stadens begränsningar och dess begravda hemligheter.

När de rullade ner mot den lilla bosättningen vid Salt Creek Heads la Zara märke till en betydande byggaktivitet på sluttningarna. Flera stora hus i olika stadier av färdigställande tronade på förstklassiga tomter med utsikt över havet. Arkitektoniska kreationer i glas och trä som verkade malplacerade bredvid de anspråkslösa husen med träpanel som utgjorde den ursprungliga bebyggelsen.

”Cannon Developments”, sa Garrett och följde hennes blick. Hans tonfall förblev neutralt, men Zara la märke till hur hans käkar spändes något. ”Richard Cannon startade ett byggföretag för ungefär femton år sedan. Kirsty ärvde det när han dog.”

”De ser dyra ut.”

”Det är de. Inga ortsbor kommer att bo här. Det är bara exklusiva semesterhus eller Airbnb-objekt, långt utanför prisklassen för de som bor i Salt Creek.” Han tog en sväng och styrde mot en liten parkeringsplats nära en betongramp. ”Kirsty har drivit på hårt för mer exploatering sedan hon tog över kommunens stadsbyggnadsnämnd. Fler turister, mer pengar som strömmar in.”

"Och mer makt åt henne", mumlade Zara och noterade hur de nyaste husen verkade ha lagt beslag på de bästa lägena längs udden. De mest fantastiska utsikterna. Lokalpolitik, personlig vinning och kanske något ännu mörkare. Allt hängde ihop på sätt som hon fortfarande höll på att nysta i.

De svängde in på parkeringen bredvid båtrampen. Några andra fordon med tomma släp tydde på att de inte var de enda som drog nytta av det perfekta vädret, även om själva rampen för tillfället var ledig. Garrett backade vant ner släpet för rampen tills båtens akter gled ner i vattnet.

"Vill du hjälpa till att sjösätta henne?" frågade han och stängde av motorn.

Processen var mer omfattande än Zara hade förväntat sig. Lossa spännband, kontrollera vinschvajern och se till att allt var säkrat inuti båten innan den nådde vattnet. Garrett vägledde henne genom varje steg. Ibland täckte hans händer hennes för att visa den rätta tekniken. Dessa vardagliga beröringar kändes annorlunda nu. Laddade med en medvetenhet efter deras natt tillsammans, men samtidigt bekväma på ett sätt hon inte hade förutsett.

När båten väl låg i vattnet körde Garrett bort den till den lilla bryggan som låg intill rampen och bad Zara hålla i repet medan han parkerade sin LandCruiser och släpet. Solen värmde hennes axlar genom t-shirten. Luften var mättad av doften av saltvatten och mangrove. Runt omkring henne satt pelikaner på väderbitna pålar. En och annan fisk bröt ytan med små plask. En havsörn cirklade lojt ovanför dem.

Garrett kom tillbaka och hoppade i båten, atletiskt och graciöst. Sedan sträckte han ut en hand för att hjälpa Zara ombord. Båten gungade lätt under hennes fötter när hon försökte hitta balansen, med hans stödjande hand vid hennes midja.

”Välkommen ombord”, sa han och ledde henne till en plats innan han rullade ihop repet och gick fram till den lilla styrpulpeten. Motorn startade med ett betryggande spinnande. ”Klar?”

Zara nickade. En känsla av förväntan bubblade upp i henne när de backade ut från bryggan. Vattnet var lugnt, bara brutet av mjuka dyningar som deras Quintrex hanterade utan problem. Garrett navigerade med ett stilla självförtroende. Med en hand på ratten skannade han farledsmarkeringarna när de rörde sig ut mot djupare vatten.

”Det är vackert här ute”, sa Zara och lät fingrarna löpa i svallet längs båtsidan. Vattnet var inbjudande klart och avslöjade sandbotten och fiskar som då och då pilade förbi.

”Få inga idéer om att bada så här nära kusten”, varnade Garrett när han läste hennes uttryck. ”Krokodilerna älskar de här vattnen. En fyrameters saltis siktades så sent som förra veckan.”

Zara drog snabbt tillbaka handen, vilket fick Garrett att skratta till. ”Stadsflicka”, retades han, men orden rymde ingen illvilja, bara varm munterhet.

De rundade en liten udde där en fyr stod stolt placerad. Ett iögonfallande hus dök upp, dramatiskt beläget på klippkanten. Det var modernt och kantigt, och dess glasväggar reflekterade morgonsolen likt en signaleld. Flera balkonger sträckte sig ut över vattnet. En privat brygga nådde ut i en liten skyddad vik nedanför. Redan på detta avstånd utstrålade det rikedom och privilegier.

”Kirstys ställe”, sa Garrett.

Zara studerade det. Hon tog in omfattningen, det förnämliga läget, vräkigheten. ”Det där måste vara värt miljoner. Hon har mycket mer att förlora än jag ens hade insett.”

Garrett nickade. Hans ansiktsuttryck blev tillfälligt allvarligt. "Allt är byggt på hennes fars företag, hans politiska kontakter. Hela hennes identitet går ut på att vara Salt Creeks guldgosse. Arvtagerskan till hans imperium." Han tittade på huset ett ögonblick till, sedan skakade han märkbart på sig. "Men vi hade en överenskommelse, eller hur? Inget prat om fallet idag."

"Just det", höll Zara med, även om hennes journalistiska sinne redan arkiverade dessa iakttagelser. Hon kopplade samman dem med den större bild de höll på att bygga upp.

Garrett styrde båten bort från strandlinjen, ut mot öppet vatten. Motorns jämna surrande och vågornas mjuka kluckande mot skrovet skapade en lugnande rytm. Ju längre bort från land de kom, desto mer kände Zara hur tyngden av utredningen tillfälligt lyftes från hennes axlar.

"Så", frågade Garrett, och hans allvarliga uttryck gav vika för ett leende som fick det att kisa i ögonvrån, "hur ser din erfarenhet av fiske ut?"

Zara skrattade. Ljudet bar över vattnet. "Icke-existerande. Jag växte upp i Brisbanes västra förorter. Det närmaste jag kommit fiske var när jag såg min kusin fånga sötvattenskräftor i bäcken bakom min mosters hus."

"Sötvattenskräftor räknas", svarade han högtidligt, även om hans ögon glittrade av munterhet. "De är bara väldigt små fiskar med många ben."

"Jag är ganska säker på att det inte är vetenskapligt korrekt."

"Ifrågasätter du min fiskeexpertis, Ms Langley?"

"Aldrig, kriminalinspektör. Jag är helt utelämnad åt din nåd när det gäller allt som har med sjön att göra."

Deras skratt blandades och fördes bort av vinden medan Garrett styrde dem mot en avlägsen punkt där han lovade att fisken skulle nappa. När hon betraktade hans profil där han skannade horisonten, avslappnad och fokuserad på ett sätt hon aldrig sett honom inne i själva Salt Creek, kände Zara hur något oväntat slog rot i hennes bröst. Inte bara attraktion eller efterdyningarna av fysisk intimitet, utan en insikt om något mer sällsynt. Möjligheten till en kontakt med någon som förstod hennes drivkraft. Hennes hängivenhet. Hennes ovilja att titta bort från obekväma sanningar.

Imorgon skulle de återgå till utredningen. Till den telefondata de hoppades att Dev skulle lyckas återskapa. Till de farliga hemligheterna i Salt Creek. Men idag, idag var deras. Stulna timmar på blått vatten under en gränslös himmel. En kort andningspaus före stormen som med säkerhet var på väg.

# Kapitel 15

Eftermiddagens skuggor förlängdes över betongen när LandCruisern körde in på motellets parkering. Zaras hud pirrade fortfarande behagligt efter timmarna i solen, och saltkristaller torkade i vecken på hennes händer. Dagen ute på vattnet med Garrett hade varit en oväntad vilopaus, en stulen ficka av normalitet mitt i den allt farligare utredningen. Hon kände muskler som hon glömt bort existerade, och de värkte skönt efter att ha vevat in fisk, trots att de hade kastat tillbaka allt de fångat medan de skrattande kommit överens om att köpa fish and chips till middag istället. När Garrett stängde av motorn började förtrollningen från deras utflykt att lösas upp, och verkligheten sipprade tillbaka in tillsammans med den svaga doften av avgaser.

”Jag kör hem båten och möter dig hemma hos mig”, sade Garrett, och hans blick mjuknade när han såg på henne. Linjerna kring ögonen hade slätats ut under deras dag på sjön, och hans ansikte såg mer avslappnat ut än hon hittills sett det.

”Jag ska ta en dusch och packa ihop, hämta lite fish and chips och köra över”, svarade Zara och knäppte loss säkerhetsbältet. Beslutet att stanna hos Garrett hade varit lätt efter förra natten, efter hoten, efter allt. Logik och begär hade för en gångs skull samverkat. "Jag behöver bara kasta in allt i bilen och checka ut. Det tar en timme eller så, antagligen."

Han nickade och trummade med fingrarna mot ratten. "Lås dörren efter dig."

"Det gör jag alltid." Hon gav honom ett lugnande leende. "Fast jag tror inte att de bryter sig in medan jag är här."

"Jag hoppas inte det."

Deras farväl var kortfattat, en beröring med fingrarna, en utbytt blick. Ingen av dem nämnde hur hemtamt det kändes, detta vardagliga arrangemang med att ses hemma hos honom och dela utrymme. Zara steg ur fordonet och såg på när Garrett körde iväg, medan båtsläpet gungade lätt bakom hans LandCruiser.

Hon gick mot sin motelldörr med nyckelkortet i handen, och i tankarna katalogiserade hon redan var hon skulle börja packa, efter att hon tvättat bort saltet från huden. Hon hade inte haft med sig särskilt mycket från början; att leva ur en resväska hade blivit en vana under alla år av fältarbete.

Nyckelkortet klickade i springan, låset gick upp och Zara sköt upp dörren.

Någonting kändes genast fel.

Luften där inne kändes annorlunda. Störd, subtilt omkastad. Hennes journalistinstinkt, slipad genom år av högriskmiljöer och farliga reportage, slog larm innan hennes medvetna sinne hunnit förstå varför.

Hon tvekade på tröskeln med ena handen kvar på dörrhandtaget. Gardinerna var fördragna och försatte rummet i ett konstgjort skymningsljus trots eftermiddagssolen utanför. Ingenting såg omedelbart ut att vara på fel plats. Hennes utrustningsväska stod på skrivbordet där hon lämnat den på morgonen, med locket fortfarande stängt. Badrumsdörren stod på glänt i exakt samma vinkel.

Men lukten var annorlunda. Något kemiskt under de vanliga motelldofterna av rengöringsmedel och konstgjord luftfräschare. En doft av märkpenna, frän och skarp.

Och sängen. Lakanen var tillskrynklade i ett mönster som hon inte hade lämnat efter sig.

Zara tappade andan när hennes ögon vande sig vid det dunkla ljuset. Spridda över den obäddade sängen låg fotografier. Dussintals.

På henne.

Gående längs huvudgatan i Salt Creek.

Stående utanför the Golden Horse.

Sittande på en parkbänk och pratande med Jane Goulding.

Sittande i sin bil utanför ett hus som tillhörde en av Iris gamla skolkamrater.

Varje bild var tagen på avstånd men med en obehaglig skärpa, vissa helt tydligt med teleobjektiv. Bevakningen var professionell, metodisk, och den hade pågått i veckor, att döma av hennes olika kläder på bilderna.

Men det som fick det att vända sig i magen på henne var skadegörelsen. På flera av bilderna var hennes ansikte överkryssat med tjock, svart märkpenna; våldsamma drag som på sina ställen hade gått rakt igenom pappret. Och i mitten av arrangemanget satt en köksskniv som fäste en närbild av hennes ansikte vid madrassen. Ingen fällkniv eller fickkniv, utan en ordentlig kockkniv, en sådan som var gjord för att skära på allvar.

Galla steg i hennes hals. Budskapet kunde inte ha varit tydligare om de så hade skrivit det med hennes eget blod.

Hennes händer skakade, men hon tvingade dem till stillhet genom ren viljestyrka. Hon tvingade sig själv att andas, tre sekunder in, tre sekunder ut, på det sätt hon lärt sig under sin första säkerhetskurs för högriskmiljöer för flera år sedan.

Utrustningsväskan. Hon skyndade fram till den. Locket var stängt, men låsen ... nej, de var fortfarande låsta. Hon hade lagt ut mycket pengar på den här väskan för att vara säker på att hennes utrustning var skyddad när hon inte bar den på sig, och hon lämnade alltid kvar en GPS-sändare i den också. Väl använda pengar, tänkte hon, när väskan öppnades med ett tillfredsställande klick och avslöjade hennes dyra mikrofoner, inspelare och reservhårddiskar, allt orört.

En liten nåd, i varje fall. Hennes arbete var fortfarande säkert, även om hennes trygghet inte var det.

Zara stängde och låste väskan igen, rätade sedan på ryggen och drog upp telefonen ur fickan. Rummet kändes plötsligt mindre, väggarna kom närmare, men hon vägrade att fly utan sina tillhörigheter. Att springa skulle bara visa svaghet, och vem det än var som iakttog henne närdes uppenbarligen av det.

Hon slog Garretts nummer och höll andningen under kontroll när samtalet kopplades upp. Hennes knogar vitnade kring telefonen, det enda synliga tecknet på press som hon tillät sig.

”Saknar du mig redan?” Hans röst bar spår av den värme som fanns kvar efter deras dag tillsammans.

”Någon har varit här inne igen.” Zara höll rösten medvetet jämn och professionell. Stadigheten i rösten överraskade till och med henne själv.

Tystnaden som följde varade knappt en sekund men kändes mycket längre. När Garrett talade igen var all värme försvunnen, ersatt av kriminalinspektörens skarpa tonfall. ”Fan, jag borde ha följt med dig in! Är du i säkerhet? Är de kvar?”

”Inget spår av någon. Men här ligger foton.” Hon svalde. ”På mig. Med en kniv. Inte jag med en kniv, kniven har stötts genom fotot...” Hon lät inte särskilt sammanhängande, insåg hon dunkelt. Chock? Som tur var tog Garrett henne på allvar.

”Rör ingenting. Jag vänder nu.” Man hörde hur motorn varvades. ”Stanna kvar i luren. Håll dörren låst.”

”Det är lugnt med mig”, insisterade hon, fastän de båda visste att det var en lögn. ”Bara... skynda dig.”

Zara gick till dörren, låste säkerhetsregeln och satte för säkerhetskedjan, väl medveten om att det mest var ett symboliskt skydd. Hon placerade sig där hon kunde se både dörren och den skändade sängen, och vägrade att släppa någon av dem ur sikte.

Rummet kändes laddat nu, som om själva luften bar på ondska. Hon katalogiserade tänkbara vapen. Skrivbordslampan, tillräckligt tung för att bedöva någon med. Pennan i fickan som vid behov kunde köras in i mjukdelar. Till och med kniven, fast hon inte ville röra den med tanke på eventuella fingeravtryck; om det verkligen knep skulle hon absolut slita åt sig den från madrassen och försvara sig med den. Journalisten i henne betraktade dessa tankar med distanserat intresse och noterade hur snabbt hennes sinne hade ställt om till överlevnadskalkyleringar.

I luren kunde hon höra Garretts behärskade andning och en och annan svordom när han navigerade genom trafiken. Hans närvaro, även om den bara var hörbar, lugnade henne.

”Tre minuter”, sade han.

Zara nickade, trots att han inte kunde se henne. "Jag väntar."

Medan hon väntade och spejade efter rörelser i skuggorna tänkte hon på de mörka blåmärkena på Iris Zhangs armar, på de fingerformade märkena efter att hon hållits under vatten. På någon som skyddat sin hemlighet i elva år och helt uppenbart skulle göra vad som helst för att hålla den begravd för alltid.

Ljudet av skrikande däck på parkeringen annonserade Garretts ankomst innan han hann säga något mer.

Tunga fotsteg dundrade mot betongen utanför, följda av tre skarpa knackningar. Hon gick till dörren, tittade genom titthålet innan hon låste upp säkerhetsregeln och lossade kedjan. Garrett rusade in. Hans ögon fann hennes först, en snabb, granskande blick som mjuknade ett ögonblick av lättnad innan den hårdnade igen när han svepte över rummet. Båtsläpet satt fortfarande fast på hans LandCruiser; hon skymtade genom den öppna dörren hur den stod hastigt parkerad över flera rutor på motellets parkering.

"Är du skadad?" frågade han och stängde dörren bakom sig.

Zara skakade på huvudet. "Nej. Bara..." Hon pekade mot sängen.

Garrett närmade sig sängen försiktigt, med händerna knäppta bakom ryggen för att undvika att förorena bevis, och lutade sig fram för att granska fotografierna utan att röra dem. Hans ögon katalogiserade metodiskt varje bild och spårade stigen som förföljaren tagit när han skuggat Zara i veckor.

"De här är tagna med en riktig kamera", sade han med kliniskt distanserad röst. "Teleobjektiv. Professionell kvalitet." Han gick runt sängen och studerade arrangemanget från olika vinklar. "Kniven ingår i ett vanligt köksset. Billig; jag har sett dem säljas på KMart. Antagligen köpt via postorder. Eller så har någon kört till Bundaberg och köpt den där, och framkallat bilderna samtidigt."

Zara såg honom arbeta och var tacksam för hans professionella fokus. Det skapade en buffert mellan henne och det skändade utrymmet, hotet som var utlagt i glansiga 10 × 15-kopior.

"Den här", fortsatte Garrett och pekade på ett foto där Zara gick in på familjen Zhangs restaurang, "är tagen så sent som i går morse, innan vi gav oss iväg för att fiska. Och det här", hans finger svävade över ett annat som visade henne kliva ur hans bil i gryningen i morse, utanför hans hus, "är från i natt."

Innebörden landade mellan dem. Vem det än var som tittade så visste vederbörande om dem, visste om deras växande personliga band. Visste att hon tillbringat natten i hans hem.

"Så de körde inte till Bundaberg för att skriva ut bilderna", mumlade han. "Intressant. Det är inte många i den här stan som har en skrivare som kan producera den här kvaliteten."

Garretts blick landade till slut på den centrala bilden. Zaras ansikte i närbild, med kniven stött rakt igenom det ner i madrassen. För ett kort ögonblick föll hans professionella mask och avslöjade något rått och rasande därunder. Hans käkar spändes så hårt att en muskel bultade synligt under huden.

"De har förföljt dig konstant", sade han med sänkt röst. "Dokumenterat dina rörelser. Byggt upp en akt. Det här är inte bara slumpmässig skrämseltaktik. Det här är..." Han tystnade och kämpade för att behålla kontrollen. "Det här är spaning inför operation."

Termen hängde i luften, klinisk och skrämmande. *Spaning inför operation.* Stadiet före handling. Före våldet.

Garrett rätade på ryggen och vände sig åter helt mot henne. Den professionella distans han upprätthållit brast plötsligt och fullständigt, som is under en oväntad tyngd. Med tre snabba steg var han framme vid henne och drog in henne i en famn, med ena handen om hennes bakhuvud och den andra armen låst kring hennes midja.

”Jag har varit nära att tappa förståndet när jag försökt skydda dig och samtidigt hålla distansen”, erkände han med röst som brast mot hennes hår. ”Försökt bevara någon sorts professionell gräns när allt jag vill göra är att hålla dig säker.”

Orden vibrerade genom hans bröst mot hennes kind. Zara kände något ge vika inom sig, en mur som hon inte insett att hon fortfarande höll uppe. Hon darrade mot honom, av en rädsla som hon äntligen erkände, av lättnad över att inte behöva möta detta ensam, av intensiteten i att bli hållen av honom igen efter deras dag av försiktig, vänskaplig distans på vattnet.

Hennes armar slöts kring hans midja och händerna knöts i ryggen på hans skjorta. Hon kunde känna hans hjärta bulta under sin kind, känna den dröjande doften av saltvatten på hans hud blandad med den skarpare doften av rädslopräglad svett. Hans kropp var stadig och varm, ett ankare i den gungande mark som denna utredning blivit.

”Jag tänker hela tiden på Iris”, viskade hon mot hans bröst. ”På blåmärkena på hennes armar. På hur någon höll henne under vattnet.” Hon drog sig tillbaka precis tillräckligt för att se upp på honom och höll rösten stadig med ren viljestyrka. ”De trappar upp, eller hur?”

Garrett nickade och försökte inte skydda henne från sanningen. Hans ögon, som vanligtvis var svala och behärskade, brann av något som fick det att knyta sig i hennes bröst. En hand kom upp för att rama in hennes ansikte, och hans tumme strök över hennes kindben med en ömhet som var överraskande med tanke på spänningen i resten av hans kropp.

”Ja”, sade han enkelt. ”Det gör de.”

I det ögonblicket, när hon såg upp på honom, insåg Zara att varje uns av professionalitet eller anständighet hade dunstat bort. Det som återstod var något skalat ner till det väsentliga: en man och en kvinna som stod tillsammans mot faran, förenade av ett gemensamt mål och en växande känsla som ingen av dem var redo att sätta ord på.

Hans hand darrade lätt mot hennes ansikte. ”Jag borde inte ha lämnat dig ensam”, sade han med tydlig självförebråelse i rösten. ”Inte ens i tjugo minuter. Inte efter allt som har hänt.”

”Du kunde inte ha vetat”, svarade Zara och lade sin hand över hans. ”Och det är lugnt med mig. Uppskakad, men det är lugnt.”

Garretts blick flyttades tillbaka till sängen, till kniven som varit ämnad att terrorisera, att skrämma. Hans ansiktsuttryck hårdnade igen, men på ett annat sätt än tidigare; inte med professionell distans utan med personlig beslutsamhet.

”Du stannar inte här en minut till”, sade han, och orden var inget påstående, de lämnade inget utrymme för diskussion. ”Ingenting här är värt att riskera din säkerhet för.”

”Jag tänker inte säga emot.” Zara försökte få fram ett leende som inte riktigt nådde ögonen. ”Jag har fått allt filmmaterial jag behöver av småstads-motell-charm.”

Han log inte tillbaka, utan hans blick återvände till hennes ansikte med en intensitet som fick henne att tappa andan. ”Jag måste dokumentera det här”, sade han. ”Ta fotografier, säkra bevisen. Men jag lämnar dig aldrig ensam igen.”

Den professionella utredaren kom för ett ögonblick upp till ytan igen, men nu i förvandlad form; hans nit för procedurer stod inte längre i konflikt med hans personliga känslor utan fick näring av dem, slipades till en farlig skärpa.

"Jag hjälper till", sade Zara och tog motvilligt ett steg bort från hans famn men behöll ena handen på hans arm; båda tycktes ovilliga att bryta kontakten helt. "Säg vad jag ska göra."

Hans fingrar flätades samman med hennes ett ögonblick, ett tryck som kändes som ett löfte. "Först dokumenterar vi. Sedan ser vi till att du kommer härifrån." Hans ögon höll kvar hennes, stadiga och säkra. "Och sedan hittar vi den som gjorde det här."

Garrett fotograferade metodiskt de utlagda bilderna, kniven och arrangemanget på sängen. Hans rörelser var försiktiga och pro-fessionella, fastän Zara kunde se spänningen i hans axlar och det återhållna raseriet i hur omsorgsfullt han förde sig. Hon stod vid skrivbordet med laptopen redan nedpackad och såg på när han dokumenterade scenen med samma grundlighet som han ägnat åt elva års utredande av Iris Zhangs död. När han till slut såg upp och lät telefonen glida ner i fickan igen, förmedlade den gemensamma blicken mellan dem allt som behövde sägas. Det var dags att gå.

"Jag tar hand om bevisen senare", sade han och tog fram en stor bevispåse från bilens första hjälpen-kit. Med handskbeklädda händer lät han försiktigt kniven och fotografierna glida ner i påsen och förseglade den. "Vad behöver du få med dig härifrån?"

De rörde sig i det lilla rummet med en överraskande koordination, som om de hade packat tillsammans dussintals gånger förut. Zara drog fram sin resväska ur garderoben medan Garrett tittade i badrummet efter hennes toalettartiklar. Det fanns en effektivitet i deras rörelser som motsade det faktum att deras relation var så pass ny.

"Laddare?" frågade Garrett och svepte redan med blicken över uttagen.

"De är med." Zara vek ner kläder i sin ryggsäck och prioriterade det praktiska framför att det skulle vara snyggt. Hennes fingrar darrade en aning medan hon packade, adrenalinet började ebba ut, men hon tog sig igenom det med samma beslutsamhet som burit henne genom krigszoner och katastrofområden.

Garrett gick fram för att hjälpa henne vika en skjorta, och hans händer nuddade hennes i förbifarten. Beröringen dröjde kvar, bara ett ögonblick längre än nödvändigt, och hans fingrar var varma mot hennes fortfarande solkyssta hud. Deras blickar möttes över det halvvikta tyget, och en ström passerade mellan dem. Det handlade inte bara om hotet eller fallet, utan om dem; detta oförutsedda, oväntade möte mellan mål och begär.

"Din inspelningsutrustning", påminde han henne tyst, och bröt ögonblicket men inte kontakten.

Zara nickade och gick för att hämta sin Pelican case från skrivbordet. Garrett tog den ur hennes händer och kände på tyngden. "Tung", konstaterade han. "Bra grejer?"

"Det bästa jag hade råd med", svarade hon och såg på när han försiktigt ställde den vid dörren intill hennes ryggsäck. Det fanns något i gesten, i omsorgen han visade hennes professionella verktyg, som rörde henne oväntat. Ett erkännande av vad som var viktigt för henne, vad som definierade henne utöver det här fallet.

De fortsatte genom rummet i denna dans av effektivitet och intimitet. Garrett hämtade hennes anteckningar från skrivbordet medan Zara samlade ihop de få personliga föremålen från nattduksbordet: en nött pocketbok, hennes mammas silverarmband, en liten ask med pastiller. Han höll handen mot hennes ländrygg när de tittade under sängen efter något de kunde ha tappat.

Under hela tiden var Zara smärtsamt medveten om den förseglade bevispåsen på skrivbordet, och vad den representerade. Någon hade vakat över varje steg hon tagit, dokumenterat hennes rutiner och väntat på rätt tillfälle. Och nu hade de bestämt sig för att gå från bevakning till direkt hot.

”Något mer?” frågade Garrett och mönstrade det nu tömda rummet. Han hade varit grundlig och professionell, men spänningen lämnade aldrig hans kropp. Han var fortfarande spänd om käken och hans ögon rörde sig ständigt mellan Zara och dörren, som ett rovdjur på vakt.

Hon skakade på huvudet och drog igen dragkedjan på resväskan med en slutgiltighet som kändes viktigare än bara själva handlingen. ”Det var allt.”

Garrett gjorde ett sista svep genom rummet, kollade garderoben igen och tittade under sängen. När han rätade på sig hade hans ansiktsuttryck hårdnat, och hans ögon var kalla av knappt behärskad vrede när han såg på den tillskrynklade sängen där kniven suttit. I det ögonblicket kunde hon se den formidable utredare som ägnat elva år åt att söka rättvisa för en flicka han knappt kände.

”Då går vi”, sade han med låg och spänd röst. Han lyfte upp sin Pelican case och bevispåsen med ena handen, och hennes laptopväska med den andra.

Zara tog sin resväska och rullade den mot dörren. När Garrett höll upp den åt henne tvekade hon på tröskeln och såg tillbaka in i rummet som varit hennes bas i veckor. Utrymmet kändes mindre nu, förorenat av intrånget, av hotet. Den trygghet det en gång erbjudit var borta.

”Zara?” Garretts röst drog henne tillbaka till nuet.

”Jag kommer.” Hon vände sig bort och steg ut i den sena eftermiddagssolen. Det vardagliga hos motellets utsida, den blekta skylten, den tomma poolen, de utspridda bilarna, kändes overkligt efter kränkningen där inne.

Garrett lastade in hennes tillhörigheter i sin LandCruiser, med båtsläpet fortfarande påkopplat, en påminnelse om deras dag på sjön som nu kändes omöjligt avlägsen. Hans rörelser var raska, men hans ögon svepte hela tiden över parkeringen, motellets expedition, vägen bortom. Han letade efter hot, efter iakttagare, efter någon som visade lite för mycket intresse.

När hon såg på honom kände Zara hur utmattningen sköljde över henne. Kombinationen av sol, fiske och det rädslostyrda adrenalinet gjorde henne dränerad. Hon lutade sig mot den låsta dörren till sitt nu tomma motellrum och slöt ögonen ett ögonblick.

”Är det okej?” frågade Garrett mjukt.

Hon öppnade ögonen och fann att han iakttog henne, med oro etsad i linjerna kring ögonen. ”Jag bearbetar det bara”, svarade hon ärligt. ”Det har varit en dag av extremer.”

Hans hand fann hennes och fingrarna flätades samman. "Jag vet. Det känns som om det som hände i morse hände helt andra människor."

Den enkla sanningen i det hängde mellan dem. De hade varit andra människor, ute på den där båten. Lättare, obelastade av fallet, av faran. Nu hade verkligheten gjort sig påmind med brutal skärpa.

"Jag vet att du tänkte köra din bil hem till mig. Men jag tycker inte att du ska köra den själv."

Hon blinkade mot honom och försökte förstå. "Jag är inte så slutkörd. Det är inte långt till dig."

"Det var inte så jag menade." Försiktigt släppte han hennes hand, bara för att lägga sin egen under hennes armbåge och leda henne till passagerarsidan av sin LandCruiser. "Jag menar att jag vill att Mick ska gå igenom den ordentligt innan du kör den igen."

"Jaha." Hon tittade på sin bil, som stod där så oskyldigt i sin parkeringsruta utanför motellrummet där hon lämnat den. "Du menar att..."

"Det kan finnas mindre uppenbart sabotage än punkterade däck."

Zara hade aldrig haft något större intresse för bilar. Visst, hon visste hur man bytte däck och kollade oljan, men vid minsta tecken på problem tog hon bilen raka vägen till närmaste mekaniker. Hon hade inte den blekaste aning om vad någon, mer specifikt, skulle kunna ha gjort med hennes bil för att göra den obrukbar utan att det märktes, men hon kunde mycket väl tänka sig att det var möjligt. Tankar på avskurna bromsslangar for genom hennes huvud, och hon öppnade passagerardörren till LandCruiser-bilen och satte sig i den.

”Vi ringer Mick imorgon bitti.”

”Absolut.” Garrett kramade hennes hand en gång innan han släppte den och gick runt för att sätta sig i förarsätet. När de körde iväg från motellet såg Zara hur det krympte i sidospegeln. Tyngden av det som hänt idag, både glädjen i deras tid tillsammans och hotet som följde, lade sig mellan dem som något fysiskt.

”Du fattar att det här förändrar allt”, sade hon till sist, fortfarande med blicken på motellet som blev allt mindre i fjärran. ”Det går inte att upprätthålla några professionella gränser nu.”

Garrett höll blicken på vägen, men hans ansiktsuttryck mjuknade något. ”Jag tror att de försvann någonstans mellan polisstationen och mitt sovrum”, svarade han, och ett stråk av torr humor bröt igenom spänningen. ”Men ja. Det här är... annorlunda.”

”Någon vet”, fortsatte Zara och satte ord på det som de båda insett. ”Om oss. De höll utkik i natt, såg mig hemma hos dig.”

Hans händer hårdnade kring ratten. ”Jag vet.”

”De försöker skrämma bort mig från fallet. Skrämma oss båda.”

”Ja.”

”Det kommer inte att funka.” Hon vände sig för att se hans profil, och den beslutsamhet som fanns i varje drag i hans ansikte.

Garrett gav henne en snabb blick, och något passerade över hans ansikte som fick det att knyta sig i hennes bröst. ”Nej”, höll han med. ”Det kommer det inte.”

Han gav tecken och svängde av från motorvägen, in på det som passerade för förort i Salt Creek, på väg mot sitt hus med dess rena ytor och noggranna ordning, dess löfte om trygghet.

Bakom dem, någonstans i den här staden, vakade och väntade en mördare, som hade vakat och väntat i elva år.

Den enda skillnaden var att nu mötte varken Zara eller Garrett det hotet ensamma.

# KAPITEL 16

DE ÅT FISK OCH chips på Garretts veranda på baksidan, med flottigt papper utspritt mellan sig och kalla öl som svettades i kvällsluften. Ingen av dem sa särskilt mycket. Dagen hade svängt så våldsamt mellan ytterligheter att samtal kändes otillräckliga. Zara plockade med sin panerade fisk och såg flyghundar korsa den mörkare himlen; hennes kropp var tung av sol och värkte, och hennes sinne bearbetade fortfarande fotografierna, kniven och överträdelsen av hennes privata sfär.

Garrett åt stadigt och mekaniskt, på det sätt som hon lagt märke till att han gjorde när han var djupt försjunken i tankar. När han var klar knölade han ihop pappret, tog en lång klunk av sin öl och sa: "Vi måste sluta pilla i kanterna på det här."

Zara tittade på honom.

"Vi måste konfrontera någon direkt. Någon som vet sanningen och som kan tänkas knäcka."

Hon hade tänkt samma sak hela eftermiddagen, till och med ute på vattnet, medan frågan cirklade under ytan på deras lugna fisketur. Andrahandsberättelser och försiktiga förfrågningar skulle inte lösa det här. Någon hade gått från övervakning till direkta hot i dag. Utredningen var tvungen att svara på den eskaleringen.

”Finch”, sa hon.

Garrett nickade. Han lutade sig tillbaka i stolen och blickade ut över trädgården, där båtsläpet stod avkopplat på gräset, en kvarleva från de få timmar då de låtsats att livet var normalt. ”Kirsty kommer aldrig att prata av fri vilja, och jag är inte riktigt säker på att någon annan faktiskt vet någonting, förutom Finch; han vet något. Jag tror inte att han var direkt involverad i mordet på Iris; det har jag aldrig trott. Men jag tror att han var delaktig i mörkläggningen. Det gör honom till den svaga länken.”

”Han vägrade prata med mig när jag kontaktade honom”, påminde Zara honom. ”Han hävdade att han inte mindes detaljerna kring en elva år gammal drunkningsolycka.”

”Det var när du bara var en journalist som han kunde avfärda.” Garretts mun ryckte till, bistert. ”Men jag är en kriminalinspektör som ber om en yrkesmässig artighet av en pensionerad kollega. En annan dynamik.”

”Tror du att han går med på att träffa dig?”

”Oss”, rättade Garrett henne och sträckte sig efter sin mobil. ”Han kommer att gå med på att träffa oss. Finch är en fegis, men han är en praktisk sådan. Han kommer att gå med på mötet om så bara för att få reda på hur mycket vi vet.”

Hon såg honom skrolla genom sina kontakter tills han hittade numret han sparat alla dessa år. Hans tumme svävade över skärmen ett ögonblick, sedan ringde han upp och lade telefonen på högtalarläge mellan dem.

Det dröjde tre signaler innan en sträv röst svarade. ”Garrett Pennell. Lite sent för ett artighetsbesök, eller hur?”

”God kväll, Finch.” Garretts röst förändrades och fick en avslappnad auktoritet som hon hört honom använda med andra poliser. ”Det har varit meningen att jag skulle höra av mig till dig ett tag nu. Jag tänkte att jag kanske kör ner till Gold Coast i morgon; har du lust att prata lite?”

En paus följde, laddad med innebörd. ”Någon särskild anledning till det plötsliga intresset för att träffa en gammal kollega?” Finchs ton var behärskad, men Zara uppfattade spänningen under ytan.

”Jag tänkte att vi kunde diskutera gamla tider. Särskilt en utredning från Salt Creek, 2014. Iris Zhang. Säger det dig något?”

Tystnaden drog ut på tiden så länge att Zara undrade om Finch hade lagt på. Sedan hördes en mjuk utandning, som lät mer som uppgivenhet än överraskning.

”Du har alltid varit en envis jävel”, sa Finch. ”Bär fortfarande på det där traumat efter alla dessa år.”

”Inget trauma. Nya bevis som kommit i dagen. Saker som jag tror att du hellre diskuterar enskilt än att de kommer ut genom andra kanaler.”

Ännu en paus. Zara kunde nästan se hur Finch vägde sina alternativ, hur den gamle polisens hjärna gjorde kalkyler.

”Okej”, sa Finch. ”I morgon eftermiddag. Hemma hos mig i Broadbeach. Klockan tre.” Han rabblade upp en adress, som Garrett antecknade på ett block. ”Är det bara du, eller kommer den där journalisten också? Hon som har rört om i grytan.”

Garretts blick mötte Zaras tvärsöver bordet. ”Ms Langley kommer att följa med mig.”

”Tänkte väl det.” Finch suckade. ”Ni två verkar utgöra ett rejält team, av vad jag har hört. Vi ses i morgon.” Linjen dog.

Zara höjde på ett ögonbryn. "'*Av vad jag har hört.*' Han har hållit koll på oss."

"Någon i Salt Creek matar honom fortfarande med information." Garrett lade ifrån sig telefonen. "Hur som helst så är vi inne."

De städade undan fisk och chips-pappren och blev matbordet deras ledningscentral: bevis utspridda i prydliga högar, fotografier på Iris, Malcolm Finch och Kirsty Cannon uppnålade på en anslagstavla som Garrett hämtat från gästrummet. Zara stod framför den och studerade ansiktena; hennes fingrar nuddade en gång vid fotot av kniven som hade stuckits genom hennes egen bild bara några timmar tidigare.

De arbetade igenom bevismaterialet under de kommande timmarna och valde ut vad de skulle ta med sig och vilka vinklar de skulle trycka på. Garrett organiserade sina ursprungliga fältanteckningar, fotografier på blåmärkena som aldrig kom med i de officiella rapporterna och vittnesmål som hade ändrats mellan de första förhören och den slutgiltiga dokumentationen.

"Vi behöver få honom att känna sig trängd men inte hotad", sa Garrett. "Finch reagerar på kalkylerat tryck, inte aggression."

Zara lade till sina egna anteckningar i mappen: återfinnandet av telefonen, avvikelserna i tidslinjen och de eskalerande hoten mot henne. "Hur blir det med datan i telefonen? Dev är inte klar med återställningen än. Jag skickade ett sms till honom tidigare och han sa att han fortfarande inte var säker på om han skulle kunna få ut någonting alls ur den."

Garrett tittade upp. Lampljuset fångade det silvergrå vid hans tinningar. "Det vet inte Finch."

Hon mötte hans blick och förstod. "Vi bluffar."

”Vi säger till honom att vi har återställt telefonen. Vi säger att vi har fått ut data från microSD-kortet och att det för närvarande genomgår forensisk analys. Vi låter hans fantasi fylla i luckorna.” Han trummade med ett finger på bordet. ”En skyldig man kommer alltid att anta att du vet mer än du gör.”

”Och om han synar vår bluff?”

”Det gör han inte. Inte om vi är tillräckligt specifika med det vi faktiskt vet och tillräckligt vaga med det vi inte vet.” Garretts ansiktsuttryck var hårt, säkert. ”Finch har väntat i elva år på att någon ska komma och knacka på dörren. Han kommer att få höra det han har varit rädd för att få höra.”

Zara nickade långsamt. Det var en chansning, men en rimlig sådan. ”Vi måste öva på det. Få detaljerna att stämma överens.”

”Håller med.”

De ägnade ytterligare en timme åt det och utformade bluffen som ett manus: vad som skulle presenteras som fastställda fakta, var de skulle låta tystnaden göra jobbet och när de skulle släppa bomben om datan från telefonen. Deras händer nuddade vid varandra ibland när de skickade dokument fram och tillbaka, och varje kontakt gav en gnutta värme mitt i det allvarliga arbetet.

”Tänk om han inte knäcker?” frågade hon.

Garretts ansiktsuttryck mjuknade för ett ögonblick. ”Det kommer han att göra. Finch har burit på det här i elva år, och han är en man som värdesätter sin bekvämlighet. Tanken på att förlora sin pension, sitt rykte, sitt medlemskap i golfklubben...” Han skakade på huvudet. ”Han kommer att prata.”

De lade sig strax efter midnatt. Zara lyssnade på hur Garretts andning blev långsammare, medan hennes egen hjärna fortfarande bearbetade olika möjligheter och vad morgondagen skulle föra med sig.

Morgonen kom snabbt. Garrett var uppe före henne och pratade redan i telefon i köket. Hon hörde slutet av hans samtal när hon kom ut barfota: ”... ett par lediga dagar; jag åker ner till Gold Coast i dag, är tillbaka i morgon. Drinan har koll på schemat. Ja. Ha det.” Han lade på och tittade på henne. ”Stationen är löst. Kaffet är klart.”

De klädde sig i nästan total tystnad, och båda drog på sig vad som närmast kunde liknas vid en rustning: Zara i en knälång svart pennkjol, en nystruken skjorta och ankelstövlar med rejäl klack; Garrett i snygga chinos och en blå pikétröja. Hon fångade deras spegelbild i hallen när de samlade ihop bevismaterialet och anblicken slog henne. De såg ut som partners. I alla avseenden.

Garrett svängde förbi Micks verkstad på vägen ut ur staden. Mekanikern var redan djupt nere i en Hilux-motor när de rullade upp, och han torkade händerna på en trasa som bara gjorde dem ännu smutsigare.

”Zaras bil står kvar vid motellet”, sa Garrett och räckte över nycklarna. ”Någon har varit inne på hennes rum. Jag vill att bilen gås igenom ordentligt innan hon kör den igen. Bromsar, styrning, bränsleledningar, alltihop.”

Micks ögonbryn höjdes men han ställde inga frågor, utan stoppade bara nycklarna i fickan. ”Jag bärgar hit den i förmiddag. Kollar på den i eftermiddag om jag kan, annars i morgon senast.”

”Uppskattas. Vi är tillbaka i morgon. Behåll den här tills vi hämtar den.”

Mick nickade och hans blick svepte kort över Zara med något som skulle kunna vara oro. ”Se till att ni passar er.”

”Alltid”, sa Garrett med ett stramt leende som inte nådde ögonen.

Bilresan till Gold Coast tog större delen av dagen, nästan sju timmar raka vägen nerför M1. De pratade inte mycket, båda var helt upptagna av sina egna tankar. De stannade på en bensinmack nära flygplatsen för att äta, och satt sida vid sida och åt snabbmat som ingen av dem egentligen kände smaken av innan de körde vidare.

”Han har haft det bra”, sa Garrett när de rullade in i Gold Coast-området, med skyskraporna glittrande framför sig. ”Fulla förmåner, full pension. Fint ställe i ett inhägnat område med sjöutsikt. Golf tre gånger i veckan. Alltmedan Iris föräldrar fortfarande vaknar varje morgon med vetskapen om att deras dotters mördare aldrig åkte fast.”

”Hur känner du till hans rutiner?”

”Jag har hållit koll”, erkände Garrett. ”Behövde förstå vad han värdesätter. Vad han riskerar att förlora.”

De svängde in i seniorboendet, där ingången kantades av välskötta palmer och blommande hibiskus. Gröna gräsmattor sträckte sig mellan villor i medelhavsstil, och golfbilar stod parkerade bredvid lyxbilar. Välförtjänt bekvämlighet, eller i Finchs fall, köpt med en begravd sanning.

Finchs villa låg nära vattnet, med terrakottatak och vitkalkade väggar som lyste starkt i eftermiddagssolen. En liten båt guppade vid en privat brygga på baksidan. Garrett parkerade på uppfarten men gjorde ingen ansats att gå ur bilen.

”Redo?” Hans hand fann hennes över mittkonsolen.

Zara kramade hans fingrar en gång innan hon släppte dem för att ta upp sin väska. ”Nu ser vi till att han minns.”

De pausade båda några ögonblick för att sträcka på sig, med muskler som var stela efter att ha suttit i bilen hela dagen. Sedan gick de uppför trädgårdsgången tillsammans, med axlarna nästan mot varandra. Finch svarade på andra knackningen och fyllde dörröppningen. Han såg mindre ut än på sina fotografier; pensionärslivet hade mjukat upp det som en gång varit en respektingivande kroppsbyggnad. Men hans blick var skarp när han flyttade den från Garrett till Zara med en erfaren poliss blick för bedömning.

”Jaha”, sa Finch och tog ett steg tillbaka för att släppa in dem. ”Det är väl bäst att vi får det här överstökat.”

Finchs vardagsrum bestod helt av lädermöbler vinklade för att visa upp sjöutsikten, ett vitrinskåp med tjänstemedaljer och foton på leende barnbarn. Takfläkten rörde om i den luftkonditionerade kylan. Zara satte sig bredvid Garrett i en gräddvit lädersoffa och såg på när Finch spelade värd. Han erbjöd dem dryck: ”Öl? Vin? Lite tidigt kanske, men jag skvallrar inte om ni inte gör det.” Hans jovi/aliska ton antydde att det här inte var något annat än ett socialt besök. Garrett tackade nej. Zara bad om vatten.

Hon studerade mannen som hade tystat ner mordet på en tonåring. Pensioneringen hade kanske ersatt hans polisform med den bekväma rondör som golf och långluncher ger, men de där ögonen förblev skarpa och beräknande bakom den farfaderslikna värmen.

Finch kom tillbaka med en bricka med vattenglas där isen klirrade. "Jaha", sa han och slog sig ner i en fåtölj placerad så att han hade kontroll över både rummet och utsikten, "ni har alltså kört i sju timmar för att prata om en drunkningsolycka från elva år sedan. Det måste vara en jäkla podcast, Ms Langley."

"Det handlar inte bara om podcasten", svarade Zara.

"Nähä?" Hans ögonbryn höjdes. "Vad då då? Rättvisa?" Han uttalade ordet med ett svagt hån från en man som tillbringat årtionden med att själv bestämma vilken version av det som skulle gälla.

Garrett drog långsamt upp dragkedjan på väskan. "Det är aldrig för sent för sanningen, Malcolm."

Något fladdrade till i Finchs ansikte vid användandet av förnamnet, det subtila skiftet från före detta överordnad till potentiell misstänkt. Han dolde det med en avfärdande gest. "Sanningen är att flickan drunknade. En tragisk olycka. Inget mer."

Utan att svara lade Garrett en aktmapp på soffbordet. "Mina ursprungliga fältanteckningar från den 15 oktober 2014. De som på ett mystiskt sätt försvann ur utredningsakten."

Han öppnade mappen och tog fram fotokopierade sidor med prydlig handstil. Zara kände igen dem från deras kväll på stationen. Det var Garretts ursprungliga fältanteckningar från brottsplatsen, som i detalj beskrev allt han observerat. Vattendjup. Kroppens position. Temperatur. Och de fingerformade blåmärkena på Iris armar.

Finch kastade knappt en blick på anteckningarna. "Observationer från en nybörjare. Du var grön, för ivrig."

"Var rättsläkaren också grön?" Garrett placerade en andra mapp bredvid den första. "I dr Robinsons preliminära rapport noterades det att blåmärkena var förenliga med att någon hållit Iris under vattnet bakifrån. De fynden kom aldrig med i den slutgiltiga obduktionen. Robinson dog för några år sedan, tyvärr. Hjärtstopp. Så vi kan inte fråga honom.”

”Vilket är anledningen till att vi frågar dig”, sa Zara. Hon studerade Finch noga. En muskel ryckte till i hans käke, knappt märkbart, men hon hade tillbringat åratal med att läsa av ansikten vid förhör. Han var skakad, trots sitt agerande.

”Du har burit på det här agget länge”, sa Finch och sträckte sig efter sitt vattenglas. ”Du kanske borde överväga att släppa det innan det ruinerar din karriär.”

”Är det ett hot?” Garretts röst förändrades inte.

”Ett råd. Från någon som har varit där du är.” Finch drack, isbitarna klirrade. ”Ibland löser sig inte fall på det sätt som vi vill. En del av att vara en bra polis är att veta när det är dags att gå vidare.”

Garrett fortsatte som om han inte hört honom och tog fram en tredje mapp. Fotografier från brottsplatsen av det grunda vattnet där Iris hittades. Det tillbakadragna vittnesmålet från gatukökets ägare, efter att Richard Cannon pratat med honom. Avvikelserna mellan de första redogörelserna och den slutgiltiga rapporten. För varje nytt bevis såg Zara hur Finch bröts ner: huden som stramade kring ögonen, en svag glans av svett vid tinningarna trots fläkten, hur hans blick hela tiden sökta sig ut mot vattnet i stället för mot bevisen.

”Du bygger upp en ordentlig konspirationsteori”, sa Finch till slut. ”Men det är fortfarande bara det. En teori. Inget konkret.”

”Faktum är”, sa Garrett, lutade sig tillbaka och log stramt, ”att vi har något konkret. Iris Zhangs telefon återfanns förra veckan under den gångbro där hon dog.”

Finch stelnade till helt, med glaset halvvägs till läpparna. "Vilken telefon?"

"Hennes telefon", sa Zara och noterade hur färgen försvann under hans solbränna. "Den som aldrig hittades, trots att hennes föräldrar bekräftade att hon alltid hade den med sig. Det var faktiskt May Zhang som hittade den, när vi var vid gångbron tillsammans. Fastkilad ovanpå en bärande pelare, under själva däcknivån."

"Den hade varit delvis skyddad från vädret", sa Garrett med stadig röst, inövad men utan att låta så, "och var i förvånansvärt bra skick. Teknikerna har redan kunnat återskapa delar av informationen från microSD-kortet. De arbetar på en fullständig återställning nu; vi bör ha allting inom de närmaste dagarna."

Bluffen tog skruv. Zara såg den träffa, såg blodet lämna Finchs ansikte helt. Han ställde ner glaset hårt på soffbordet, med händer som skakade märkbart.

Tystnaden höll i sig, endast bruten av takfläkten och de avlägsna skriken från måsar ute vid vattnet.

"Du förstår inte vilken situation jag befann mig i", sa han slutligen med knappt hörbar röst.

Zara sträckte sig långsamt ner i fickan och satte på inspelningsappen på sin telefon. År av intervjuer hade lärt henne att känna igen ögonblicket då garden föll, då ett erkännande blev oundvikligt. Det var nu.

"Varför förklarar du inte det för oss?" sa hon mjukt.

Finchs blick drev tillbaka mot vattnet, som om han sökte efter något vid horisonten. När han talade igen var hans röst förändrad. Han var inte längre den självsäkre pensionerade kriminalinspektören, utan en gammal man tyngd av hemligheter som var för tunga att bära ensam.

”Richard ringde mig den kvällen”, började han. ”Inte ledningscentralen, inte stationen. Min privata mobil. Han sa att det hade skett en olycka vid bäcken som involverade hans dotter.” Han drog ett djupt, darrande andetag. ”Jag visste att något var fel i samma stund som han sa ’olycka’. Efter trettio år i yrket utvecklar man en känsla för sådant.”

”Vad fann du när du kom dit?” Garretts ton var neutral, men Zara kunde se spänningen i hans händer, knogarna som vitnade mot hans knä.

”Flickan var redan död.” Finch talade ner mot golvet. ”Med ansiktet nedåt i vatten som knappt täckte mina stövlar. Richard var där, genomblöt, och Kirsty satt på kanten och bara... stirrade. Hon var tydligt i chock. Det krävdes ingen kriminalare för att förstå att det inte var någon olycka.”

”Vad gjorde du?” frågade Zara och höll rösten låg, uppmuntrande.

Finch såg direkt på henne för första gången med en plågad blick. ”Vad Richard Cannon sa åt mig att göra.” Hans händer knöts i knäet så att knogarna vitnade. ”Och Gud förlåte mig, jag gjorde det.”

”Jag visste vad jag såg”, fortsatte Finch när ingen av dem sa något, stadigare nu, som om fördämningens brott hade lättat på trycket. ”En sjuttonårig flicka, med ansiktet nedåt i femton centimeter vatten, blåmärken på armarna. Det krävs inga genier.” Han lutade sig framåt med armbågarna på knäna och talade till mattan. ”Richard hävdade att Kirsty och Iris hade bråkat om någon kille, att det blev fysiskt, att Iris föll, slog i huvudet och drunknade.” Han andades ut. ”Men blåmärkena berättade en annan historia. Någon höll ner den där flickan tills hon slutade andas."

Zara satt stilla. Hennes telefon spelade in tyst i fickan. Bredvid henne satt Garrett stel som en pinne, hans andning var kontrollerad, och endast greppet om hans knä avslöjade honom.

"Frågade du vem som dödade henne?" Garretts röst var farligt tyst.

Finch skakade på huvudet. "Det behövdes inte. Richard var genomvåt, men det var Kirsty som inte kunde se på kroppen. Hon satt där på kanten och kramade sina knän, gungade." Hans blick sökte sig till familjefotografierna på spiselkransen. "Samma ålder som mitt yngsta barnbarn är nu."

"Så du antog att Kirsty gjorde det", sa Zara. "Varför? På grund av killen?"

"Japp." Finch nickade. "Richard sa att det hade varit problem mellan tjejerna på grund av den där Thorne-ungen. Kirsty hade känslor för honom, men han var tillsammans med Iris." Hans läppar kröktes. "Tonårsdrama som blev dödligt. Richard var desperat att få det att försvinna. Han sa att hans dotters hela framtid stod på spel."

"Så du hjälpte honom att iscensätta en drunkningsolycka", sa Garrett. Konstaterande. Det var ingen fråga.

"Jag ringde ett samtal", sa Finch, som om distinktionen spelade roll. "En död flicka mot en hel familj i ruiner, plus sidoskador i halva stan. Richard gav arbete åt dussintals människor, satt i varje samhällsnämnd, donerade till polisfonden. Hans inflytande var..."

"Bespara oss dina rättfärdiganden", avbröt Garrett. "Vad hände med Iris bärbara dator?"

Finch slöt ögonen en kort stund. ”Richard sa att det kunde finnas bevis på en del otrevligheter Kirsty skickat till Iris... nätmobbning, antar jag. Han ville inte att det skulle komma ut. Jag tog den från Zhangs, sa till dem att det var standardrutin, att vi behövde den för att kontrollera hennes rörelser den dagen.” Hans röst sänktes. ”Gav den till Richard samma kväll. Frågade aldrig vad han gjorde med den.”

”Och mina rapporter?” pressade Garrett. ”Fotografierna på blåmärkena? Vittnesmålen?”

”Begravda. Eller ändrade. Richard hade vänner i kommunfullmäktige, hos obducenten. Folk som stod i skuld till honom eller behövde hans stöd.” Han klippte med handen mot bevisen på bordet. ”Jag skötte inte allt personligen. Vissa saker försvann bara genom de rätta kanalerna.”

”Och när jag inte slutade ställa frågor?” Muskeln i Garretts käke ryckte.

”Jag ordnade din förflyttning till Cairns.” Finch mötte hans blick. ”För ditt eget bästa, tro det eller ej. Du förde liv om manipulation av bevis, om motstridiga uttalanden. En vecka till och du hade suttit i rejält klistret. Eller värre.”

”Värre?” sa Zara. En kyla drog genom henne.

Finch såg på henne. ”Richard Cannon var inte en man som lämnade lösa trådar. Förflyttningen var en barmhärtighetsgärning.”

Tystnad fyllde rummet. Utanför glittrade vattnet, båtar drev förbi. Avståndet mellan den idylliska utsikten och sanningen som rullades upp i Finchs vardagsrum fick Zara att känna sig yr.

”Vad förväntades jag göra?” Finchs röst brast. Frågan var ställd förbi dem, till någon osynlig domare. ”Richard ägde halva stan. Han hade skit på alla, inklusive mig. Jag hade spelskulder; han betalade dem, bad aldrig om återbetalning. Ett ord från honom och min pension, mitt rykte..." Han såg sig om i villan. "En död flicka mot att ruinera dussintals liv. Jag gjorde kalkylen."

Nakenheten i det. Lättheten med vilken han reducerade Iris Zhangs liv till ett matematiskt problem, ett offer på hans egen bekvämlighets altare. Zara kände sig fysiskt illamående.

Garrett satt blickstilla. När han talade var rösten iskall. "Du har just erkänt manipulation av bevis, övergrepp i rättssak och skyddande av brottsling (avseende mord). Det inser du väl?"

Finch nickade långsamt. "Jag förstod att det var hit vi var på väg när du dök upp med journalisten." Han sneglade på Zara. "Du spelar in det här, antar jag?"

Hon nekade inte. Mötte bara hans blick.

"Inspelningen går till Crime and Corruption Commission", sa Garrett. "Du kommer utan tvekan att få besök av dem snart."

Zara förväntade sig protester, kanske ett försök att ta tillbaka allt. I stället sjönk Finchs axlar ihop i något som liknade lättnad. "Jag har väntat på den här dagen i elva år", sa han tyst. "Jag tror att jag alltid visste att den skulle komma."

Frånvaron av motstånd kändes ihålig. Zara insåg att bördan av Iris död hade varit Finchs eget straff. Inte tillräckligt, aldrig tillräckligt, men en tyngd han nu verkade redo att lägga ner.

"Vi är klara här", sa Garrett, plockade ihop mapparna och lade tillbaka dem i väskan. Han reste sig. Zara reste sig med honom.

Finch satt kvar i sin fåtölj och såg ut som varenda dag av sina sextiosex år. "Kirsty kommer inte att ge sig utan strid", varnade han. "Hon har byggt hela sitt liv på sin fars beskydd. Utan det..." Han skakade på huvudet. "Var försiktiga. Hon är inte stabil."

”Vi vet”, sa Zara.

De lämnade honom där, stirrandes på sjöutsikten han köpt med elva års tystnad. Ingen av dem sa något medan de gick nerför trädgårdsgången. Först när de nådde sin Land Cruiser sträckte Zara sig efter Garretts hand och flätade sina fingrar med hans.

”En avklarad”, sa hon tyst.

Han kramade hennes hand och släppte den sedan för att låsa upp fordonet. ”Men den svårare biten återstår.”

När de körde iväg kastade Zara en blick i sidospegeln. Finch stod på sin veranda, en liten gestalt som krympte för varje hjulvarv. Hon stoppade inspelningen, kontrollerade att den hade sparats ordentligt och laddade upp säkerhetskopior till sitt molnkonto.

”Elva år”, sa Garrett när de körde ut på huvudvägen. ”Han visste exakt vad som hänt, och han valde sin egen bekvämlighet framför rättvisa varenda dag.”

”Människor rationaliserar det oförlåtliga”, svarade Zara. ”De finner sätt att leva med sig själva.”

”Kirsty har haft elva år på sig att finslipa sin version. Att övertyga sig själv om att hon var berättigad till det, eller att hon var det verkliga offret.”

De körde upp på motorvägen norrut. Deras nästa konfrontation skulle inte gå lika lätt som att bryta ner en man som redan knäat under sin skuld. Kirsty Cannon hade byggt sin identitet på fundamentet av sin hemlighet: fullmäktigeledamot, ledare i lokalsamhället, filantrop. Det polerade liv som konstruerats för att dölja flickan som hållit sin vän under vattnet tills bubblorna slutade stiga.

”Hon har iakttagit oss”, sa Zara och tänkte på fotografierna på sin motellsäng. ”Hon vet att vi är henne på spåren.”

”Bra”, svarade Garrett. ”Låt henne förbereda sig. Låt henne oroa sig. Trängda djur begår misstag.”

Zara lutade huvudet mot ryggstödet och såg kustlinjen rulla förbi. De hade Finchs erkännande, bevis på mörkläggningen, och snart, om Dev lyckades, verklig data från Iris telefon för att ersätta bluffen. Bitarna föll på plats.

Men Finchs varning dröjde kvar hos henne. Kirsty hade dödat en gång för att skydda sin framtid. Vad skulle hon göra nu, med allt hon byggt upp under hot?

Svaret väntade framför dem i Salt Creek.

# KAPITEL 17

PUBEN I NAMBOUR LUKTADE pommes frites och gammal matta, en sådan där plats som vände sig till hantverkare på väg hem och lastbilschaufförer som tog en paus under långkörningarna. Zara petade på en bit biff på tallriken; aptiten var dämpad efter bilresan och Finchs erkännande, som fortfarande kändes tungt i bröstet. Mittemot henne åt Garrett metodiskt en kycklingschnitzel medan hans blick då och då dröjde kvar vid cricketmatchen på tv:n ovanför baren. Ingen av dem brydde sig om poängställningen.

De hade stannat för att ingen av dem hade energi nog att köra de återstående fyra timmarna till Salt Creek. Motellet vägg i vägg var billigt och tillräckligt rent; en säng och en dusch, vilket var allt de behövde. Imorgon skulle de köra sista biten, lura ut hur de skulle närma sig Kirsty med Finchs erkännande i ryggen och besluta när de skulle koppla in Crime and Corruption Commission.

"Du borde äta", sa Garrett och nickade mot hennes tallrik.

"Inte hungrig." Zara smuttade på sin citronsaft. För söt. "Jag kan inte sluta tänka på vad Finch sa. Att han hade väntat i elva år på att någon skulle komma."

”Skuldkänslor äter upp folk. Även dem som tror att de har slutit fred med dem.”

”Han förstörde bevis. Grävde ner vittnesmål. Skickade iväg dig när du kom för nära.” Hon satte ner glaset. ”Allt för att skydda Richard Cannons dotter och sin egen pension.”

”Och nu kommer han att förlora den.” Garretts ansiktsuttryck var bistert. ”CCC daltar inte när det gäller korruptionsfall.”

En grupp män vid baren brast ut i jubel när någon tog en wicket. Ljudet fick Zara att rycka till, och hon hatade att hon gjorde det. Garretts hand rörde sig över bordet och täckte hennes en kort stund.

”Vi fick vad vi behövde”, sa han. ”Hans erkännande ger oss övertag mot Kirsty. Även utan telefondata kan vi...”

Zaras telefon surrade mot bordet. Devs namn syntes på skärmen. Hon ryckte åt sig den. ”Dev?”

”Zara! Mate, jag har försökt knäcka den här grejen i flera dagar och äntligen...” Hans entusiasm sprakade genom linjen, orden snubblade över varandra. ”microSD-kortet. Jag kom in. Jag kom faktiskt in.”

Hon tittade på Garrett. Han hade stelnat till med gaffeln halvvägs till munnen. Han lade ner den.

”Vad fick du fram?” frågade hon.

”Röstmemo. Massor av dem. Och foton, säkerhetskopior av sms, till och med några videofiler.” Devs tangentbord klickade i bakgrunden. ”Jag laddar upp allt till ditt säkra molnkonto nu. Det borde vara klart om ungefär tjugo minuter.”

”Röstmemo? Från Iris?”

”Ja, det ser ut som om hon använde telefonen som dagbok. Vissa är märkta med datum, andra har bara tidsstämplar.” Mer skrivande. ”Jag har inte lyssnat på dem, jag tänkte att du ville vara först. Men det finns definitivt ljud där, och kvaliteten är ganska bra med tanke på allt.”

Garretts ögon var låsta vid hennes över bordet. Zara kände hur håren reste sig på armarna. De hade bluffat mot Finch med precis detta, med löftet om återskapad data från microSD-kortet. Och nu var det på riktigt.

”Tack”, sa hon. ”Dev, det här är... du anar inte vad det här betyder.”

”Jag kan gissa.” Hans ton blev allvarligare. ”Lova mig bara att du är försiktig. Vad som än finns på den där telefonen så blev någon dödad på grund av det.”

”Jag lovar.” Lögnen kom lätt. Säkerhet hade slutat vara en prioritet i samma ögonblick som någon stötte en kniv genom hennes fotografi.

Hon avslutade samtalet. Under ett ögonblick sa ingen av dem något. Publivet pågick runt omkring dem, ovetande.

”Vi måste gå”, sa Garrett. ”Nu.”

De hade betalat när de beställde. Zara tog sin väska och följde honom ut i den fuktiga natten. Motellet låg precis intill, en tvåvåningsbyggnad med utvändiga trappor och dörrar målade i en blekt blågrön färg. Deras rum låg på bottenvåningen, nummer sju, och nyckeln låg fortfarande i Garretts ficka sedan de checkade in för en timme sedan.

Väl inne gick Zara direkt till skrivbordet och öppnade sin bärbara dator. Hennes fingrar rörde sig snabbt genom inloggningen medan Garrett låste dörren och drog fram en stol bredvid henne.

Uppladdningen pågick fortfarande. De iakttog förloppsindikatorn under tystnad. Garretts hand vilade på hennes axel, varm och stadig. När mappen slutligen dök upp i hennes bibliotek, märkt "Iris Zhang phone recovery", svävade Zaras markör över den.

"Vad som än finns där inne", sa Garrett tyst, "så är vi redo.""

Hon var inte säker på att det stämde. Hon dubbelklickade.

Mappen öppnades. Ljudfiler märkta med datum från september och oktober 2014. Fotografier på Iris med vänner, med sina föräldrar, ensam i sitt sovrum medan hon gjorde miner mot kameran. Sms-loggar. Och tre videofiler, där den största var märkt "UQ_Final.mp4".

Hennes hand rörde sig mot den sista videofilen, daterad den 15 oktober 2014. Dagen då Iris dog. Markören svävade över uppspelningsknappen.

Garrett drog sin stol närmare. De satt axel mot axel, och datorskärmen var det ljusaste i rummet. Utanför dundrade en långtradare förbi på motorvägen.

Zara klickade på play.

Brus, sedan ett andetag. Så dök ett ungt ansikte upp på skärmen: Iris Zhang, iklädd sina rektangulära glasögon, tittande rakt in i kameran. Hon var samlad. Hennes röst var tydlig.

"Jag heter Iris Zhang. Det är den femtonde oktober 2014, och jag måste dokumentera vad jag har upptäckt, för om något händer behöver folk få veta sanningen."

Zaras hals snördes åt. Det här var hon. Det här var flickan i bäcken, levande och allvarlig och sjutton år gammal, talande direkt till den som en dag skulle kunna hitta den här inspelningen. Bredvid henne hade Garrett slutat andas.

”Jag har varit vän med Kirsty Cannon sedan vi gick i förskolan tillsammans. Jag litade fullständigt på henne. Så när jag märkte att någon hade varit inne i mina projektfiler när jag inte var hemma, när mitt USB-minne låg annorlunda än jag lämnat det, så sa jag till mig själv att jag var paranoid.” En paus, ett darrigt andetag. ”Men jag var inte paranoid. Jag kontrollerade min dators åtkomstloggar, de som pappa lärde mig att läsa. Kirsty har kopierat hela min kreativ portfölj. Allt jag har jobbat med inför min QCA-ansökan.”

Zara sträckte sig efter Garretts hand på skrivbordet. Han tog den. Iris röst var ung men behärskad, varje ord var noga valt. Det här var inte panik. Det här var en flicka som visste att hon behövde ett bevis.

”Först tänkte jag att hon kanske ville studera mitt tillvägagångssätt, se hur jag strukturerade saker. Vi hade alltid hjälpt varandra med projekt.” Ännu en paus. ”Men så var jag hemma hos henne för tre dagar sedan, vi satt och pluggade vid hennes matbord, och hon gick på toaletten. Hennes bärbara dator var öppen. Jag borde inte ha tittat, det vet jag, men någonting fick mig att kolla.”

Till och med när Iris upptäckte ett svek, ifrågasatte hon sina egna handlingar.

”Hon hade en mapp märkt ’UQ Portfolio - Final’. Inuti fanns mina filer. Mitt videoprojekt om kulturell identitet och tillhörighet. Min fotografiserie om migrantupplevelser i regionala Queensland. Min essä om visuellt berättande.” Iris röst hårdnade. ”Men hon hade ändrat namnen, ändrat vissa detaljer. Lagt på sin egen röst på videon. Det var inte research eller inspiration. Hon stal mitt arbete och hävdade att det var hennes eget." Hon tittade ner, sedan tillbaka in i kameran. Sorg drog över hennes ansikte. "När jag konfronterade Kirsty grät hon. Sa att hon var desperat, att hennes pappa skulle döda henne om hon inte kom in på ett bra universitet, att hon hade haft panikångestattacker på grund av ansökan. Hon tiggde mig att inte berätta för någon. Sa att det bara var ett utkast, att hon tänkte skapa sitt eget arbete så småningom."

Ett bittert skratt.

"Men deadline för ansökan har redan passerat. Hon hade redan skickat in mitt arbete som sitt eget. När jag sa till henne att jag inte kunde låta det passera, att jag tänkte anmäla henne, så... hon tittade på mig som om det var jag som förrådde henne. Som om det var jag som gjorde något fel."

Iris fortsatte prata och lade fram detaljerna. Hon hade gjort sin research och upptäckt att Kirsty sökte till UQ:s juristprogram medan hon själv sökte till QCA:s program för kreativ konst. Olika fakulteter, olika antagningsnämnder. Detta plagiat hade kanske aldrig upptäckts om Iris inte hade hittat det själv.

Garrett var den som talade först. Hans röst var sträv. "Det handlade inte om Vince Thorne."

Zara tryckte på pausknappen och stirrade på den frusna bilden av Iris ansikte på skärmen. Veckor av utredning; år i Garretts fall. Varje teori de byggt upp, varje antagande om tonårig svartsjuka och ett triangeldrama. Allt var fel. "Vi trodde... alla trodde..."

"Richard sa till Finch att det handlade om en kille. Det var vad Finch sa till oss igår. Och vi trodde på det för att det passade in." Garrett drog loss sin hand och pressade båda handflatorna platt mot skrivbordet. "Herregud. Vi har sett på det här på helt fel sätt hela tiden."

De satt tysta med den tanken en stund. Tyngden av deras felaktiga antagande, och insikten att Richard Cannon hade sålt in den historien till Finch för att den var logisk. En tragisk olycka orsakad av ett tonårsbråk om ett kärleksintresse var stökigt men begripligt, den sortens tragedi som folk kunde beklaga och förstå. Sanningen, att Kirsty hade mördat sin bästa vän med kallt blod för att skydda en stulen universitetsansökan, var något fulare och svårare att förklara.

"Starta inte om den än", sa Garrett. "Låt oss titta på sms-meddelandena. Jag vill se bevisen för det Iris beskrev."

Zara navigerade till sms-loggarna. Konversationssträngen mellan Iris och Kirsty var inte svår att hitta, men den var svår att läsa. En vänskap som urartade i förtvivlat bönande och sedan till något fulare.

*30 september, 22:43*

Kirsty: *Snälla. Jag bönfaller dig. Gör inte så här mot mig.*

Iris: *Jag gör ingenting mot dig. Du har gjort det här mot dig själv.*

Kirsty: *Du förstör mitt liv för en fånig video.*

Iris: *Den är inte fånig för mig. Det är mitt arbete. Mina idéer. Min röst.*

Kirsty: *Ingen kommer någonsin att få veta. Ansökningarna går till olika skolor.*

Iris: *Jag kommer att veta. Och du kommer att veta. Det betyder något.*

*2 oktober, 02:15*

Kirsty: *Jag kan inte sova. Kan inte äta. Du knäcker mig.*

Iris: *Du kan fixa det här. Dra tillbaka din ansökan. Skapa ditt eget arbete. Jag ska hjälpa dig.*

Kirsty: *Jag kan inte! Deadline har redan passerat!*

Iris: *Då borde du ha tänkt på det innan du stal från mig.*

Kirsty: *JAG STAL INTE. JAG LÅNADE DINA IDÉER.*

Iris: *Du tog mitt filmmaterial. Det är stöld även om du la på dina egna ord.*

*4 oktober, 18:47*

Kirsty: *Min pappa märker att något är fel. Han ställer frågor hela tiden.*

Iris: *Berätta sanningen för honom.*

Kirsty: *Jag kan inte. Han kommer att bli så besviken. Han kommer att tycka att jag är ett misslyckande.*

Iris: *Du är ett misslyckande om du bygger din framtid på lögner.*

Kirsty: *Dra åt helvete, Iris. Seriöst. Dra åt helvete.*

Meddelandena fortsatte, och Kirstys ton svängde från bönfull till rasande till hotfull. Iris förblev samlad, principfast, orubblig. När Zara läste dem förstod hon precis varför Iris hade känt behovet av att spela in den där videon. Hon hade förstått att det här höll på att gå åt fel håll.

”Öppna portföljvideon”, sa Garrett. Hans röst var spänd.

Zara klickade på ”QCA_Final.mp4” och mediaspelaren fyllde skärmen. Bilderna var omedelbart bekanta; hon hade sett dem på hårddisken som Jane Goulding gett henne.

Men berättarrösten var fel.

Istället för Iris röst som utforskade teman kring identitet och kulturell anknytning, talade Kirsty över bilderna. Hennes tonfall var annorlunda, hennes tolkning fokuserade på assimilering och tillhörighet på sätt som kändes ihåliga, helt frikopplade från själva materialet.

"Det var det här Kirsty skickade in", sa Zara. "Hon använde Iris filmmaterial men spelade in sin egen röst."

"Jösses." Garrett gnuggade sig i ansiktet. "Hon stal inte bara idéer. Hon tog det faktiska kreativa arbetet och slipade bort serienumret."

De tittade på alla sex minuterna. Vackert filmfoto som undergrävdes av en berättarröst som missade poängen vid varje vändning. Kirsty pratade om integrering där Iris hade utforskat dualitet, om att passa in där verket hyllade olikheter. Glappet mellan bilderna och orden var skärande.

När den tog slut gick Zara tillbaka till Iris video.

"Jag har fattat mitt beslut. Jag tänker anmäla Kirstys plagiat till båda universiteten. Jag har försökt allt annat. Jag har erbjudit mig att hjälpa henne skapa något eget. Jag har gett henne flera chanser att själv dra tillbaka ansökan. Hon har vägrat." Iris tryckte upp glasögonen på näsan. "Jag vet att det här kommer att förstöra vår vänskap. Jag vet att det kommer att orsaka problem. Kirstys pappa sitter i kommunfullmäktige, och vår restaurang är beroende av lokalt stöd. Men jag kan inte låta det här passera. Det handlar inte bara om mitt arbete. Det handlar om vad som är rätt."

Hon såg ung och skrämd ut, men absolut säker.

”Jag ska träffa Kirsty vid gångbron ikväll när jag har slutat jobbet. Hon bad om en sista chans att övertala mig. Jag tänker ge henne den. En sista chans att göra rätt för sig själv.” En paus. ”Men om hon inte gör det, så lämnar jag in anmälningarna på måndag. Och om något händer mig, om den här videon visas för att jag inte finns kvar för att rapportera det själv, då ska du veta: det var inte en olycka. Det finns kopior av alla de här filerna på min laptop. Allt är dokumenterat. Kirsty Cannon stal mitt arbete, och när jag inte lät henne komma undan med det, så...”

Iris tystnade. Skakade på huvudet.

”Nej. Jag är paranoid. Kirsty skulle aldrig faktiskt skada mig. Vi har varit vänner sedan vi var små. Hon är bara rädd och desperat. Vi kommer att prata, och hon kommer att förstå. Hon kommer att inse att det är viktigare att göra det som är rätt än...”

Videon slutade mitt i en mening.

Tidsstämpeln visade 15 oktober 2014, 17:17. Bara timmar innan hennes kropp hittades i bäcken.

Ingen av dem rörde sig. På skärmen var Iris ansikte fruset mitt i ett ord, ungt och hoppfullt och fullständigt fel ute om vad som väntade.

Zara klickade på den sista sms-konversationen.

*15 oktober, 16:32*

Kirsty: *Kan vi ses ikväll?*

Iris: *Jag tror inte att mer prat kommer att ändra på något. Och jag jobbar ikväll. Det är en födelsedagsfest inbokad, mamma behöver min hjälp med serveringen.*

Kirsty: *Snälla. Jag behöver att du förstår. Ansikte mot ansikte. Kan du möta mig vid gångbron när du slutat?*

Iris: *Okej. Klockan 22.*

Kirsty: *Tack. Jag lovar, du kommer inte att ångra det här.*

Tråden slutade där. Iris hade spelat in sin sista video bara några minuter senare, och vid elvatiden den kvällen låg Iris Zhang med ansiktet nedåt i Salt Creek, nedtryckt under vattenytan tills hon slutade andas, mördad av den vän hon litat tillräckligt på för att möta ensam i mörkret.

Zara stängde laptopen. Skärmen blev mörk och rummet krympte omkring dem; bara skenet från sänglampan, surret från luftkonditioneringen och de två som satt vid skrivbordet utan att säga ett ord.

Hon blev medveten om Garretts andning. Den var ryckig. Ojämn. Hon vände sig om och såg hans ansikte och tittade snabbt bort igen, för Garrett Pennell grät och det kändes som något hon inte borde bevittna. Inte de där tysta, stoiska tårarna hos en man som visar sorg, utan den fula, ofrivilliga sorten; hans käke arbetade, hans ögon var röda och han pressade en hand hårt över munnen.

Hon hade aldrig sett honom så här. Hon misstänkte att ingen hade det.

Hennes egna tårar kom då. Inte vackert. Det gjorde de aldrig. Heta och suddiga, näsan rann, den sortens gråt som fick henne att känna sig som tolv år gammal. Hon grät för Iris, som hade försökt så hårt att göra det rätta och blivit dödad för det. För May och David Zhang, som hade tillbringat elva år utan att få veta. För flickan på videon, som var så säker på att hennes vän inte faktiskt skulle skada henne, och som spelade in bevis för säkerhets skull samtidigt som hon trodde det bästa om någon som inte förtjänade det.

Garrett gav ifrån sig ett strävt ljud bredvid henne. Hon sträckte sig efter honom och han sträckte sig efter henne i samma ögonblick, och sedan låg hon mot hans bröst med hans armar hårt slutna om henne, och ingen av dem sa något på en lång stund. Det fanns inget att säga. De hade just sett en sjuttonårig flicka intala sig själv att inte vara rädd, och de visste hur historien slutade.

När Zara till slut drog sig undan var hennes ansikte svullet och Garretts skjorta var blöt där hon legat pressad mot den. Han såg helt förstörd ut. Hon såg förmodligen ännu värre ut.

"Det handlade inte om Vince Thorne", sa hon, fånigt nog, för hennes hjärna cirklade tillbaka till det som den kunde bearbeta. "Det handlade aldrig om killen."

"Nej." Garretts röst var sprucken. Han harklade sig. "Det handlade om en universitetsansökan. En jävla portfölj. Kirsty dödade henne på grund av ett *plagiat*."

Det vardagliga i det hela. Det lilla. Inte passion, inte ett raseri fött ur brustet hjärta, utan den desperata beräkningen hos en flicka som hade fuskat, blivit påkommen och inte kunde stå för konsekvenserna. Zara tänkte att hon nästan hade föredragit ett triangeldrama. Det hade åtminstone haft värdigheten av starka känslor. Det här var bara feghet.

"Iris sa till henne att hon skulle hjälpa henne att skapa ett eget verk", sa Zara. "Hon gav henne varenda chans."

Garrett reste sig och gick fram till fönstret. Han stod där med ryggen mot henne, med ena handen på karmen, och tittade ut över parkeringsplatsen. Hon lät honom ha tystnaden. Efter en minut sa han, utan att vända sig om: "Jag hittade hennes kropp. Jag var tjugofem år gammal och jag drog upp henne ur femton centimeter djupt vatten och jag visste att någon hade hållit ner henne. Och i elva år har jag burit på det, och nu vet jag att det var på grund av en jävla universitetsansökan.”

Han vände sig om. Hans ansikte var hårt nu, sorgen fanns kvar men hade pressats samman till något mer användbart. ”Vi har allt. Röstmemo. Sms. Videon. Finchs erkännande. Det räcker.”

”Mer än väl.” Zara torkade ansiktet med handryggen. ”Iris dokumenterade allt. Hon byggde fallet själv. Allt vi behövde göra var att hitta det.”

”Den bärbara datorn hade också haft allt det här. Richard förstörde den, antar jag, efter att Finch gett den till honom. De trodde att de hade utplånat henne.” Något förändrades i Garretts uttryck, en blixt av bister tillfredsställelse. ”Men de hittade aldrig hennes telefon.”

Zara tänkte på telefonen som legat fastkilad under gångbron i elva år och väntat. På May Zhang som gick över den där bron varje vecka och lade ner blommor, utan att veta att bevisen fanns precis under hennes fötter.

”Vad gör vi imorgon?” frågade hon, fast hon redan visste.

”Kör tillbaka. Skickar det här till CCC. Alltihop; Finchs erkännande, telefondata, mina ursprungliga rapporter. Låt dem bygga fallet ordentligt.” Han tystnade. ”Och sedan pratar vi med Kirsty.”

”Före eller efter CCC?”

”Efter. Jag vill att det här är officiellt säkrat innan hon får en chans att fly eller förstöra något.” Han satte sig på sängkanten och såg plötsligt utmattad ut. ”Men hon behöver få veta. Hon behöver höra Iris röst och förstå att det är över.”

Zara satte sig bredvid honom. Deras axlar nuddade varandra. Genom de tunna motellväggarna hörde hon en tv från rummet intill, någon som skrattade åt någonting. Ett vanligt liv som pågick på andra sidan väggen medan de satt där med tyngden av en död flickas sista ord.

"Vi borde försöka sova", sa hon, väl medveten om att ingen av dem skulle sova särskilt gott.

Garrett nickade. Han sträckte sig efter hennes hand och höll den, och de satt så en stund till utan att prata, bara andades och lät vidden av vad de hittat landa i något som de kunde bära.

Imorgon skulle de köra norrut med Iris röst på en laptop mellan sig, och sanningen som legat begravd i elva år skulle äntligen, äntligen få se dagens ljus.

# KAPITEL 18

LANDCRUISER-BILEN KÖRDE IN I Micks verkstad strax efter lunch. Zara klev ur och möttes av den bekanta doften av motorolja och metall. Kroppen var stel efter ännu en lång körning. De hade lämnat Nambour tidigt, stannat för uselt kaffe på en bensinstation i Bundaberg och kört resten av vägen i nästan total tystnad.

Mick kom ut från verkstaden. Hans blick flyttades mellan dem och han noterade vad Zara misstänkte var tydliga tecken på en tuff natt; svullna ögon, tärda ansikten och den där speciella utmattningen som infann sig när man gråtit tills tårarna tagit slut.

”Bilen är ren”, sa han och nickade mot Zaras sedan som stod på parkeringen. ”Jag har gått igenom allt två gånger. Bromsar, styrning, bränsleledningar, elsystemet. Inget har manipulerats.”

Något i Zaras bröst lossnade av lättnad. ”Tack ... verkligen.”

Mick lade hennes nycklar i hennes hand, men hans uttryck förblev allvarligt. ”Vad ni än har gett er in i, så har det gjort någon tillräckligt skakad för att bryta sig in i motellrum och skära sönder däck. Det är ingen småsak.” Hans blick landade på Garrett. ”Håller du uppsikt över henne?”

”Så gott jag kan”, svarade Garrett.

”Håll då bättre uppsikt.” Micks ton var inte ovänlig, bara rak. ”Salt Creek är en liten stad. Rykten sprids. Folk lägger märke till att ni två tillbringar tid tillsammans. Det verkar inte som om alla är glada över det.”

Zara tänkte på fotografierna som legat utspridda över hennes motellsäng, på kniven som var körd genom hennes ansikte. ”Vi är försiktiga.”

Mick nickade, inte helt övertygad. ”Okej. Jaja. Bilen är körklar. Ingen kostnad. Se bara till att jag inte får ångra det.”

De körde i separata bilar hem till Garrett. Staden såg helt vanlig ut i middagssolen: folk skötte sina ärenden, det var full fart vid byggvaruhuset och utanför gatuköket cyklade barn. Vid rondellen nära skolan stod en vit Cannon Developments-pickup på tomgång. En storväxt man i varselväst satt bakom ratten. Han iakttog dem när de körde förbi. Zara noterade det och fortsatte köra.

Inne i Garretts hus var luften instängd. Garrett gick runt och öppnade fönster medan Zara plockade undan på matbordet och lade fram sin bärbara dator och portfölj.

De ägnade eftermiddagen åt att sammanställa inlagan till CCC. Först kronologin: september till oktober 2014, där varje datum förankrades i ett specifikt bevis. Sedan mörkläggningen: Finchs agerande, de ändrade rapporterna, de undanhållna vittnesmålen och Garretts omplacering. Sist den återställda mobildatan, tillsammans med Devs dokumentation av återställningsprocessen. Varje del förseddes med kommentarer, korsreferenser och märkning.

Det var ett metodiskt och oglamoröst arbete, och de sa knappt ett ord under större delen av tiden. Ibland läste någon något högt eller höll upp ett dokument för den andre att kontrollera. Zara transkriberade Finchs erkännande medan Garrett organiserade de fysiska bevisen i mappar. Muggar med kallnat kaffe samlades på bordet.

Sent på eftermiddagen hade de ett sammanhängande paket. Det var så pass gediget att CCC inte skulle ha något annat val än att utreda det.

Garrett stirrade på det utspridda materialet på bordet med spänd käke. "Jag borde ha gjort det här för elva år sedan."

"Du försökte. Finch stoppade dig och såg till att du blev omplacerad. Och du hade inte telefonen."

"Jag borde ha försökt hårdare."

Zara argumenterade inte emot. Det var inte en diskussion som ledde till något vettigt svar, och Garrett var inte ute efter tröst. Hon lät honom sitta med sina tankar.

Efter en stund andades han ut och tog upp sin telefon. "Jag ska ringa kontakten på CCC och meddela att vi är redo att skicka in det."

Medan han ringde sitt samtal i köket, tog Zara med sig sin kamera och sitt stativ ut på altanen på baksidan. Ljuset var bra där ute. Hon ställde snabbt upp utrustningen, kontrollerade mikrofonnivåerna, satte sig i en av plaststolarna och tryckte på inspelning.

Hon höll det kort. En betydande utveckling. Bevis som lämnats över till QPS och CCC. En pågående utredning som hon inte kunde diskutera offentligt. Hon bad om tålamod, erkände att det här inte var den sortens uppdatering som hennes följare förväntat sig, och sa att när nyheten väl nådde medierna skulle de förstå varför hon varit tyst.

Hon tänkte nästan avsluta där. Sedan lade hon till: "Jag gjorde allvarliga misstag i min förra utredning. Vissa av er vet vad som hände. Jag tänker inte göra de misstagen igen, även om det innebär att jag förlorar prenumeranter. Iris Zhangs familj och den rättsliga processen kommer i första hand. Innehållet kommer i andra hand. Jag kan inte riskera rättvisan för underhållning."

Hon stoppade inspelningen, spelade upp den en gång och laddade upp den utan redigeringar. Ingen klickvänlig rubrik, ingen dramatisk inramning. Bara ett konstaterande av fakta.

Garrett stod i dörröppningen och iakttog henne när hon vände sig om. "Det där var bra", sa han.

"Det var nödvändigt." Hon tog loss kameran från stativet. "Hälften av mina följare kommer att tro att jag har sålt mig."

"Den andra hälften kommer att vänta."

"Jag hoppas det. Hur gick det med CCC?"

"Inlämningsportalen är öppen. Jag laddar upp allt i kväll. De kommer att utse en utredare inom fyrtioåtta timmar." Han lutade sig mot dörrkarmen med armarna i kors. "Vilket betyder att vi har ett kort tidsfönster innan det här blir officiellt och allt måste gå via dem."

"Kirsty."

"Kirsty", instämde han. "I morgon bitti. Innan CCC tar över."

Zara nickade. Sedan sa hon det hon suttit och tänkt på hela eftermiddagen. "Jag måste berätta för familjen Zhang."

Garretts ansiktsuttryck förändrades. Inte i förvåning; han hade förmodligen gissat att det här skulle komma. "Zara. Nej."

”Jag lovade May. Jag lovade att jag skulle berätta för henne vad som fanns på den där telefonen.”

”Och det kommer du att göra. Men det är bevis i vad som håller på att bli en mordutredning. Du kan inte visa dem innehållet innan CCC har fått det.”

”Jag pratar inte om att visa dem allt. Jag pratar om att berätta för dem att data har återställts och att deras dotter kommer att få upprättelse.”

”Och om May ber att få se videon? Sms-en? Tänker du säga nej då?”

Zara tvekade, för han hade rätt. May skulle fråga. May skulle pressa på. Och Zara var inte säker på om hon skulle kunna se Iris mamma i ögonen och neka henne det.

”Brytkedjan för bevisen är redan bräcklig”, fortsatte Garrett med försiktig röst, sådan han blev när han försökte att inte låta som en polis. ”Du hittade telefonen och gav den till Dev istället för till polisen. Jag förstår varför. Devs dokumentation kommer att hjälpa. Men vilken försvarsadvokat som helst kommer att hamra på det där. Om vi lägger till ’visade bevisen för offrets familj före officiell inlämning’, så ger vi Kirstys advokat gratis ammunition.”

”Jag tänker inte visa dem bevisen.”

”Du kanske inte kan låta bli. Inte när du väl sitter mittemot May Zhang och hon frågar vad hennes dotter sa.”

”Jag har tillbringat tolv år med att intervjua sörjande familjer. Jag vet hur man sätter gränser.”

”Det här är inte en intervju. Du bryr dig om de här människorna. Det är skillnad.”

Det sved eftersom det var sant. Hon hade ätit vid deras bord, druckit deras te, tagit emot deras förtroende. Hon hade hittat det de väntat i elva år på att få höra.

”Det är precis därför jag inte kan lämna dem i ovisshet”, sa hon. ”De har blivit beljugna av polisen, av rättsläkaren och av sitt eget samhälle. Om jag sitter på det här tills den byråkratiska processen hunnit ikapp, är jag inte bättre än Finch.”

”Det är inte rättvist.”

”Nej, men det är så May kommer att se det.”

Tystnaden mellan dem kändes tung. Utanför satte en kookaburra igång i ett av gummiträden; dess maniska skratt fyllde trädgården innan det tvärt tystnade.

”Hur är det någon skillnad på att jag sitter på information som familjen Zhang har rätt att få veta, och att Finch mörklade information för elva år sedan?” Hon höll rösten stadig. ”Du vill att jag ska vänta, att jag ska lita på systemet. Men systemet svek Iris. Systemet lät Richard Cannon mörklägga det här.”

Något vasst skymtade i Garretts ansikte. Han gick till köket, fyllde ett glas från kranen och drack hälften innan han svarade. ”Du har rätt. Systemet svek dem.” Hans röst var låg. ”Och jag var en del av det systemet.”

Zara kände ilskan rinna av henne. ”Det var inte så jag menade.”

”Men det är sant.” Han ställde ner glaset. ”Jag hittade hennes kropp. Jag dokumenterade blåmärkena. Jag uttryckte oro men tystades ner, och sedan lät jag mig omplaceras. Så jag har kanske inte rätt att be dig lita på systemet.”

Hon gick fram till honom. ”Du har försökt ställa allt till rätta. Det är inte samma sak och det vet du.”

Han mötte hennes blick. ”Tänk om du berättar för dem att telefonen har återfunnits och att data har hittats, men säger att du *inte kan* dela det faktiska innehållet förrän efter att vi har lämnat in det? Skyll på mig, skyll på polisens rutiner. May skulle förstå det, tror jag.”

”Allmän information utan detaljer, menar du?”

”De skulle få veta att deras dotter blev mördad. De skulle veta att rättvisa är på väg. Men vi skulle inte riskera att de gör något som äventyrar fallet.”

Det var den kompromiss hon hade strävat efter utan att veta om det. ”Det kan jag göra. Ingenting om plagiatet, ingenting om Kirsty specifikt, ingenting om Finch.”

”Bara att telefonen har återfunnits. Att den innehöll bevis. Att vi lämnar in det till CCC och att fallet återöppnas.” Han tystnade. ”Och om May pressar dig på mer?”

”Då säger jag att mer information skulle kunna äventyra åtalet. Att jag behöver att hon litar på mig en sista gång.” Zara hörde sig själv förhandla, hitta en medelväg på samma sätt som de gjort ända sedan Childers. ”May har väntat i elva år. Hon väntar lite till om det innebär att rättvisan skipas.”

Garrett nickade långsamt. Han lade handen på hennes axel, varm och trygg. ”Förlåt att jag fick det att låta som om du inte förstår vad som står på spel.”

”Och jag är ledsen att jag jämförde dig med Finch.”

De stod så en stund, och spänningen rann ur rummet. Bevisen låg fortfarande spridda över matbordet bakom dem och väntade på att lämnas in.

”Jag borde åka i kväll”, sa Zara. ”The Golden Horse har fortfarande öppet. Jag åker själv; det blir lättare för May om det bara är jag.”

”Och jag måste åka till stationen. Drinan har täckt mina pass; jag borde titta förbi och visa ansiktet.” Han tog sina nycklar från bänken. ”Jag släpper av dig och kör sedan till stationen. Du kan ta din bil härifrån när du är klar.”

”Jag kör själv. Mick gav klartecken för bilen.”

Något fladdrade förbi i hans ansikte, en motvilja mot att släppa henne ur sikte kanske, men han nickade. ”Sms:a mig när du är tillbaka.”

”Det ska jag göra. Jag tar med lite kinesisk mat hem till middag.”

Han kysste henne i hallen, snabbt och bestämt, med handen mot hennes nacke. Sedan var han ute genom dörren, med brickan fäst vid bältet, och gled tillbaka in i rollen som kriminalinspektör Pennell med en vana som kom av lång erfarenhet. Hon lyssnade när LandCruiser-bilen körde iväg och stod en stund i det tysta huset och tittade på bordet som var täckt av bevis, på elva år av begravd sanning som nu var organiserad i prydliga mappar, redo för de personer som äntligen kunde agera på den.

Sedan tog hon sina nycklar och gick för att berätta för May Zhang att hennes dotters röst hade återfunnits.

Resan till Golden Horse tog åtta minuter. Zara tillbringade dem med att öva på ord som inte kändes rätt. Hennes händer kramade ratten och den sena eftermiddagssolen föll in genom vindrutan och fick henne att kisa. Hon hade berättat svåra sanningar för sörjande familjer förut, hade suttit mittemot föräldrar vars barn mördats, hade levererat information som förändrat allt medan kamerorna rullat. Men det här kändes annorlunda. May och David Zhang hade anförtrott henne minnet av sin dotter, hade släppt in henne i sin sorg när hela resten av staden gått vidare. Det hon nu skulle berätta skulle riva upp elva år av ovisshet, och hon var tvungen att få det helt rätt.

Restaurangens parkering var till hälften full, middagsserveringen hade precis börjat. Genom fönstren kunde hon se den bekanta röda och guldfärgade inredningen, de prydliga borden med vita dukar och en ung backpacker som rörde sig mellan dem med menyer.

Zara öppnade dörren och gick in. May stod bakom disken och tog emot en telefonbeställning, men hon tittade genast upp. Deras blickar möttes och något utbyttes mellan dem, ett igenkännande kanske, eller så hade May lärt sig att läsa av dåliga nyheter i hur någon höll sina axlar. Hon avslutade samtalet och lade ifrån sig luren.

"Zara." Det var inte en fråga, bara ett konstaterande. Mays händer låg helt stilla på disken.

"Finns det någonstans vi kan prata? Du och David tillsammans."

May nickade en gång och gick till köksdörren. "David. Kan du komma hit?"

Han dök upp i dörröppningen medan han torkade händerna på förklädet, med en redan vaksam blick. Han tittade på Zara, sedan på sin fru, och hans käke spändes.

"Kontoret", sa May lågt.

Kontoret var ett litet rum längst bak i restaurangen, knappt tillräckligt stort för skrivbordet, arkivskåpet och tre stolar som var inpressade mot väggarna. Det luktade sojasås och papper, och lysrörsbelysningen kändes vass efter matsalens mjukare värme. May stängde dörren efter dem. Ljuden från restaurangen – samtal, bestick, fräsandet från woken – blev dämpade.

Zara väntade tills de båda satt ner innan hon satte sig själv. David hade händerna knäppta mellan knäna och kroppen var aningen vänd mot May. Hon satt mycket rak i ryggen, med ett samlat ansikte men med ögon som redan började tåras.

”Min vän lyckades få fram datan från Iris telefon”, sa Zara. Inga förberedande ord. De hade väntat för länge för att hon skulle slösa tid på en lång inledning. ”Det fanns mycket information på den. Sms. Röstinspelningar. Video. Bevis på vad som hände den natten hon dog.”

May drog efter andan. David blev helt stel.

”Bevis”, upprepade David. Hans röst var uttryckslös, men hans händer hade börjat skaka. ”Du menar bevis. På att någon dödade henne.”

”På att någon hade ett mycket starkt motiv att göra det. Ja.”

Ordet hängde i det lilla rummet som något påtagligt. May gav ifrån sig ett ljud, hälften snyftning, hälften gnyende, och täckte munnen med båda händerna. David sträckte sig automatiskt efter henne och lade armen om hennes axlar, men hans blick lämnade aldrig Zaras ansikte.

”Vem”, sa han. Inte som en fråga. Som ett krav.

”Jag kan inte berätta det för er än. Bevisen lämnas in till Crime and Corruption Commission i kväll. Det kommer att inledas en officiell utredning. När den väl är igång ...”

”Vem dödade *min dotter*?” Davids röst brast. ”Du sitter på mitt kontor och säger att du vet vem som mördade Iris och du vägrar säga namnet?”

Zara höll kvar hans blick, lät honom se att hon förstod hans ilska, att hon kunde ta emot den. ”Jag berättar det för er eftersom jag lovade att göra det. Men om jag ger er ett namn nu, innan den rättsliga processen har börjat, kan jag äventyra hela fallet. Jag behöver att du litar på mig. Bara lite till.”

”Hur mycket längre?” Mays röst var dämpad bakom händerna.

”Några dagar som mest. Det är en mordutredning, och CCC arbetar snabbt när de väl får sådana här bevis.”

David reste på sig och stolen skrapade mot golvet. Han gick fram till arkivskåpet och pressade båda handflatorna platt mot det med ryggen mot dem.

”David”, sa May mjukt.

”Jag kan inte.” Han vände sig inte om. ”Jag kan inte höra det här. Inte än. Inte så här.”

May tittade på Zara, hennes ögon var fuktiga men hennes uttryck var stadigt. ”Han behöver tid. För att förbereda sig.”

”Jag förstår.”

”Men jag behöver inte tid.” May tog ner händerna från ansiktet och lade dem i knäet. ”Vad som än finns på den där telefonen så vill jag veta det. Jag vill se det.”

Zara hade vetat att detta skulle komma. Hon hade förberett sig, hade övat på gränsdragningen med Garrett. Men när hon såg Mays ansikte, elva år av sorg som bad om det enda som kunde ge saken någon mening, fastnade orden i halsen på henne.

”Det kommer ni att få”, sa hon till sist. ”Jag lovar att ni kommer att få det. Men inte än. Bevisen måste bearbetas korrekt. Brytkedja, forensisk verifiering, alla de procedurer som gör att det håller i en rättegång. Om jag visar er nu ...”

”Man kan äventyra fallet.” May avslutade meningen med trött röst. ”Jag vet. Jag förstår rättsprocessen, Zara. Jag har haft elva år på mig att lära mig.”

”Jag är ledsen.”

”Var inte det.” May torkade sig i ögonen med handryggen. ”Du har gjort det ingen annan ville göra. Du trodde på oss när alla andra sa att vi skulle låta det vara.” Hon sträckte sig över skrivbordet och tog Zaras hand i sina båda. Hennes handflator var varma, med förhårdnader efter år av köksarbete. ”Tack. För att du höll ditt löfte.”

David hade inte rört sig från arkivskåpet. Zara såg hans spegelbild i det lilla fönstret; hans ansikte var vänt mot glaset.

”Jag måste ta itu med en sak i morgon”, sa Zara försiktigt, fortfarande med Mays händer i sina. ”Efter det kommer jag tillbaka. Då ska jag berätta allt jag kan för er. Och när CCC ger klartecken kommer ni att få höra Iris röst och se hennes ansikte. Hon lämnade inspelningar efter sig, både ljud och bild. Hon dokumenterade vad som hände henne.”

Mays grepp hårdnade och hon slöt ögonen ett kort ögonblick. När hon öppnade dem igen var de klara. ”Hon visste att hon var i fara.”

”Ja.”

”Och hon försökte skydda sig själv.”

”Hon gjorde allt rätt”, sa Zara och menade det verkligen. ”Hon var modig och smart och hon försökte göra det rätta. Det som hände henne var inte hennes fel.”

Något i Mays ansikte brast och fogades samman igen. Hon nickade en gång, släppte Zaras händer och reste sig. ”Jag ska göra i ordning din beställning. Vad vill ni ha?”

Skiftet var tvärt, Mays flykt tillbaka till den bekanta gästfriheten, men Zara förstod den. Viss sorg var för stor för att man skulle kunna dröja kvar i den för länge.

”Vad som helst som är gott”, sa Zara. ”Tillräckligt för två.”

”Till dig och polisen.” Mays mun kröktes en aning, inte riktigt i ett leende men något som liknade det. ”Han är en bra man. Envis, men bra.”

”Det är han.”

”Och du kommer tillbaka i morgon. När du har tagit itu med det som behöver göras.”

Det fanns en tyngd i formuleringen, ett erkännande av det som Zara inte hade sagt högt. May visste. Givetvis visste hon. Hon hade tillbringat elva år med att se staden skydda sig själv.

”Ja”, bekräftade Zara. ”Jag lovar.”

May gick mot dörren, men stannade med handen på handtaget. ”Vem det än är”, sa hon lågt utan att se bakåt, ”så hoppas jag att de är rädda.”

Sedan var hon borta och dörren stängdes mjukt efter henne. David stod kvar vid arkivskåpet, fortfarande med ryggen vänd mot henne. Zara satt kvar på stolen för att ge honom utrymme.

Efter en lång tystnad talade han utan att vända sig om. "Är det någon vi känner?"

Zara tvekade, men bestämde sig sedan för att han förtjänade att få veta så mycket. "Ja."

Hans axlar sjönk ihop, det sista av hans hopp om att det varit en främling försvann. Någon på genomresa, vem som helst utom en människa som lett dem i ansiktet under elva år. "Okej", sa han. Bara det. Sedan: "Du borde gå nu. May gör i ordning din mat."

Zara reste sig och gick mot dörren. Vid tröskeln såg hon tillbaka. David hade äntligen vänt sig om från arkivskåpet. Hans ansikte var grått; han hade åldrats ett decennium på en kvart.

"Tack", sa han. "För att du inte gav upp. För att du inte lät vår dotter bli bortglömd."

"Hon var aldrig bortglömd", svarade Zara. "Inte av dig, inte av May. Och inte av Garrett. Han har burit henne med sig i elva år."

Något förändrades i Davids uttryck. Inte en mjukhet precis, men ett erkännande. Han nickade en gång.

Zara lämnade honom där och gick tillbaka genom restaurangen. May stod vid disken och packade ner behållare i en plastpåse. Hon räckte över den utan att möta Zaras blick.

"I morgon", sa May igen.

"I morgon", lovade Zara.

# KAPITEL 19

KVÄLLSLUFTEN VAR SVALARE, SOLEN nästan nere och himlen strimmig av rosa och orange. Zara ställde påsen med hämtmat på passagerarsätet, startade bilen och satt en stund och tittade på de lysande fönstren på the Golden Horse. Där inne höll May på att återgå till arbetet, och David gjorde troligen detsamma. De skulle servera måltider, småprata med kunder, stänga restaurangen och sedan åka hem till huset där deras dotters rum förmodligen fortfarande bar spår av flickan Iris en gång varit. Och i morgon, efter att Zara och Garrett konfronterat Kirsty, skulle de äntligen få veta vem som hade stulit de där elva åren från dem.

Samtalet med May och David kändes tungt i bröstet. Davids bortvända rygg, Mays tysta styrka, de elva åren av ovisshet som äntligen krackelerade.

Regndroppar slog mot vindrutan när hon körde ut från parkeringen, vilket kom som en överraskning. Hon vände på huvudet och såg moln torna upp sig i väster, med den där speciella blåmärkesliknande färgen som lovade ett ordentligt oväder. Påsen med mat stod på passagerarsätet och doften av stekt vitlök steg från den, vilket gjorde Zara hungrig för första gången på vad som kändes som flera dagar.

I morgon skulle de konfrontera Kirsty. I morgon skulle allt brisera. I kväll behövde hon bara komma tillbaka till Garretts hus, äta och sova om hon lyckades med det.

Hennes telefon lyste upp på mittkonsolen, och vibrationen hördes tydligt i den tysta bilen. Hon tittade ner vid nästa stoppskylt, såg Jane Gouldings namn och körde in till kanten utanför ett byggvaruhus. Med motorn på tomgång tog hon upp telefonen.

*Zara, jag hittade något i mina gamla lärarfiler som jag tror att du behöver se. Det handlar om Iris och en annan elev. Kan du möta mig vid gångbron? Jag är här nu. Det är bråttom.*

Zara läste det två gånger. Jane hade varit pålitlig hela tiden, hon hade delat med sig av minnen och insikter som ingen annan ville ge, liksom videon från Iris portfolio som Kirsty hade plagierat, vilket var ett avgörande bevis. Om hon sa att något var brådskande så menade hon det. Men gångbron. På kvällen. Med en storm på väg in.

Hon skrev tillbaka: *Kan det vänta till i morgon? Eller kan jag komma hem till dig?*

Svaret kom omedelbart. *Jag är redan här. Snälla kom nu, jag är inte säker på att jag är modig nog att berätta det i morgon.*

Zara rynkade pannan mot skärmen. Den sista raden kändes märklig. Jane Goulding var mycket, men räddhågsen var inte en av de sakerna. Men samtidigt var hon sjuttio år, och det här handlade om en tidigare elev som blivit mördad. Kanske hade hon burit på skuldkänslor för att hon inte pratat tidigare.

Hon sms:ade Garrett: *Gör ett snabbt stopp för att träffa Jane Goulding. Hon har hittat något om Iris. Åker dit nu.*

Hon väntade ett ögonblick. Inget svar. Han var förmodligen fortfarande kvar på stationen.

Hon körde ut på vägen igen och svängde mot parken. Matpåsen gled över passagerarsätet när hon tog kurvan. Det sista dagsljuset rann sakta ur himlen, regnet föll nu stadigt och ovädersmolnen flockades allt tätare i väster medan blixtar blixtrade till då och då.

Parkeringen vid parkens entré var tom. Inte ett enda annat fordon syntes till. Bara de mörka siluetterna av lekplatsutrustning bortom stängslet, och gångstigen som ledde ner till bäcken och gångbron över ravinen. Zara körde in på en plats nära stigens början och stängde av motorn.

Att parkeringen var tom oroade henne inte. Janes stuga låg vid kanten av ravinen; hon skulle inte ha tagit bilen. Hon skulle ha gått in från andra sidan av parken.

Regnet trummade mot taket. Genom vindrutan kunde hon se stigen försvinna in i djupare skuggor under träden. Parkbelysningen borde ha tänts i skymningen, men hälften av lamporna verkade vara trasiga, vilket lämnade pölar av mörker mellan de som fungerade.

Hennes telefon vibrerade. Garrett: *Var exakt? Jag kommer.*

*Vid gångbron,* sms:ade hon tillbaka. *Antagligen ingenting. Tillbaka om tjugo.*

Ännu en vibration, direkt efteråt.

Jane: *Jag är vid bron. Ser du mig?*

Zara spanade genom regnet. Stigen svängde nedåt mot ravinen, eukalyptusträden stod täta på båda sidor. Hon kunde inte se gångbron härifrån, kunde inte se något annat än de första metrarna av stigen. Hon sms:ade tillbaka: *Har just kommit fram. Är på väg ner nu.*

Hon tog sin telefon och sina nycklar och lät matpåsen stå kvar. Vad Jane än hade hittat var det viktigare än middag.

Regnet slog emot henne i samma sekund som hon öppnade bildörren, kallare än hon hade väntat sig, piskat av en vind som tilltog. Hon låste bilen och rörde sig snabbt mot stigen, medan hon drog upp axlarna mot ovädret. Hennes kängor fann betongen, vars yta redan var hal av regn och fallna löv.

Stigen sluttade ner i ett tätare mörker, och de fungerande lamporna satt för långt ifrån varandra för att göra mer än att markera vägen i pölar av natriumgult ljus. Regnet föll hårdare nu, piskat i sidled av vinden som slet löven från eukalyptusträden och skickade dem farande över betongen. Zara höll huvudet sänkt, kängorna hittade fäste på det hala underlaget, ena handen i fickan sluten om telefonen och den andra föste undan blött hår från ansiktet. Lekplatsen bleknade bort bakom henne, slukad av träd, oväder och den sista skymningen.

Temperaturen hade sjunkit ordentligt. Hennes andedräkt bildade imma som blandades med regnet. Hon hade lämnat jackan i bilen; hon hade inte trott att hon skulle vara ute så länge att den behövdes. Tolv år av fältarbete och hon gjorde fortfarande amatörmässiga misstag när hon var distraherad.

Stigen svängde åt vänster och följde terrängens konturer ner mot bäcken. Hon passerade ingången till den branta stig hon tagit ner till bäcken den första dagen. Genom träden till höger kunde hon urskilja de svaga formerna av hus, vars fönster lyste varmt. Till vänster föll marken av brantare, den vildvuxna buskvegetationen var tät och mörk. Ravinen låg där nere någonstans, med gångbron som spände över den. Hon kunde inte se den ännu.

Hennes telefon vibrerade. Hon stannade under en av de fungerande lamporna för att titta på den, medan regnet trummade mot hennes axlar.

Garrett: *Lämnar stationen nu. Var vid gångbron exakt?*

Hon skrev med kalla fingrar: *Går stigen ner från stora parkeringen. Framme om fem minuter kanske. Jane är redan där.*

Hon tryckte på skicka och lade sedan till: *Möter henne på bron, tror jag. Sms:ar när jag är klar.*

Svaret kom snabbt: *Var försiktig. Stormen blir värre.*

Zara stoppade ner telefonen i fickan och fortsatte gå. Försiktig. Hon var försiktig. Det här var Jane Goulding, en sjuttioårig pensionerad lärare som bodde i en stuga med utsikt över bäcken och odlade prisbelönta rosor. Inte precis något hot.

Förutom att parken var tom, hälften av lamporna var släckta och Jane hade sagt att hon kanske inte skulle vara modig nog att berätta vad hon hittat om de väntade till i morgon. Den formuleringen kändes fel. Jane var inte typen som tappade modet.

Zaras journalistinstinkter vaknade till liv, samma instinkter som hade hållit henne säker i fientliga miljöer, som hade lärt henne när hon skulle driva på och när hon skulle backa. Hon ignorerade dem. Hon övertänkte det här. Det var paranoia framkallad av inbrott, sönderskurna däck och knivar genom fotografier. Med Jane var allt i sin ordning. Det här var ingen fara.

Hennes telefon vibrerade igen. Hon tog upp den och förväntade sig Garrett. Det var en avisering från YouTube: *Ny kommentar på din senaste video.*

Hon tryckte instinktivt. Analyspanelen laddades: 847 nya prenumeranter sedan eftermiddagens uppladdning. Antalet visningar steg stadigt. Diagrammet för tittartid visade att de flesta såg hela videon till slutet.

De översta kommentarerna var en blandning:

*Visar äntligen lite integritet efter katastrofen med Little Girls Lost.*

*Slutar prenumerera. Du mjölkar bara det här för att få uppmärksamhet.*

*Tack för att du prioriterar rättvisa före underhållning.*

*Det låter som om du faktiskt inte har någonting och bara förhalar det.*

Hon scrollade igenom dem med kalla, blöta fingrar, läste inte ordentligt utan skannade bara av den allmänna stämningen. Blandad, men svagt positiv. Det kunde vara värre. Sänd live-knappen fanns högst upp på skärmen och pulserade svagt, precis som den alltid gjorde. Hon snubblade till på ett ojämnt ställe på stigen och körde ner telefonen i fickan igen. YouTube fick vänta.

Genom träden skymtade hon gångbron. Mörkt trä mot en ännu mörkare himmel, knappt synlig i det sviktande ljuset. Inget spår av Jane än, men vinkeln var fel. Hon skulle se bättre när hon kom närmare.

En blixt lyste upp i väster och lyste upp molnen inifrån. Åskan följde några sekunder senare, dov och rullande. Stormen var på väg in på allvar. De behövde göra det här snabbt.

Zara ökade tempot, kängorna plaskade genom vattenpölar som bildats i stigens sänkor. Hennes skjorta var genomblöt och klibbade mot ryggen. Kallt vatten rann nerför nacken. Hon skulle se ut som en dränkt katt när hon kom tillbaka till Garretts hus.

Han skulle säkert tvinga henne att klä av sig i tvättstugan innan han lät henne dra in vatten i resten av huset.

Tanken gav en oväntad värme. Vardaglig omsorg. Den sortens småaktiga förtrolighet som hade vuxit fram mellan dem utan att någon av dem riktigt märkt det. För tre dagar sedan bodde hon på motell; nu hade hon lådor i hans byrå och sitt schampo i hans dusch.

Stigen öppnade sig. Gångbron låg framför henne, kanske tjugo meter bort, och spände över ravinens mörka klyfta. Bäcken forsade nedanför, svullen av regnet, även om hon visste att den snabbt skulle sjunka undan när ovädret dragit förbi. På andra sidan fortsatte stigen upp mot bostadskvarteren, där Janes stuga låg med utsikt över allt detta.

En gestalt stod vid räcket, avtecknad mot det lilla ljus som fanns kvar på himlen. En huvförsedd jacka gjorde det omöjligt att urskilja några drag på det här avståndet.

Zaras hand slöt sig hårdare om telefonen i fickan. Något kändes fel. Sättet gestalten stod på, alldeles för stilla. Den totala avsaknaden av andra människor i parken.

Hon var paranoid igen. Det måste hon vara. Jane hade sms:at henne, väntade på bron precis som hon sagt. Och varför skulle någon annan vara ute i det här ovädret?

Zara steg ut på de blöta träplankorna, och konstruktionen kändes stadig under hennes fötter trots sin ålder. Hennes kängor gav ifrån sig ihåliga ljud mot de väderbitna brädorna.

”Jane?” Hennes röst bar över avgrunden.

Gestalten vände sig om.

Inte Jane. Ansiktet som vändes mot henne i det sviktande ljuset tillhörde Kirsty Cannon, hennes blonda hår var mörkare av regnet och ansiktsdragen var samlade i något som skulle kunna likna medkänsla om inte ögonen hade varit så uttryckslösa. Zaras kropp reagerade innan förnuftet hann med: adrenalinet rusade, musklerna spändes och tyngdpunkten flyttades bakåt mot stigen hon kommit ifrån.

”Zara.” Kirstys röst var mild, nästan varm, med det inövade tonfallet hos en politiker. ”Tack för att du kom. Jag vet att det här inte var vad du förväntade dig.”

Orden var fel, framförandet för smidigt, inövat.

”Var är Jane?” Hennes egen röst lät stadigare än hon kände sig.

”Jag bad Jane möta mig här för en timme sedan. Sa till henne att jag ville prata om Iris, lärare till före detta elev, för att lätta mitt samvete.” Kirstys mun kröktes. ”Hon kom på en gång. Hon har alltid varit så tillitsfull. Jag tog hennes telefon medan hon pratade. Brody skötte resten.”

”Skötte.” Ordet kändes fel i Zaras mun. ”Var är hon?”

”I närheten.” Kirsty lade huvudet på sned medan regnvattnet rann av hennes huva. ”Vi kommer till det.”

Zaras hand var redan i fickan och fingrarna slöt sig om telefonen. ”Jag går härifrån.”

Hon vände sig om mot stigen hon kommit ifrån.

En man stod vid brons slut och blockerade vägen tillbaka till parkeringen. Han var stor, lång och kraftigt byggd, klädd i mörk jacka och arbetarkängor, med händerna hängande löst vid sidorna. Han hade inte varit där när hon gick ut på bron. Han måste ha gömt sig bland träden och väntat på att hon skulle passera.

Zara stannade. Bron sträckte sig mellan dem, Kirsty bakom henne och mannen framför. Ravinen gapade på båda sidor, ett fall på sju meter ner mot stenar och forsande vatten.

”Det där är Brody.” Kirstys röst kom bakifrån henne, fortfarande mild, fortfarande fel. ”Min arbetsledare. Min fars arbetsledare egentligen, men min nu. Han har varit hos familjen i tjugo år. Mycket lojal. Mycket duglig.”

Brody sa ingenting. Han rörde sig inte. Han bara stod där i regnet med ett ansikte utan uttryck och betraktade henne med det tålmodiga lugnet hos någon som visste hur man väntar.

”Han har så många färdigheter. Dyrka lås. Mekanik. Och han är riktigt duktig med en kamera”, fortsatte Kirsty. Zara hörde fotsteg, det ihåliga ljudet av kängor mot trä, när Kirsty kom närmare. ”De där bilderna i ditt motellrum? Hans verk. Övervakningsbilderna? Allt är Brody. Han är mycket grundlig.”

Zara vände sig långsamt om och höll dem båda i sitt perifera seende. Kirsty hade rört sig till mitten av bron, ett par meter bort, med händerna i jackfickorna och samma medlidsamma uttryck.

”De sönderskurna däcken var också hans”, sa Kirsty. ”Jag bad honom att göra det obekvämt för dig. Att uppmuntra dig att lämna Salt Creek. Att ge upp den här utredningen som skadar så många människor.” Hennes röst darrade till en aning vid ordet ”utredning”, den första sprickan i skådespeleriet. ”Men du gav dig inte av. Du fortsatte att pressa på. Du fortsatte att gräva.”

”För att Iris blev mördad.” Zaras röst var stadig trots adrenalinet som sköljde genom kroppen. Håll henne pratande. Vinn tid. Garrett visste var hon var. Han skulle komma. ”För att du dödade din bästa vän och din far mörklade det.”

Något fladdrade förbi i Kirstys ansikte. "Det var inte så det gick till." Hennes röst blev monoton, kontrollerad.

Inövat, tänkte Zara. Den version hon hade intalat sig själv i elva år.

"Min far dödade Iris. Han var där den kvällen för att jag hade ringt honom i panik, och när han kom fram började de gräla och han tog tag i henne och höll ner henne." Hennes ansiktsuttryck förvreds. "Jag försökte stoppa honom. Jag skrek åt honom att sluta. Men han var så arg på Iris för att hon hotade att avslöja plagiatet, och så arg på mig för att jag var dum nog att åka fast. Han höll hennes ansikte under vattnet tills hon slutade röra sig. Jag gav henne bara en örfil. Det var allt jag gjorde. En örfil."

Lögnen var välputsad och inövad. Men Zara hade suttit i Finchs vardagsrum och hört en annan version.

"Det var inte vad Finch berättade för oss", sa Zara.

Kirstys fattning brast för en sekund. "Finch är en fyllbult och en lögnare."

"Finch beskrev hur det såg ut när han kom till platsen. Din far var blöt, ja. Men det var du som inte kunde se på Iris efteråt. Det var du som satt på stranden och vaggade som ett barn."

"Finch vet inte vad han såg. Han var köpt från det ögonblick han kom dit. Min far ägde honom."

"Varför var din far blöt då, Kirsty? Femton centimeter vatten. Han hade inte behövt bli genomblöt för att hålla ner någon i femton centimeter vatten." Zara hörde sin egen röst, lugn och klinisk, där intervjuarens instinkter tog överhanden över rädslan. "Han blev blöt för att han försökte dra bort dig från henne."

”Du vet inte vad du pratar om.” Kirstys röst hade stigit och det noggranna skådespeleriet föll samman. ”Du vet inte hur det var. Hon tänkte förstöra allt. Hela min framtid. På grund av en universitetsansökan. På grund av ett arbete som vi båda bidragit till, som var ett samarbete, som hon bara ville ha äran för eftersom hon var självisk och egenkär och ...” Hon tystnade. Tog ett andetag. När hon talade igen var politikerrösten tillbaka, men tunnare. ”Det spelar ingen roll nu. Inget av det spelar någon roll.”

”Det spelar roll för May och David Zhang.”

Kirsty ryggade tillbaka vid namnen.

Zara utnyttjade sitt övertag. ”Vad hände egentligen, Kirsty? Du kan berätta för mig.” Hennes fingrar hittade telefonen i fickan. Hon slutade tänka. Muskelminne. Upplåsningsmönstret, tummen rörde sig i den välbekanta formen. Skärmen som hon inte kunde se, inte kunde titta på. Hon hade lämnat YouTube-appen öppen, hade bara kört ner telefonen i fickan på stigen.

Sänd live-knappen. Högst upp på skärmen, mitt på. Hon hade använt den dussintals gånger och visste exakt var den satt. Men i fickan, i regnet, med fingrar som skakade av kyla och adrenalin, kändes allt osäkert. Hon tryckte på det hon hoppades var rätt ställe, och tryckte sedan igen för att bekräfta.

Telefonen vibrerade två gånger i snabb följd. Antingen hade hon just börjat sända till sina prenumeranter, eller så hade hon öppnat någons video av misstag. Det fanns inget sätt att veta utan att ta upp den.

”Iris borde ha förstått att man ibland måste skydda varandra. Inte förgöra varandra.” Kirstys röst var monoton. ”Jag skulle ha hjälpt henne. Jag skulle ha stöttat hennes karriär. Men hon lyssnade inte. Hon var så envis, så säker på att hon hade rätt...”

”Du stal hennes arbete”, sa Zara och höll rösten lugn. ”Vi hittade Iris telefon. Vi har bevisen för varför du gjorde det, Kirsty, så varför berättar du inte vad som egentligen hände den natten?”

Åskan dånade ovanför dem, så högt att de båda ryckte till. Regnet tilltog och föll i kaskader. En blixt lyste upp Kirstys ansikte i ett hårt vitt sken innan mörkret åter slöt sig kring dem.

”Olyckor händer i stormar”, sa Kirsty, och hennes röst hade blivit tyst och mild igen, på det sätt man pratar med någon man försöker lugna. ”Blöta plankor. Dålig sikt. En journalist kommer till en bro i en storm, halkar och faller.” Hon steg närmare. ”Precis som stackars Jane.”

Zaras blod isade sig. ”Vad gjorde du med henne?”

”Titta ner.”

Zara grep tag i räcket och tittade ut över brons kant. Det blixtrade till igen, och i det korta vita ljuset såg hon bäckfåran där nere, vatten som forsade över stenar, och en form som inte hörde hemma där. En kropp, hopkrupen mot ravinväggens bas där sluttningen mötte vattnet. Silverfärgat hår.

Jane Goulding.

”Brody var varsam”, sa Kirsty bakom henne. ”Hon gav knappt ett ljud ifrån sig när hon föll.”

Zaras händer skakade. Jane låg där nere i mörkret, i regnet, medan vattnet i bäcken steg runt henne. Hon kunde fortfarande vara vid liv, men det fanns ingenting Zara kunde göra härifrån utan att ta sig förbi Kirsty och Brody.

”Jag behövde hennes telefon, förstår du.” Kirsty log. ”Jag visste att ni hade pratat. Hon berättade allt för mig. Hon var faktiskt ganska imponerad av dig, och jag tror att du gillade henne, eller hur? Tillräckligt för att lita på henne när hon sa åt dig att möta henne här.”

Kirsty log fortfarande. Samma leende som hon bar på kommunens pressbilder, i sitt kampanjmaterial, vid lokala insamlingar. Det hade aldrig nått ögonen där heller.

”Brody är mycket duktig på att få saker att se ut som olyckor. Journalister faller från broar. De slår i huvudet. De drunknar i förtappade bäckar under stormar.” Kirsty tog ännu ett steg närmare. ”Det är tragiskt. Men sådant händer.”

Åskan rullade över himlen, långvarig och djup. Bron darrade under deras fötter. Zaras hand var fortfarande i fickan och greppade telefonen, i hopp om att människor någonstans, på något sätt, tittade. Att hennes prenumeranter hörde Kirstys ord. Att om det här gick snett skulle det åtminstone finnas ett spår efteråt.

Brody rörde sig bakom henne. Ett enda steg framåt, tålmodigt och oundvikligt, vilket minskade avståndet. Han stängde in Zara mellan sig och Kirsty.

Zaras andning blev snabbare. Hennes hjärna jagade efter alternativ, gick igenom varje hotfull situation hon någonsin lyckats prata sig ur. Men det fanns ingen utväg, ingen evakueringsplan. Bara en träbro i en liten australisk stad, och kvinnan som hade dödat en gång för elva år sedan och som uppenbarligen var beredd att göra det igen.

Telefonen i hennes ficka kanske sände. Eller så gjorde den ingenting alls.

”Försökte du knuffa ner Iris från bron?” sa Zara. ”Hennes skador stämde dock inte överens med ett fall. Lyckades hon komma undan?”

Kirstys ansiktsuttryck visade ännu en blixt av raseri. "Hon var snabbare än jag", sa hon, tjurig som en surmulen tonåring. "Jag sa till henne att hon måste sluta. Att vi skulle ruinera hennes föräldrar. Pappa kunde låta the Golden Horse bli underkänt vid en hälsoinspektion så att de skulle bli stängda för gott. Iris... hon var så dum!" Hennes röst steg till ett skrik. "Hon sa att det inte skulle rädda mig! Att jag aldrig skulle komma in på någon juridisk utbildning när hon väl avslöjat mig som en plagiatör!"

"Det var då du försökte knuffa ner henne", sa Zara. Hon kunde se det framför sig, de två flickorna som bråkade på bron. De kanske brottades när Kirsty tappade behärskningen. Iris telefon som föll ur hennes ficka och kilades fast under brons timmer när Iris slet sig loss och vände om för att springa.

"Pappa väntade på mig vid parkeringen." Kirstys röst var lägre nu. "Han skulle inte ha skadat henne, men hon såg honom och vände tillbaka och sprang nerför stigen i ravinen i stället. Jag sprang efter henne. Hon kanske hade kommit undan, men hon snubblade på en sten i vattnet och jag hann ikapp henne..." Hon tystnade ett ögonblick, sedan lyfte hon hakan och såg Zara rakt i ögonen. "Iron var min bästa vän, och jag höll hennes ansikte under vattnet tills hon slutade röra sig. Så om ni tror för en sekund att jag kommer att ångra att jag dödar er också så misstar ni er."

# Kapitel 20

Ljudet av springande steg på blött trä skar genom regnet, och Zara vände tvärt på huvudet mot brons parkeringssida. Sedan hördes Garretts röst, vass och befallande: "Polis! Upp med händerna där jag kan se dem!" Han stod vid änden av bron med sitt tjänstevapen draget och riktat mot Brody. Regnet strömmade nerför hans ansikte och han stod stadigt trots de hala plankorna under stövlarna.

Lättnaden sköljde genom Zara under en halv sekund innan kall metall pressades mot hennes tinning. Hon stelnade till.

"Släpp det, kriminalinspektören." Kirstys röst kom direkt bakom hennes vänstra öra, lugn och kontrollerad. Pistolpipan trycktes hårdare mot Zaras kranium. "Släpp vapnet eller så sätter jag en kula i huvudet på henne."

Zara slutade andas. Hon kände Kirstys hand, som var stadig trots regnet, och det lätta trycket av ett finger mot avtryckaren. Tolv år i fientliga miljöer och farliga intervjuer, och hon hade aldrig haft en pistol mot huvudet. Metallen var kallare än hon hade förväntat sig.

Garretts vapen darrade inte. Hans blick mötte Zaras tvärsöver bron, och hon såg hur han gjorde beräkningar bakom ögonen. Avstånd. Vinklar. Risker.

"Du vill inte göra det här, Kirsty", sa Garrett. Hans röst hade förändrats, fortfarande auktoritär men lägre, med tonfallet hos någon som försöker trappa ner situationen. "Du riskerar redan mordåtal för Iris."

"Jag riskerar livstids fängelse oavsett." Kirstys andedräkt var varm mot Zaras nacke, hennes röst kusligt stadig. "Vad spelar två kroppar till för roll?"

Åskan dånade ovanför dem, så högt att Zara kände det i bröstet. Blixten följde omedelbart och lyste upp bron i ett hårt vitt sken. I den blixten såg hon Brodys ansikte, lika uttryckslöst som alltid, med ena handen innanför jackan. Såg Garrett med vatten rinnande från näsan och fingret på varbygeln. Såg ravinen på båda sidor, det mörka tomrummet där Jane låg skadad nedanför.

"Jag sa släpp det!" Kirstys röst steg. Pistolen trycktes hårdare, det gjorde ont nu. "Jag kommer att döda henne, Garrett. Tro inte något annat."

"Jag vet att du kommer att göra det." Garretts tonläge förändrades inte. "Du har dödat förut. Du är bra på det. Men det kommer inte hjälpa dig nu."

Brody talade för första gången, med en röst som var tonlös och saklig. "Vi kan få det att se ut som om kriminalinspektören sköt henne. Nödvärn som gick snett. Det händer hela tiden."

"Håll käften, Brody." Kirstys hand darrade till lite. Pistolen flyttade sig mot Zaras hud.

Garrett lät blicken flacka mot Brody, sedan tillbaka till Kirsty. "Fler poliser är på väg. Varenda polis i stan. Tre minuter bort, kanske mindre."

Som på beställning skar sirener genom regnet. Avlägsna men allt närmare. Flera fordon av ljudet att döma.

"Då har vi ingen tid att förlora." Kirstys röst hade blivit kall. "Lägg ner pistolen, Garrett. Gå härifrån."

"Det kommer inte hända."

"Då dör hon."

"Hur skulle det hjälpa dig, Kirsty?" Garrett lät så lugn. Som om han inte stod i en storm och försökte resonera med en sociopat.

Zaras tankar rusade. Kirsty var längre och stod bakom henne med pistolen mot tinningen. Det fanns inget sätt att huka sig eller vrida sig undan utan att bli skjuten. Brody befann sig mellan Garrett och dem. Ravinen gapade på båda sidor. De satt fast i ett dödläge som skulle sluta med att hon dog om inget förändrades.

Tyngden i hennes ficka. Hennes telefon.

Hon hade tryckt på vad hon trodde var sänd-live-knappen, precis när Kirsty började prata. Telefonen hade vibrerat två gånger. Hon visste inte om det hade fungerat. Visste inte om någon tittade.

Sirenerna lät allt högre.

Zaras hand rörde sig långsamt, försiktigt, mot fickan. Kirsty verkade inte märka något, fokuserad som hon var på Garrett, på vapnet i hans händer och på de annalkande sirenerna. Zaras fingrar hittade telefonen genom att känna sig fram. Varm, lite fuktig. Skärmen borde lysa om hon hade träffat knappen.

Hon drog upp den och höll den så att Kirsty kunde se över hennes axel. Skärmen lyste upp hennes ansikte i ett kallt blått sken.

YouTube-appen var öppen. Livesändningen var igång. Tittarantalet i hörnet: över fyrtiotretusen och det steg stadigt. Kommentarer rullade förbi snabbare än hon hann läsa. Inspelningstid: 8:47 och den tickade vidare.

"Du kanske borde tänka om", sa Zara. Hennes röst lät stadigare än hon kände sig. "Det här har sänts live ända sedan jag kom hit. Över fyrtio tusen tittare och det blir fler för varje sekund. Vartenda ord du har sagt. Vartenda hot du har uttalat. Allt är inspelat och utsänt. Bara ljud fram till nu, men nu kommer de att kunna se oss."

Pistolen stannade kvar mot hennes huvud men Kirsty blev helt stilla. "Du ljuger."

"Kolla på skärmen." Zara vinklade telefonen något, i hopp om att kameran skulle peka rakt mot Kirstys ansikte. "Någon som kallar sig Salties69 skrev precis 'helvete, hon erkände det'. TrueCrimeJenny vill veta om det här är på riktigt eller regisserat. BrisbaneMum44 säger att hon ringer polisen." Hon gjorde en paus. "Även om det förmodligen är lite överflödigt vid det här laget."

Kirstys andning hade förändrats. Snabbare. Ytligare. Pistolen darrade mot Zaras tinning.

"Stäng av den", sa Kirsty.

"Det går inte. Det är redan ute. Även om jag avslutar sändningen nu har fyrtiotusen personer hört ditt erkännande. Hört dig erkänna att du mördade Iris Zhang och knuffade ner Jane Goulding från den här bron. Hört dig hota att döda mig." Zara höll rösten jämn. "Det är över, Kirsty."

Blixten flammade till igen. I det korta skenet såg Zara Garretts ansiktsuttryck: lättnad och något som kan ha varit skräck över vad hon just hade gjort.

"Stäng av den!" Kirstys röst sprack. Politiker-masken var borta, avskalad. Därunder fanns något yngre, mer skrämt. Flickan som hade hållit sin bästa vän under vattnet för elva år sedan och aldrig lyckats övertyga sig själv om att det inte var hennes fel.

"Även om jag stänger av sändningen så finns arkivet kvar", sa Zara. "Nedladdat av dussintals personer redan, förmodligen. Det är så internet fungerar. Ni kan inte ta tillbaka det här."

Sirenerna var nära nu. Blå och röda ljus fladdrade genom träden.

"Ni spelade in mig." Kirstys röst hade blivit helt uttryckslös. "Ni riggade det här."

"Ni sms:ade mig från Janes telefon och lockade hit mig för att döda mig", svarade Zara. "Jag dokumenterade vad som hände. Det är mitt jobb."

Pistolen föll bort från Zaras huvud. Hon hörde det våta ljudet av metall som träffade träplankor, Kirstys vapen som rasslade mot brodäcket. Hon kände hur Kirsty släppte greppet om hennes axel.

"Ner på knä", sa Garrett omedelbart, med vapnet fortfarande riktat mot Brody. "Händerna på huvudet. Båda två."

Kirsty sjönk långsamt ner, hennes rörelser var mekaniska. Hon förde upp händerna och flätade fingrarna bakom huvudet. Brody följde hennes exempel, hans ansiktsuttryck var fort-farande oberört, som om det bara var ännu en uppgift som skulle utföras att bli gripen.

Garrett rörde sig framåt med vapnet lyft och kontrollerade Brody först. "Händerna bakom ryggen." Han satte handfängsel på Brodys handleder, sträckte sig innanför hans jacka och plockade fram en pistol. Sedan plockade han upp Kirstys pistol, kontrollerade den och lät den glida ner i sin jackficka.

Sirenerna var precis där nu, flera fordon körde in på parkeringen. Bildörrar slogs igen. Röster ropade. Ficklampsstrålar skar genom regnet.

Garrett tittade på Zara tvärsöver bron. "Är du okej?"

Hon nickade, trots att hennes händer skakade och benen kändes ostadiga. Telefonen var fortfarande i hennes hand, sände fortfarande, och tittarantalet sköt fortfarande i höjden. Hon tittade på skärmen, på kommentarerna som rullade förbi. Någon hade redan gjort en skärminspelning av erkännandet. Flera stycken. Videon skulle finnas överallt till morgonen.

"Jane är där nere", sa hon, och hennes röst blev plötsligt angelägen. "De knuffade ner henne. Hon är skadad."

Garretts uttryck förändrades omedelbart. "Gå." Han pekade mot stigen som ledde ner till bäcken. "Jag tar hand om det här."

Zara avslutade livesändningen, stoppade ner telefonen i fickan och sprang mot stigen ner i ravinen. Nedstigningen var brant och förrädisk i regnet, mer ett förslag än en faktisk stig på sina ställen. Hon grep tag i eukalyptusgrenar för att få stöd, barken kändes sträv och blöt mot handflatorna, och fötterna slant på lövtäcket som förvandlats till hal sörja av skyfallet. Bakom henne hördes röster på bron, radioprat och Garretts stämma som instruerade de nyanlända polismännen. Inget av det spelade någon roll. Jane fanns här nere någonstans, kanske död i den stigande bäcken, men kanske, bara kanske, fortfarande vid liv.

"Jane!" Hennes röst bar genom regnet. "Jane, jag kommer!"

Stigen gjorde en hårnålskurva och dök brant nedåt. Zara halvsprang, halvglid nerför den och använde träden för att kontrollera farten medan lera geggade ner hennes stövlar. Ljudet av forsande vatten växte. Genom träden skymtade hon bäcken nedanför, mörk och strid, svullen av ovädret. Blixten flammade och lyste upp ravinen i ett fladdrande vitt sken, sedan blev det mörkt igen.

Hon nådde botten där stigen mötte bäckfåran. Vattnet forsade förbi, fotledsdjupt här, djupare i mittfåran. Uppströms, högt ovanför, kunde hon urskilja formen av brons undersida, och där, mot ravinväggen där lutningen var som brantast, en ljus form som inte hörde hemma där.

”Jane!” Zara vadade ut och flämtade till av kylan. Vattnet tröck mot hennes ben, starkare än det såg ut, och försökte få henne ur balans. Hon kämpade sig mot formen, mot det silvriga håret och den ljusa jackan som låg hopvikt mot klipporna.

Jane låg halvvägs på den steniga stranden, halvvägs i vattnet, med benen vridna i vinklar som fick det att vända sig i magen på Zara. Hennes ögon var öppna men ofokuserade, och när Zara nådde fram till henne gav hon ifrån sig ett ljud, hälften stön, hälften snyftning.

”Jag har dig.” Zara placerade sig bakom Jane och fick in armarna under den äldre kvinnans axlar. ”Jag har dig. Det kommer att bli bra.”

Janes tyngd var större än Zara hade förväntat sig. Hon tog spjärn med stövlarna mot en sten och lyfte, så att Janes huvud och överkropp kom upp ur vattnet. Jane skrek till och Zaras hjärta snördes samman.

”Jag vet att det gör ont. Jag är ledsen. Men jag måste hålla dig uppe.” Hon rättade till sitt grepp och kilade fast sig mot slänten medan hon tog Janes tyngd mot sin egen kropp. Vattnet forsade runt dem, högre nu än när hon först vadat i. Regnet gav inte med sig.

Janes andning var rosslig och hennes ansikte var grått trots mörkret. Men hennes ögon började fokusera nu och hittade Zaras ansikte.

"Zara", viskade hon.

"Jag är här. Hjälpen är på väg. Stanna hos mig bara."

"Kirsty." Janes röst sprack när hon sa namnet. "Jag trodde att hon ville prata om Iris. Att hon var redo att gå vidare, efter alla dessa år." Tårar blandades med regn i hennes ansikte. "Hon knuffade mig. Jag trodde att hon var min vän."

"Jag vet." Zara höll rösten stadig och kämpade mot kylan som trängde in i märgen. "Hon använde din telefon för att sms:a mig. Lockade hit mig på samma sätt."

Janes ögon spärrades upp. "Är du skadad?"

"Nej. Garrett kom hit i tid. Kirsty och Brody är båda gripna." Zara flyttade sitt grepp när Janes tyngd gled, och den forsande strömmen drog i hennes kropp. Hennes armar började skaka av ansträngningen och kylan. "De kommer inte att skada någon mer."

"Mina ben." Janes andhämtning stockade sig. "Jag känner inte mina fötter."

"Försök inte röra dig. Ambulanspersonalen är på väg." Zara tittade upp mot bron, mot ljusen som fladdrade genom träden. "Det dröjer inte länge nu."

Janes hand hittade Zaras arm och grep tag med svag kraft. "Hittade du henne?"

Under ett ögonblick förstod Zara inte. Sedan insåg hon vad hon menade. "Iris?"

"Hennes röst. Du sa att du letade efter hennes röst." Janes ord kom allt långsammare, lite sluddriga. Chocken började sätta in. "Hittade du den?"

"Ja." Zara drog Jane närmare och stramade åt sitt grepp. "Vi hittade hennes telefon. Hon lämnade inspelningar efter sig. Röstmemo, video. Hon dokumenterade allt som hände, allt som Kirsty gjorde. Hennes plagiat. Hoten. Varför de skulle träffas den kvällen."

"Hon visste." Jane slöt ögonen. "Hon visste att Kirsty kunde skada henne."

"Hon hoppades att hon inte skulle göra det. Men hon förberedde sig ändå." Zara kände hur Janes kropp blev tyngre, hur hon blev slapp. "Jane! Stanna hos mig. Håll dig vaken."

"Trött."

"Jag vet. Men du måste hålla dig vaken. Berätta om Iris. Berätta hur hon var på dina lektioner."

Janes ögon fladdrade upp. "Lysande." Ordet kom fram mjukt. "Den mest talangfulla elev jag någonsin undervisat. Hon såg saker som andra missade. Fick en själv att se dem också, genom sin kamera." En paus. "Hon påminde mig om varför jag blev lärare."

"Hon påminde dig om dig själv, tror jag." Zara fortsatte prata, hennes röst var stadig trots kylan och trots att det brände i armarna av att hålla Janes tyngd. "Det var vad du sa till mig när vi först träffades. Att hon hade karisma."

"Du har det också." Janes hand kramade åt lite om Zaras arm. "Samma sätt att ta in ett rum. Att få folk att lyssna."

"Då gör du bäst i att lyssna på mig nu. Håll dig vaken. Hjälpen är på väg."

Röster hördes uppifrån, någon som ropade instruktioner. Strålen från en kraftig ficklampa svepte över ravinen, hittade dem och stannade kvar.

"Hittade!" En mansröst uppifrån. "Två personer i vattnet. En verkar skadad."

"Allvarligt skadad!" ropade Zara tillbaka. "Brutna ben, eventuella ryggskador. Hon behöver en ryggbräda."

"Ambulanspersonalen kommer ner nu. Håll ut."

Zara tittade ner på Jane, på vattnet som steg runt dem, på sina egna händer som var vita av kyla. Hon hade hållit Jane i kanske tre minuter, men det kändes som en timme. Hennes axlar skrek, benen var domnade och utmattningen började krypa fram i utkanterna.

"Snart framme", mumlade hon. "Bara lite till."

Fickljuset guppade nerför stigen, åtföljt av röster och rasslet från utrustning. Två ambulanssjukvårdare dök upp, de rörde sig snabbt men försiktigt i den förrädiska slanten och bar på en ryggbräda och akutväska. En tredje person följde efter med mer utrustning.

"Vi tar över henne", sa den ledande sjukvårdaren, en kvinna med grått hår stramt tillbakadraget. Hon klev ut i vattnet utan tvekan, vadade över bäcken för att ställa sig över dem och bedömde Janes tillstånd med snabb effektivitet. "Ni gjorde det bra som höll henne stilla och över vattenytan."

Zara sjönk bakåt när de tog över, hennes armar föll ner längs sidorna, plötsligt helt kraftlösa. De uppmanade henne att ta sig upp ur vattnet, och hon satte sig på den steniga stranden och drog upp knäna mot bröstet medan hon tittade på när de satte en nackkrage på Jane, förberedde ryggbrädan och samordnade sina rörelser.

”Gå nu”, sa den gråhåriga sjukvårdaren, inte ovänligt, medan flera andra personer kom klättrande nerför stigen. ”Ni är nedkyld. Ta er upp till ambulansen.”

En av de yngre sjukvårdarna tog henne under armen och hjälpte henne upp. ”Kom nu. Ett steg i taget.”

Klättringen tillbaka var svårare än att ta sig ner. Zaras ben darrade vid varje steg, musklerna var slutkörda efter att ha hållit Jane, av det kalla vattnet och av adrenalinkicken som nu ebbade ut. Den unga sjukvårdaren höll ett stadigt grepp om hennes armbåge, guidade henne runt den värsta leran och lät henne luta sig mot honom när stövlarna slant. Hon grep tag i trädgrenar med stela fingrar, drog sig uppåt med hjälp av rötter och stammar, med en andning som kom i flämtningar som inte hade något med ansträngningen att göra utan berodde på att hennes kropp hade bestämt sig för att den inte orkade mer.

Stigen planade ut. Blå och röda ljus blinkade genom träden. Röster överallt, radioknaster, det organiserade kaoset vid en räddningsinsats i full gång. Zara drog sig upp de sista metrarna och kom ut i ljuset på parkeringen.

Fyra polisbilar, tre ambulanser, en brandbil. Brottsplatsavspärrning höll redan på att sättas upp runt gångbrons ingång. Regnet hade avtagit till ett envist duggregn. Portabla arbetsstrålkastare dränkte allt i ett platt vitt sken som fick hennes ögon att värka.

Hon tittade mot bron. Kirsty var redan borta, bortförd. En av polisbilarna körde ut från parkeringen med blinkande ljus, ett blekt ansikte syntes genom bakrutan ett ögonblick innan fordonet svängde ut på vägen och försvann. Brody höll på att lastas in i en annan bil med händerna fängslade bakom ryggen, guidad av två poliser in i baksätet. Han gjorde inget motstånd. Hans ansiktsuttryck var lika tomt som det hade varit på bron.

Garrett stod nära gångbrons ingång och iakttog deras arbete. När han såg Zara rörde han sig mot henne.

Sjukvårdaren släppte hennes armbåge. "Jag borde kolla er för hypotermi."

"Om en minut", sa Zara.

Garrett nådde fram till henne, krängde av sig jackan och lade den om hennes axlar. Tyget var fuktigt men varmare än hennes genomblöta skjorta. Hon drog den tätt omkring sig.

"Jane?" frågade han tyst.

"Vid liv. Båda benen brutna, förmodligen värre än så. Men hon var vid medvetande och pratade." Zaras röst lät hes, strupen var rå efter att ha ropat i regnet. "Kirsty sa till henne att hon ville prata om Iris. Lätta sitt samvete. Jane litade på henne."

"Kirsty är bra på att få folk att lita på henne." Garretts käkar spändes. "Hon har haft mycket träning."

De såg sjukvårdarna arbeta sig uppför stigen med ryggbrädan. Även på det här avståndet kunde Zara se Janes ansikte, blekt och tärat, och nackkragen som lyste kritvit mot hennes silvriga hår. Ambulansdörrarna stängdes och den körde iväg med blåljus mot sjukhuset.

En polis närmade sig Garrett, en ung kvinna med håret stramt uppsatt. "Sir, vi har säkrat platsen. Brody Lygon håller på att transporteras. Kirsty Cannon är redan på stationen och kräver sin advokat."

”Bra.” Garretts röst blev professionell igen. ”Jag vill ha vittnesmål från alla som varit här. Och se till att någon från it-brott säkrar den där livesändningen.”

”Redan fixat, sir. Hela sändningen har arkiverats.” Polisen sneglade på Zara. ”Femtioåttatusen tittare som mest. Det är överallt på sociala medier. Hundratusentals ser reprisen i detta nu.”

Garrett nickade. ”Jag är på stationen inom en timme.”

Polisen gick. Garrett vände sig tillbaka till Zara, och den yrkesmässiga masken föll. ”Du skakar.”

Det gjorde hon. Hela kroppen darrade, tänderna hackade. ”Jag mår bra.”

”Du är nedkyld.” Han tittade mot den andra ambulansen. ”Du måste bli undersökt.”

”Om en minut.” Hon ville inte röra på sig än. ”Ge mig bara en minut.”

Han argumenterade inte. Han lade armen om hennes axlar och drog henne intill sin sida. Zara lutade sig mot honom när hennes kropp bestämde sig för att det krävdes för mycket ansträngning att stå upprätt på egen hand.

De stod så vid kanten av parkeringen medan duggregnet föll runt dem och utryckningsljusen färgade allt i skiftande kulörer. Ingen av dem sa något.

”Det är över”, sa Zara tyst.

Garretts arm stramades åt om henne. ”May och David kommer äntligen att få veta.”

”Ja.” Hon pausade. ”Vi höll våra löften.”

Regnet slutade. Ovanför dem började molnen skingras och glimtar av stjärnor syntes.

"Kom nu", sa Garrett. "Nu ser vi till att du blir undersökt."

Zara nickade mot hans axel. De gick tillsammans mot den väntande ambulansen, med hans arm fortfarande om henne och hennes steg ostadiga.

# Kapitel 21

Garretts vardagsrum kändes trångt med fem personer samlade där, den slitna lädersoffan och de två fåtöljerna var placerade runt ett soffbord belamrat med fallanteckningar och hennes bärbara dator. Utanför var natten kylig och klar efter två dagars regn, men gardinerna var fördragna och rummet lystes endast upp av en golvlampa i hörnet och en mindre på sidobordet. May och David Zhang satt tillsammans i soffan. De rörde inte vid varandra men satt nära, och Davids armar var hårt korsade över bröstet. Vince Thorne satt i en av fåtöljerna, långt framåtlutad som om han skulle kunna rusa iväg när som helst. Zara tog den andra stolen, vinklad så att hon kunde se allas ansikten. Garrett stod nära dörröppningen, inte riktigt i rummet, inte riktigt utanför.

Fem dagar hade gått sedan konfrontationen på gångbron, och Zaras revben värkte fortfarande där hon tagit emot Janes tyngd. Sjukhuset hade friskförklarat henne från hypotermin efter en timme under värmefiltar och varmt, sött te, även om de insisterat på att hålla henne kvar över natten för observation.

Det hade varit kritiskt för Jane under några timmar, men till slut stabiliserades hon och genomgick en operation där hennes ben fästes ihop med metallspikar. Hon skulle bli kvar på sjukhuset ett tag till, tills hon kunde ta hand om sig själv hemma igen. Kirsty och Brody hade båda snabbt flyttats till Brisbane eftersom Salt Creeks arrestceller inte på något sätt var utrustade för långvarigt förvar. En domare hade nekat borgen vid den första förhandlingen och hänvisat till att de utgjorde en potentiell fara för allmänheten. Det skulle dröja månader innan rättegången hölls, men för tillfället satt de båda bakom galler.

Nyheterna hade plockat upp historien från hennes livestream; hennes telefon och telefonerna på Salt Creeks polisstation hade inte slutat ringa. Men inget av det spelade någon roll just nu. Det som betydde något var laptopen på soffbordet och filen som väntade på att öppnas.

"Te", sa Garrett, och ordet bröt tystnaden. "Jag sätter på vatten."

May nickade utan att se på honom. Hennes händer vilade i knäet, fingrarna hårt sammanflätade. David hade inte sagt ett ord sedan de kommit, han hade bara följt efter May in och satt sig där hon satt.

Vince rörde sig i stolen så att lädret knarrade. Han hade gått ner i vikt sedan Zara först träffade honom på motellet, hans ansikte var magrare, hårdare. Han bar en vardaglig grå tröja och jeans, och arbetsskorna var fortfarande hårt snörda.

Garrett rörde sig mot köket. Zara hörde kranen rinna och klicket när vattenkokaren slogs på.

Hon tittade på laptopen. Videon de skulle se var helt enkelt döpt till "Iris_Final_Oct15_2014.mp4". Elva minuter av en flicka som inte hade en aning om att hennes bästa vän var på väg att mörda henne.

May hämtade andan med ett ryck. Zara sneglade mot henne och såg tårar som redan rann nerför hennes ansikte, tysta och stadiga. Hon snyftade inte, gav inte ifrån sig något ljud alls. Hon grät bara så som man gör när tårarna har väntat i elva år på att få falla.

Davids hand flyttades till Mays knä. Mays hand täckte hans.

Garrett kom tillbaka med en bricka, fyra muggar te och ett litet fat med kex som ingen skulle äta. Han ställde den på soffbordet. May tog en mugg med båda händerna och kupade dem om den. David skakade på huvudet åt den erbjudna muggen. Vince tog en men drack inte.

Garrett blev stående nära dörröppningen med armarna i kors.

"Innan vi börjar", sa han lågt, "måste jag förklara vad ni kommer att få se."

May såg på honom.

"Det här är en video som Iris spelade in på kvällen den femtonde oktober 2014. Dagen hon dog." Garretts röst var stadig. "Hon filmade den med sin telefon, som May och Zara hittade fastklämd under gångbron för två veckor sedan. Videon fanns på ett microSD-kort som hade överlevt elva år av väder och vind. En talangfull dataspecialist lyckades återskapa allt, och jag har fått tillstånd från Åklagarmyndigheten att visa just den här videon för er. Det här är det viktigaste beviset, och Zara ville se det tillsammans med er. Vi är glada att ni alla gick med på att komma hit ikväll."

Davids hand hårdnade om Mays knä.

"I videon dokumenterar Iris varför hon skulle träffa Kirsty den kvällen. Hon förklarar om plagiatet, om att Kirsty stulit hennes ansökningsportfölj. Hon pratar om att hon försöker lösa det, om att ge Kirsty chanser att göra det rätta." Garrett tystnade. "Hon gör det också tydligt att hon var medveten om att det kunde få konsekvenser. Att hon var rädd, men att hon tänkte träffa Kirsty ändå.”

Vince gav ifrån sig ett ljud, hälften utandning, hälften något brustet.

Zara ställde sitt te på sidobordet och lutade sig framåt. ”Videon är elva minuter lång. Iris talar direkt in i kameran. Hon är mycket tydlig och detaljerad.” Hon tittade på May och David. ”Den är svår att se på. Men den är också en gåva. Hon ville att folk skulle få veta sanningen. Hon dokumenterade allt så att sanningen skulle överleva även om något hände henne.”

”Min dotter”, sa David. De första orden han sagt sedan de anlänt. Hans röst var sträv, nästan ohörbar. ”Min dotter visste att någon kunde skada henne, och hon gjorde en video.”

Ingen svarade. Det fanns inget att säga.

Garrett gick fram till laptopen och letade upp filen. Markören svävade över den.

”Är ni redo?” frågade han och tittade på May och David.

May nickade. David nickade också.

Garrett sneglade på Vince. ”Du behöver inte se det här.”

Vince skakade på huvudet. ”Jag måste se henne.” Hans röst brast. Han svalde. ”Jag måste vara här.”

Det blev alldeles tyst i rummet. Garrett tittade på Zara. Hon nickade. Han tryckte på play.

Skärmen fylldes av Iris Zhangs ansikte. Sjutton år gammal, levande, och hon såg rakt in i kameran med mörka ögon som rymde lika delar rädsla och beslutsamhet bakom sina rektangulära glasögon.

”Mitt namn är Iris Zhang”, sa hon, hennes röst var klar och stadig. ”Det är den femtonde oktober 2014, och jag måste dokumentera vad jag har upptäckt för om något händer, måste folk få veta sanningen.”

May kippade efter andan. Davids hand täckte nu hennes helt.

Iris fortsatte prata. Ung och rädd och så säker på sina principer. Hon förklarade om Kirsty, om plagiatet, om beslutet hon fattat att anmäla det trots att hon visste vad det kunde kosta.

Zara iakttog människorna i rummet istället för skärmen. Hon hade sett den här videon flera gånger nu. Men att se May och David höra sin dotters röst för första gången på elva år var något helt annat.

Teet kallnade. Och Iris Zhang, död sedan elva år, fick äntligen berätta sin historia.

Iris röst fyllde det lilla rummet, klar och beslutsam trots darrningen under ytan. Hon satt i sitt flickrum i videon; Zara kände igen den blågröna väggen från fotografierna och hörnet av en affisch som syntes bakom hennes vänstra axel. Hennes glasögon fångade ljuset från skrivbordslampan.

”Jag har varit vän med Kirsty Cannon sedan vi gick i förskolan tillsammans”, sa Iris. ”Jag litade fullständigt på henne. Så när jag märkte att någon varit inne i några av mina projektfiler när jag inte var hemma, och när mitt USB-minne låg på ett annat ställe än där jag lämnat det, så sa jag till mig själv att jag var paranoid.”

May gav ifrån sig ett svagt, sargat ljud. David lade armen om hennes axlar.

På skärmen sköt Iris upp glasögonen på näsan. Gesten var så vardaglig, så levande, att Zara kände hur det snördes åt i hennes egen hals.

”Men jag var inte paranoid”, fortsatte Iris. ”Jag kontrollerade min dators åtkomstloggar, de som pappa lärt mig läsa. Kirsty kopierade hela min kreativ portfölj. Allt jag har arbetat med för min QCA application.”

Iris förklarade hur hon hittat de stulna filerna på Kirstys laptop, om konfrontationen, om Kirstys tårar och bortförklaringar. Hennes röst förblev samlad och saklig, men därunder kunde Zara höra smärtan.

”Hon tiggde mig att inte berätta för någon. Sa att hon var desperat, att hennes pappa skulle döda henne om hon inte kom in på ett bra universitet, att hon hade drabbats av panikattacker på grund av ansökan.” Iris ansiktsuttryck på skärmen var sorgset, besviken. ”Hon sa att det bara var ett utkast, att hon tänkte skapa sitt eget arbete så småningom. Men sista ansökningsdagen hade redan passerat. Hon hade redan skickat in mitt arbete som sitt eget.”

Videon fortsatte. Iris beskrev plagiatet med samma grundlighet som hon ägnat sina medieprojekt. De olika universitetsfakulteterna, den låga sannolikheten att bli upptäckt, den kalkylerade naturen i Kirstys stöld. Sedan sms-meddelandena, den eskalerande desperationen i Kirstys meddelanden, hoten beslöjade som böner.

”’Du förstör för mig’”, läste Iris från sin telefon på skärmen. ”’Jag kan inte sova. Kan inte äta. Du ruinerar mitt liv för en dum video.’” Hon såg in i kameran. ”Det är inte dumt för mig. Det är mitt arbete. Mina idéer. Min röst.”

Mays tårar föll snabbare nu. David drog henne närmare, hans haka vilade mot hennes hjässa och hans ögon var hårt slutna.

Iris pratade om Kirstys pappa, om Richard Cannons makt i Salt Creek, om risken för hennes föräldrars restaurang. Hon bekräftade alltihop med den noggranna logiken hos någon som tänkt igenom saken ur alla vinklar. Och sedan sa hon, helt enkelt: "Men jag kan inte låta det här passera. Det handlar inte bara om mitt arbete. Det handlar om vad som är rätt."

"Jag ska träffa Kirsty ikväll vid gångbron efter att jag slutat jobba", sa Iris. "Hon bad om en sista chans att övertala mig. Jag ska ge henne den. En sista chans att själv göra det rätta."

Vinces hand föll från munnen för att istället gripa tag i armstödet.

"Om hon inte gör det", fortsatte Iris, "skickar jag in anmälningarna på måndag. Till UQ, till QCA, till alla som behöver veta. Och om något händer mig..." Hon tystnade, och för första gången syntes osäkerhet i hennes ansikte. "Om den här videon ses för att jag inte är kvar för att anmäla det själv, då måste ni veta: det var ingen olycka."

Mays snyftning bröt fram, dämpad mot Davids bröst. Han lyfte handen för att stötta hennes bakhuvud.

"Det finns kopior av alla de här filerna på min bärbara dator", sa Iris, med starkare röst igen. "Allt är dokumenterat. Plagiatet, sms-meddelandena, alltihop. Kirsty Cannon stal mitt arbete, och när jag inte lät henne komma undan med det, så..."

Hon tystnade. Skakade på huvudet. Ett litet, sorgset leende.

"Nej. Jag är paranoid. Kirsty skulle aldrig faktiskt skada mig. Vi har varit vänner sedan vi var små. Hon är bara rädd och desperat." Iris såg rakt in i kameran, rakt på dem tvärs över elva år. "Vi ska prata, och hon kommer att förstå. Hon kommer att inse att det är viktigare att göra det rätta än..."

Videon tog slut. Mitt i en mening blev skärmen svart, tidsstämpeln frusen vid 17:17. Elva minuter och fyra sekunder av en flicka som inte trott att hennes bästa vän verkligen skulle skada henne, och som fått betala för den felräkningen med sitt liv.

Tystnaden i Garretts vardagsrum var total. Datorns fläkt surrade lågt.

Mays andning hade blivit tung och ojämn. David höll om henne, hans eget ansikte var nu vått. Vince grät öppet, utan att försöka dölja det. Muggen hade vid något tillfälle fallit ur hans händer och låg på sidan på mattan, medan teet sögs upp av tyget.

Garrett hade inte rört sig från sin plats vid dörren. Hans armar var fortfarande korsade men hans huvud var sänkt. När han till slut tittade upp var hans ögon rödkanstade.

Zaras egen blick hade blivit suddig. Hon hade sett videon förut, flera gånger. Hon trodde att hon var förberedd. Men att se den tillsammans med Iris föräldrar, tillsammans med pojken som hade älskat henne, var något helt annat.

Mays snyftningar var det enda ljudet. Låga, hjärtslitande, sorgen hos en mor som hör sin döda dotters röst och tvingas förlora henne ännu en gång.

Laptopens skärm hade mörknat när det automatiska vänteläget slogs på. Det blå skenet försvann och efterlämnade endast det varma gula ljuset från golvlampan.

May lyfte huvudet från Davids bröst. Hennes ansikte var flammigt, hennes ögon svullna. Hon tittade på den mörka laptopen under en lång stund, och såg sig sedan om i rummet.

”Hon blir äntligen hörd”, sa May. Hennes röst var knappt hör-
bar, hes och sargad. ”Efter elva år. Min dotter blir äntligen
hörd.”

Vince ställde sig hastigt upp. Hans stol skrapade mot golvet.
”Jag behöver lite luft”, sa han med kvävd röst. ”Förlåt, jag måste
bara...”

Han avslutade inte meningen. Han rörde sig bara mot dörren.
Garrett steg åt sidan för att låta honom passera. Ytterdörren
öppnades och stängdes, försiktigt och tyst trots hans uppenbara
förtvivlan.

Genom fönstret kunde Zara se honom stå på den lilla verandan
med ryggen mot huset, axlarna uppdragna och händerna i fick-
orna.

David tog ner sina korsade armar. Rörelsen verkade kräva
ansträngning. Hans händer föll ner på knäna och lyftes sedan
för att gnugga ansiktet. När han sänkte dem såg han på Garrett.

”Elva år”, sa David. ”Du bar på det här i elva år.”

Garrett rörde sig mot väggen. ”Jag bar det inte tillräckligt bra.
Om jag hade...”

”Du var poliskonstapel”, avbröt David. ”De tystade dig. Flyt-
tade dig när du inte slutade ställa frågor.” Hans röst var sträv
men stadig. ”Du kunde ha låtit det bero. Men det gjorde du
inte.”

”Nej. Jag kunde inte.”

May sträckte sig efter en pappersnäsduk från asken på soffbor-
det. Hon torkade ögonen och snöt sig. ”Jag anklagade dig först”,
sa hon lågt. ”När vi hörde att du hade blivit flyttad. Jag trodde
att du hade gett upp hoppet om Iris, precis som alla andra.”

”Jag gav aldrig upp.”

”Tack”, sa May. ”För att du inte glömde bort henne.”

Garrett nickade en gång. Han var inte bra på att ta emot tack-samhet, det hade Zara lärt sig.

Zara reste sig upp, hennes ben var stela efter att ha suttit ner. ”Vill ni ha mer tid med videon? Vi kan lämna er ifred så att ni kan se den igen.”

May lade sin hand över Zaras på soffbordet. ”Stanna”, sa hon. ”Snälla. Jag kan inte vara ensam med den än.”

”Självklart.”

Davids blick vändes mot Zara. ”Och du. Du kom, och du pres-sade på när alla andra hade gått vidare.”

”May bad mig ta reda på vad som hände. Jag höll mitt löfte.”

”Det gjorde ni båda två.” Davids röst brast en aning. Han hark-lade sig. ”Tack. För att ni gav oss vår dotters röst tillbaka.”

Garrett rörde sig från väggen och ställde sig bredvid Zaras stol. Hans fingrar vidrörde lätt hennes axel.

Ytterdörren öppnades tyst. Vince kom in igen, hans ansikte var nu samlat även om hans ögon var röda. Han satte sig inte i stolen igen, utan lutade sig bara mot väggen nära dörren. Han höll sig nära men ändå avskild.

”Hon brukade spela in allt”, sa Vince. Hans röst var låg, som om han talade till sig själv. ”Redan då. Hon riktade kameran mot något och man tänkte: ”Vad filmar hon det där för?” En spricka i asfalten. En fågel på en tråd. Sedan visade hon en färdigklippt version och då såg man vad hon hade sett.” Han svalde. ”Hon såg saker som ingen annan såg.”

Mays ansikte förvreds vid det, och nya tårar föll. Men hon nickade. ”Det stämmer precis.”

Rummet föll in i ett annat slags tystnad. Inte den andlösa tystnaden före videon eller den tunga sorgen efteråt, utan något som mer liknade en utmattad frid. Det värsta var över. De hade bevittnat det som behövde bevittnas.

May ställde sin temugg på soffbordet. ”Kommer vi att kunna få en kopia? Av videon?”

”När den rättsliga processen är klar”, sa Garrett. ”Beviset måste förvaras säkert fram till efter rättegången. Men ja. Jag ska se till att ni får kopior på allt. Alla Iris inspelningar, bilderna, sms-meddelandena. Allt vi återskapade från hennes telefon.”

May nickade. ”Jag vill höra hennes röst igen. Så många gånger jag bara kan.”

Davids arm stramades åt om henne. Han sa inget, men hans ansiktsuttryck sa allt.

Garrett fann Zaras hand i utrymmet mellan dem, hans fingrar flätades kort samman med hennes. Beröringen var varm och trygg.

Det skulle bli advokater och formella uttalanden och rättvisans långsamma kvarnar. May och David skulle behöva sitta igenom en rättegång, höra sin dotters mord beskrivas i kliniska detaljer, möta Kirsty Cannon i en rättssal.

Men ikväll, i detta lilla varma rum, hade Iris Zhangs föräldrar hört sin dotters röst. De hade fått veta sanningen om hennes död. De hade återfått, om än inte sin dotter, så åtminstone vissheten i att veta.

Det skulle vara tvunget att räcka.

# KAPITEL 22

Trappan utanför Brisbanes domstolsbyggnad var bred, den grå stenen nött och slät av årtionden av fötter som burit domar ut i världen. Hon stod tre trappsteg från toppen, med en professionell kameraman två steg nedanför – den sortens inhyrda expertis hon aldrig hade haft råd med förrän nu.

Sex månader hade gått sedan händelsen vid gångbron. Sex månader sedan Kirsty Cannon greps. Och nu, denna förmiddag, hade en dom på tjugofem år avkunnats i en rättssal där Zara suttit i tre veckor i sträck och sett rättvisan röra sig i sin glaciala takt.

Den tunna blusen hon valt på morgonen kändes för tunn för luftkonditioneringen som dånat genom domstolen hela dagen, men här ute i den sena eftermiddagssolen i augusti var den perfekt. Skräddarsydda byxor, håret tillbakadraget i en prydlig hästsvans, minimalt med smink. Professionell men utan att spela en roll. Hon hade lärt sig skillnaden.

Dev stod nära trappans slut, utanför bild men tillräckligt nära för att hon skulle se honom. Han hade kommit till rättegångens alla dagar, suttit på åhörarläktaren med sin bärbara dator och fört anteckningar på det där intensiva sättet han hade när han var helt engagerad. Nu gav han henne tummen upp, en gest som var lite klumpig men uppriktig.

Kameramannen, Andy, justerade något på sin utrustning. ”Redo när du är.”

Zara nickade. Hon hade skrivit inslaget i går kväll, reviderat det i morse och gått igenom det två gånger i huvudet under lunchrasten. Orden fanns där. Hon behövde bara leverera dem.

Andy räknade ner med fingrarna. *Tre, två, ett*. Det röda ljuset på kameran tändes.

”Det här är Zara Langley, rapporterande från Supreme Court of Queensland i Brisbane.” Hennes röst var stadig, med den där podcast-kadensen hon återuppbyggt under månader av arbete. ”I dag dömdes Kirsty Cannon till tjugofem års fängelse för mordet på sjuttonåriga Iris Zhang i oktober 2014. Domen markerar slutet på en elva år lång utredning av ett dödsfall som avskrevs som en olycka fram till dess att bevis framkom som bevisade motsatsen.”

Fakta var lättare. Fakta kunde hon leverera utan att känna dem.

”Rättegången pågick i tre veckor. Åklagarsidan presenterade teknisk bevisning, vittnesmål och, mest betydelsefullt, inspelningar som Iris själv gjorde den dag hon dog. Dessa inspelningar, som återskapats från Iris mobiltelefon efter elva år, dokumenterade det plagiat som ledde till mordet på henne och Iris beslut att anmäla det, trots att hon kände till det personliga priset.”

En man i kostym gick förbi bakom henne med en portfölj i handen, utan att titta på dem. Staden fortsatte sitt liv. Bussar, trafik, människor som slutade sin arbetsdag. Likgiltiga inför domar.

"Kirsty Cannons försvar hävdade att dådet inte var planerat, att en konfrontation eskalerade utom hennes kontroll." Zara höll blicken fäst vid kameran, på Andys ansikte precis bredvid linsen. "Juryn avfärdade detta argument. Bevisningen visade på planering. Uppsåt. Lockbetet som förde Iris till gångbron den natten, lögnerna som berättades för att dölja det, de elva åren av tystnad medan Iris föräldrar sörjde en dotter som de fått höra hade drunknat i en olycka."

Hon gjorde en paus. Manuset krävde det, ett ögonblick för att låta det sjunka in. Men pausen blev längre än planerat eftersom Iris ansikte dök upp i hennes huvud, flickan i den där sista videon, som var så säker på att hennes vän inte på allvar skulle skada henne.

Rösten brast när hon fortsatte. Bara lite, ett halvsekunds hackande som Andy förmodligen skulle klippa bort senare om hon bad honom.

"Iris Zhang var en begåvad konstnär. En kärleksfull dotter. En principfast ung kvinna som trodde att det betydde mer att göra det rätta än att skydda en vänskap byggd på lögner." Zara kände hur det stramade i halsen. Hon pressade sig igenom det. "Hon dokumenterade sin historia för att hon misstänkte att hon kanske inte skulle överleva för att berätta den själv. Och på grund av den dokumentationen, på grund av hennes förutseende och mod, har hennes mördare nu ställts till svars."

Orden kändes otillräckliga. Tjugofem år för ett liv.

"Detta fall skulle inte ha nått rättegång utan kriminalkommissarie Garrett Pennells beslutsamhet, som ägnat elva år åt att jaga bevis som begravts genom korruption inom Queensland Police Service. Den före detta polisinspektören Malcolm Finch dömdes förra månaden till sex års fängelse för sin roll i mörkläggningen av mordet på Iris. Brody Lygon, som agerade medhjälpare och deltog i mordförsöket på Jane Goulding, fick femton år.”

Dev hade rört sig närmare under inslaget. Hon kunde se honom i periferin, med händerna i fickorna, iakttagande.

”Familjen Zhang har bett mig tacka alla som stöttat utredningen. De medlemmar i samhället som klev fram med information. De tekniska experter som återskapade avgörande bevis.” Hon tillät sig ett litet leende. ”Och lyssnarna till De förlorade australierna, som vägrade låta den här historien glömmas bort.”

Leendet kändes ovant på hennes läppar. Hon var inte van vid att le i de här inslagen. Men det var uppriktigt, så hon behöll det.

”Det här är det sista avsnittet av *Flickan i bäcken*. Iris historia har berättats. Hennes familj har fått den sanning de väntat i elva år på att få höra. Och även om ingenting kan få henne tillbaka, även om ingen dom verkligen kan väga upp det som togs ifrån dem, så skipas nu rättvisa. Bristfällig, ofullständig, framme för sent. Men likväl rättvisa.”

Hon stod stilla ett långt ögonblick och tittade rakt in i kameran.

”Tack för att ni har lyssnat. Tack för att ni brytt er om en flicka ni aldrig mött, i en stad ni förmodligen aldrig kommer att besöka. Tack för att ni tror på att sanningen betyder något, även när den är djupt begravd och skyddad av människor med makt.” Hennes röst stabiliserades, blev starkare. ”De förlorade australierna återkommer snart med ett nytt fall. Fram till dess är jag Zara Langley, och jag tackar för mig.”

Andy fortsatte filma i ytterligare några sekunder och sänkte sedan kameran. ”Satt som en smäck. Det var perfekt, en tagning.”

Spänningen som hållit Zaras rygg rak släppte på en gång. Hon kände hur hållningen sjönk ihop och hennes andetag kom ut i en lång utandning. Tyngden av att ha burit Iris historia i sex månader, av att ha suttit igenom rättegången, av att ha sett Kirstys ansikte när domen lästes upp – allt lättade precis tillräckligt för att hon skulle kunna andas ordentligt för första gången på flera veckor.

Dev sprang uppför trappstegen med ett brett flin. "Det där var strålande. Du satte den totalt. Det där om att rättvisan är bristfällig men verklig? Perfekt."

"Tack." Hon lyckades få fram ett riktigt leende nu. "Jag hade inte kunnat göra något av det här utan dig. Mobildatan var allt."

"Ja, tja." Devs kinder hettade. "Jag bara återskapade den. Det var du som visste vad du skulle göra med den."

Andy granskade filmmaterialet på kamerans skärm. Zara gick fram för att titta över hans axel. Inramningen var bra, domstolsbyggnaden syntes bakom henne, ljuset föll över hennes ansikte utan att bleka ut det. Hon såg trött ut på skärmen, äldre än sina trettiotvå år, men det fanns något gediget i hennes ansiktsuttryck som inte funnits där för ett år sedan.

"Vi är klara", sa Andy. "Jag skickar den redigerade versionen till dig i morgon bitti."

"Tack." Zara skakade hans hand. "Jag uppskattar att du kom hit för det här."

"Skulle inte ha missat det; jag blev smickrad att du ringde. Den där livesändningen du gjorde vid bron?" Han visslade lågt. "Du har verkligen en talang för att vara på rätt plats vid katastrofalt fel tidpunkt."

Zara skrattade, överraskad av reaktionen. "Det är ett sätt att se på det."

Andy började packa ihop sin utrustning. Dev hjälpte honom att rulla ihop kablar, och de två arbetade i kamratlig tystnad.

Zara vände sig tillbaka mot domstolstrappan och såg upp mot byggnadens imponerande fasad. Någonstans där inne höll Kirsty Cannon på att registreras, förberedas för transport till den kriminalvårdsanstalt där hon skulle tillbringa de kommande två och ett halvt decennierna.

May Zhang dök upp högst upp i trappan med David vid sin sida. De rörde sig båda långsamt, som om domen lagt till en fysisk tyngd. Zara rätade på sig.

Mays ansikte var samlat, men hennes ögon var rödkanstade. Davids uttryck var svårare att tyda, hans anletsdrag var lagda i en noggrann neutralitet, men hans hand svävade nära Mays armbåge medan de gick ner, redo att stötta henne om det behövdes.

May sa ingenting först. Hon tog bara ett steg framåt och slog armarna om Zara i en omfamning som var våldsam trots Mays lilla kroppshydda. Zara kände den äldre kvinnans axlar skaka och fann sig själv besvara kramen med samma kraft.

"Tack", viskade May mot hennes öra. "För att du höll ditt löfte."

Det stramade i halsen på Zara. Hon bara höll om henne tills Mays grepp lossnade och de skildes åt.

David steg fram och sträckte ut handen. Zara tog den och väntade sig ett enkelt handslag, men Davids vänstra hand kom också upp och täckte hennes.

"Vår dotter,", sa han med sträv röst. "Du gav henne tillbaka till oss. Inte hennes liv, men hennes röst." Han gjorde en paus. "Det betyder något. Mer än jag kan säga."

”Hon förtjänade att bli hörd.”

David nickade och släppte hennes hand, och lade återigen armen om sin hustru. De två passade ihop som delar som nötts släta av åratal av närhet, Mays axel instucken i utrymmet under Davids arm.

”Tjugofem år”, sa May. Hon prövade tyngden i orden.

”Möjlighet till villkorlig frigivning efter sjutton”, svarade Zara. ”Men med tanke på omständigheterna, med mörkläggningen och mordförsöket på Jane, kommer övervakningsnämnden inte att vara välvilligt inställd.”

”Bra”, sa David. Kort. Definitivt.

En rörelse högst upp i trappan fångade Zaras uppmärksamhet. Jane Goulding var på väg ner, med ena handen på räcket och den andra hårt om en käpp. Hennes nedstigning var försiktig men stadig, den lätta hältan i höger ben var den enda synliga påminnelsen om fallet. Sex månader av sjukgymnastik hade gjort underverk, men Zara tvivlade på att Jane någonsin skulle röra sig på riktigt samma sätt igen.

Bakom Jane, stående lite för sig själv, fanns Vince Thorne.

Jane nådde fram till dem, lite andfådd av trapporna. Hennes silverfärgade hår var kortare än Zara mindes det, kanske lättare att sköta än den tidigare eleganta bobben. Hon bar en lös linneskjorta och bekväma byxor, förnuftiga lågskor. Den sortens kläder man bär när man lärt sig prioritera funktion framför form.

”Zara.” Janes röst var varm trots utmattningen i ansiktet. Hon flyttade käppen till vänster hand och kramade om Zaras arm. ”Roligt att se dig.”

”Tack för att du kom. Hur känner du dig?”

”Gammal.” Janes mun ryckte till. ”Men levande, vilket kändes osannolikt ett tag där.” Hennes fingrar hårdnade kort om Zaras arm, och i den lilla gesten kände Zara allt det Jane inte kunde eller ville säga. Skräcken i fallet. Det kalla vattnet. Timmarna av kirurgi.

”Envis”, la Jane till. ”Det är vad sjukgymnasterna säger. För envis för att låta ett fall från en bro sakta ner mig.”

Vince hade gått nerför trappstegen medan de pratade, med händerna i fickorna. Han stannade några steg bort, utan att riktigt ansluta sig till gruppen. Han hade klätt upp sig för domen: skjorta, rena chinos, putsade kängor. Hans ögon var rödkanstade.

Efter ett ögonblick steg han fram. ”Zara.” Han sträckte ut handen och hon tog den. Han höll kvar längre än ett handslag krävde.

”Iris skulle vara tacksam”, sa Vince med osäker röst. ”Att du inte lät dem glömma henne.”

”Jag önskar att jag hade kunnat göra det tidigare.”

”Du gjorde det när du kunde.” Vince släppte hennes hand och tittade förbi henne, mot domstolsbyggnaden. ”Jag har tillbringat elva år med att försöka att inte tänka på henne för mycket. Försöka gå vidare. Men hon fanns alltid där.” Han skakade på huvudet. ”Jag är glad att det är över. Glad att de inte kan låtsas längre.”

Det fanns något som nästan liknade frid i Vinces ansiktsuttryck, och Zara hoppades för hans skull att han kunde gå vidare nu när rättvisa hade skipats. Han var tjugonio år, fortfarande en ung man. Han förtjänade att hitta någon att älska, utan att Iris spöke för evigt hängde över honom.

Gruppen stod tillsammans i en lös formering i trappan. Dev var färdig med att hjälpa Andy och stod nu längst ner och gav dem utrymme. Han mötte Zaras blick och nickade.

”Vi borde gå”, sa May till slut. ”Det är en lång bilresa tillbaka till Salt Creek i morgon.”

”Stannar ni över i natt?” frågade Zara.

”Hotell inte långt härifrån”, svarade David. ”Vi åker tidigt för att slippa trafiken.”

May tittade på Zara, på Jane, på Vince. ”Tack allesammans. För att ni var här i dag. För att ni var vittnen.” Hennes röst brast. ”Iris skulle ha blivit glad över att veta att hon hade så många människor som kämpade för henne.”

Jane sträckte ut handen och kramade Mays hand. ”Hon var en enastående elev. Jag är bara ledsen att jag inte kunde skydda henne.”

”Ingen av oss kunde det”, sa May. ”Inte mot sådant.”

Domstolsportarna öppnades bakom dem, och Garrett kom ut i det sena eftermiddagsljuset, fortfarande i sin formella uniform. Han gick nerför trappan två steg i taget, med den kontrollerade energin hos någon som suttit stilla för länge. När han nådde fram till dem lade han armen om Zaras axlar i en gest som blivit naturlig under de gångna månaderna.

May tittade på honom, sedan på Zara. ”Vad händer nu? Efter det här fallet, vad ska ni undersöka då?”

Zara log. ”Ni får lov att lyssna på De förlorade australierna för att ta reda på det.”

May skrattade. Ljudet var överraskande och uppriktigt. Davids mun ryckte till. Till och med Jane log och lutade sig mot sin käpp.

”Vi kommer att lyssna”, sa May.

De tog farväl, kortfattat och stillsamt. May och David gick nerför trappan tillsammans, David guidade henne mot en väntande bil. Jane följde efter, käppen knackade mot stenen. Vid bilen stannade hon till, såg tillbaka mot domstolstrappan och lyfte käppen en aning till avsked. Zara höjde sin hand som svar. Sedan klev Jane försiktigt in i baksätet, och bilen rullade iväg i Brisbanetrafiken.

Vince dröjde sig kvar ett ögonblick till, med blicken mot domstolen, sedan nickade han en gång mot Zara och försvann nerför en sidogata, uppslukad av folkmassan inom några sekunder.

”Bra inslag?” frågade Garrett.

”Andy tycker det. En tagning.”

”Det är för att du är bra på ditt jobb.” Han kramade hennes axel. ”Trots alla motbevis i ditt kommentarsfält.”

Dev hade gått uppför trappan för att ansluta sig till dem. ”Trollen har varit ute i full styrka. Någon kallade henne för en 'sensationslysten olycksfågel' i går.”

”Charmigt”, sa Garrett torrt.

”Jag har blivit kallad värre saker.” Zara sneglade upp på honom. ”Hur kändes det att se straffmätningen från läktaren i stället för vittnesbåset?”

”Märkligt. Märkligt på ett bra sätt.” Tillfredsställelse blandades med något mer komplicerat. ”Tjugofem år. Det borde ha blivit livstid egentligen, men kvinnor får nästan aldrig det. Tjugofem får duga."

"Det är rättvisa", sa Zara. "Bristfällig, men verklig."

Dev tittade på sin mobil. "Min Uber är på ingång." Han tittade på Zara. "Du är min inneboende och min vän. Dessutom lovade du mig middag om vi fick domen i dag, så jag rör mig inte ur fläcken förrän jag har fått betalt." Han flinade. "Det finns en riktigt dyr ny koreansk restaurang i Valley. Jag har bokat bord för tre. Bokningen är klockan sju. Jag sms:ar adressen till dig."

Han studsade nerför trappan med datorväskan guppande mot höften och hoppade in i Uber-bilen som körde fram till trottoarkanten.

Zara och Garrett stod kvar i trappan.

"Han är en bra kille", sa Garrett.

"Han är tjugofyra."

"Fortfarande en kille." Garretts arm föll ner från hennes axlar och han vände sig mot henne. "Hur känner du dig egentligen? Inte podcast-rösten, utan det sanna svaret."

Zara begrundade frågan.

"Trött", sa hon. "Lättad. Lite vilsen, kanske. Det här fallet har varit mitt enda fokus så länge. Nu är det klart och jag vet inte riktigt vad jag ska ta mig till."

"Ta en paus. Sov i tre dygn i sträck. Ät mat som inte är snabbmat." Garrett log. "Tillbringa tid med din absolut-inte-pojkvän som råkar bo i samma stad nu."

"Min absolut-inte-pojkvän", upprepade Zara. "Är det fortfarande den officiella benämningen?"

”Jag är öppen för omförhandling.” Hans hand sökte hennes. ”Men senare. När du inte är utmattad och jag inte förväntas vara på en genomgång om fyrtio minuter.”

”Kriminalkommissarie Pennell kan inte komma sent till sina genomgångar.”

”Kriminalkommissarie Pennell håller fortfarande på att vänja sig vid titeln.” Han kramade hennes hand. ”Och skulle mycket hellre stanna här med dig.”

Befordran hade gått igenom för tre månader sedan, och förflyttningen tillbaka till Brisbane organiserats med en överraskande fart efter att CCC:s utredning rentvått honom. Han hade flyttat in i en hyresrätt nära city, en liten lägenhet med sjöutsikt som kostade mer än hela hans hus i Salt Creek. Hans båt låg vid en liten marina vid bukten; de åkte ut och fiskade åtminstone en gång i veckan och lyckades fortfarande aldrig fånga något som var värt att äta, men de njöt av lugnet och friheten i att vara ute på vattnet.

De var båda färdiga med Salt Creek.

”Du borde gå”, sa Zara. ”Vi ses i kväll. Dev har bokat för tre.”

”Och du kan följa med mig hem efteråt.” Inte riktigt en fråga. ”Jag har bättre kaffe än du.”

”Frestar du mig med din espressomaskin?”

”Vad som än fungerar.” Han drog henne närmare och kysste hennes panna. ”Jag är stolt över dig. För att du slutförde det här.”

”Jag är stolt över mig själv också”, sa Zara. ”Tror jag.”

”Det borde du vara.” Han släppte henne och tog ett steg tillbaka. ”Gå och ät middag nu. Fira.”

Hon såg honom småspringa nerför trappan. Han rörde sig annorlunda nu, mindre tyngd, tyckte hon. Längst ner vände han sig om och höjde handen. Hon vinkade tillbaka.

Sedan var han borta, uppslukad av stadens kvällsvimmel.

Zara stannade kvar i trappan ett ögonblick till. Hennes telefon vibrerade och hon tittade ner på den. Kommentarerna strömmade in, den vanliga blandningen. Men siffrorna var bra. De förlorade australierna var stabilt, växte och var hållbart.

Ännu ett sms från Dev: *Uber-chauffören har kört vilse, skicka hjälp*

Hon log och skrev tillbaka: *Du är en vuxen man red ut det själv*

Hans svar kom direkt: *Hårt men rättvist.*

Zara stoppade ner telefonen i fickan och tog en sista titt på trappan, på platsen där hon stått och filmat sitt sista inslag. Det här fallet var avslutat. Iris Zhangs historia hade berättats. Rättvisa, bristfällig och ofullständig och elva år för sen, hade skipats.

Det som kom härnäst skulle bli ett annat fall, en annan historia, en annan chans att utföra det här arbetet på rätt sätt. Inte för upprättelse, även om det var en del av det. Inte för innehållets skull, även om hennes karriär hängde på det. Utan för att det här betydde något. För att röster behövde bli hörda. För att sanningen var värd att jaga även när den var djupt begravd och skyddad av människor med makt.

Hon gick nerför trappstegen, hennes kängor klickade mot stenen som nötts slät av årtionden av fötter. Bakom henne reste sig domstolsbyggnaden, imponerande och beständig, som en rättvisa huggen i grå sten. Framför henne bredde Brisbanekvällen ut sig i trafik och ljus och livets vanliga kaos som fortsatte.

Zara gick mot det, redo för vad som än skulle komma härnäst.

# FLER BÖCKER AV CAITLYN LYNCH

**De Förlorade Australiska**

Flickan i bäcken

Flickan på Yachten

Flickan i Herrgården

**Hästryttarna på Ridgewater**

Lita på resan

Bryta barriärer

Stadig mark

Skrivet i stjärnorna

Jul i Ridgewater

**Elitstyrkan Rescue Rangers**

Räddad av en Ranger

En Ranger återvänder

Under täckmantel med en Ranger

En Ranger mot världen

Rangers Hetta (endast för nyhetsbrevsprenumeranter)

**Upptäck alla Shenanigans Press-utgivningar på vår webbplats(https://www.shenaniganspress.com/se) !**

**Eller följ oss på sociala medier – vi finns på Facebook och Instagram (@ShenanigansPressSvenska).**

**Och glöm inte att prenumerera på vårt nyhetsbrev för att få veta mer om nya släpp, erbjudanden, utlottningar och mycket mer!**

# FRÅN FÖRFATTAREN

CAITLYN LYNCH ÄR EN brittisk expat som gifte sig med en australier och emigrerade till Queensland år 2001.

Hon skriver samtida romance och romantisk spänning.

*Flickan i bäcken* är hennes första kriminalthriller; det är bok 1 i serien *De Förlorade Australiska*.

Zara och Garrett återvänder i bok 2, *Flickan på Yachten*.

För sexton år sedan försvann fyraåriga Lotte Van Kempen från däck på en lyxyacht. Officiellt drunknade hon. Men kroppen hittades aldrig, föräldrarna lämnade landet och alltför många frågor förblev obesvarade.

Podcastern Zara Langley vet hur farligt det kan vara att fästa sig vid kalla fall. Men när en trasig ung kvinna påstår att hon är den försvunna Lotte kan Zara inte bara gå därifrån. Varje ledtråd drar henne djupare: en nervös misstänkt med allt att förlora, mäktiga föräldrar med hemligheter och en familj söndrad av skuld, pengar och svek.

När Zara söker efter sanningen korsas hennes spår av en pågående utredning av gränspolisen och leder rakt in i människohandelns mörka värld, där insatserna är liv och död och det förflutna aldrig lämnar någon ifred.

Ju djupare Zara gräver, desto farligare blir sanningen. Gränsen mellan offer och vittne suddas ut, och Zara tvingas välja: avslöja en familjs mörkaste hemligheter eller stoppa fler liv från att förstöras.

Vissa fall får aldrig ett svar. Vissa sanningar vägrar förbli begravda. Och vissa människor vägrar släppa taget.